便衣边江

另类警察的卧底生涯

龙蛇争锋

不周山散人 著

天津出版传媒集团
天津人民出版社

图书在版编目（CIP）数据

便衣边江 / 不周山散人著 . -- 天津 : 天津人民出版社，2018.7
ISBN 978-7-201-13546-5

Ⅰ．①便… Ⅱ．①不… Ⅲ．①长篇小说 - 中国 - 当代 Ⅳ．① I247.5

中国版本图书馆 CIP 数据核字（2018）第 130570 号

便衣边江

BIAN YI BIAN JIANG

不周山散人 著

出　　版　天津人民出版社
出 版 人　黄　沛
地　　址　天津市和平区西康路 35 号康岳大厦
邮政编码　300051
邮购电话　（022）2332469
网　　址　http://www.tjrmcbs.com
电子信箱　tjrmcbs@123.com

责任编辑　章　赪
装帧设计　易珂琳

制版印刷　天津旭丰源印刷有限公司
经　　销　新华书店
开　　本　787×1092 毫米　1/16
印　　张　16
字　　数　198 千字
版次印次　2018 年 7 月第 1 版　2018 年 7 月第 1 次印刷
定　　价　49.00 元

目 录

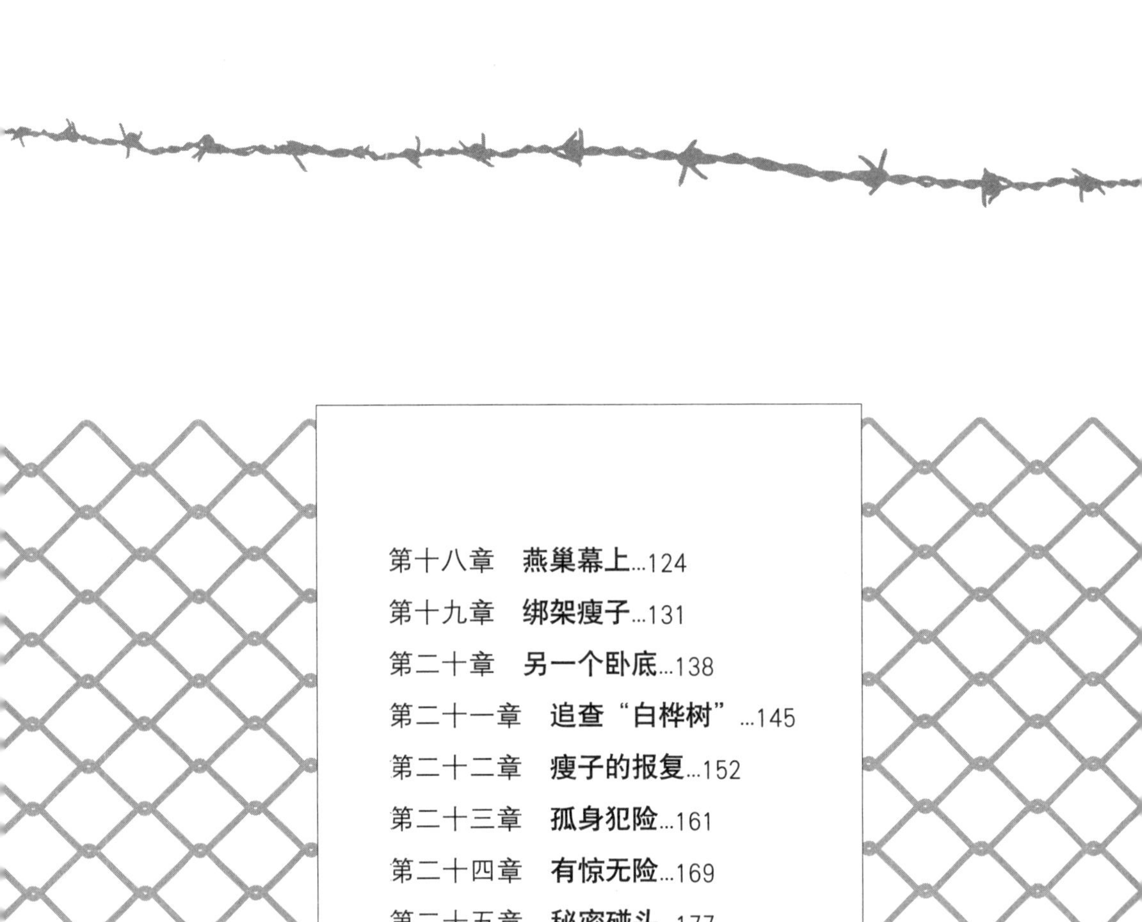

·第一章　命运转折·

边江不知道父亲为什么给自己起了这么一个名字，从小小伙伴就嘲笑他：边江边江，发配边疆。长大后，边江高考填了服从分配，阴差阳错地上了边疆大学，真的成了发配边疆。大学毕业后，他不想留在边疆，加入了公考大军，从南方考到北方，最后，考上了汉都市的铁路公安。笔试，面试，政审，体检，一路过关斩将，进展得颇为顺利。可参加培训的第一天，边江就惹祸了。

五月份的汉都，雾霾刚去，天气尚不算热。培训的地址是汉都人民警察训练基地。参加培训的人都通过了公务员考试，初为公务员的喜悦在每个人的心头燃烧着，基地里充斥着兴奋的气息。此时学员们已经开始列队集合，但正式训练还没开始。

边江随意地看向远处，却发现了一个熟悉的身影——那不是他的高中同学胡成吗？胡成是边江高中时的情敌，抢走了边江的女友涂莹莹，腻了之后，又抛弃了她。考取公务员名单公示的时候，边江并没有看见胡成的名字，而且胡成穿着便装。边江心想，胡成应该是来找人或者办事的。这时，胡成也看见边江了。胡成扭头看一眼看台，嘴角一挑，大步朝边江走过来。

培训基地的总教练王志此时正站在看台上，看着操场上的学员们，目光深邃冷峻，他最恨违反纪律的行为。

边江不想看见胡成，也不想跟他打招呼，怕自己忍不住揍这混球儿，尤其是在这种场合下，于是一见胡成过来，便转过身去。“哎，这不是边江吗？”胡成笑嘻嘻的声音从边江背后传来，同时一条胳膊搭在了边江的肩膀上。边江侧过脸看了一眼胡成，冷冷一笑作为回应，想走开，却被胡成按住了肩膀。

“哎，听说，后来涂莹莹还去找过你？”胡成用只有两个人能听到的声音说道。边江甩开胡成的胳膊，冷冷说道：“看来那次没把你打残是我的失误。”

高中毕业后，涂莹莹找到边江，泪水汪汪地告诉他，自己当年被胡成骚扰，胡成哭着跪在她面前，赌咒发誓说自己爱她，请求她的原谅，并承诺会照顾她一辈子。当时涂莹莹很害怕，怕拒绝胡成后，他找自己的麻烦，又看他诚心认错，便无奈地答应了。这便是涂莹莹和边江分手的原因。边江得知一切后，如五雷轰顶，提出要帮涂莹莹教训胡成这混蛋，涂莹莹却说事情都过去了，她不想再追究。而边江也没有答应涂莹莹和好的请求，只是这件事如鲠在喉，多年挥之不去。

胡成的手臂再次搭在了边江的肩头上，嘿嘿一笑，说道：“老同学，怎么一见面就这样啊。虽然那小妞被我玩过了，但至少长得好看呀，有个二手货给你也不错，不要不知足啊！”边江紧紧攥着拳头，浑身都在发抖，但他告诉自己要忍耐，不能冲动，毕竟这么多人看着呢。胡成却蹬鼻子上脸，用搭在边江肩膀上的手拍了拍边江的脸：“干吗？生气啦？怎么不再打我一次呀？上次你不是挺厉害的吗？嗯？”胡成说完快速转身，来到边江面前，一拳打在边江的肚子上。

这一拳头打得很隐蔽，几乎没人看见，但力度也不轻，边江忍不住弯下腰。一抬头，正好迎上胡成阴险得意的目光：“干吗瞪我呀？我也没说错嘛，莹莹嘛，嘿嘿，确实不错，你该体验体验。”说着又冲着边江来了一拳。这一次边江忍不住了。在撂倒胡成的同时，他双手锁住胡成双腕，倒背拧成麻花状，右膝顶住胡成后背，将胡成的双手奋力往上一推。边江动作太快，胡成都没来得及招架一下，人就已经被按在了地上，紧接着边江揪住胡成的头发，扬起手，“啪！”一记耳光重重打在胡成的脸上，胡成的鼻腔里顿时喷出一股血泉。胡成顿时发出一声杀猪般的惨叫。由于他的叫声过于浮夸，已经引起了其他学员的注意，与此同时，他的眼神里流露出一丝狡诈。

“干什么呢！”一个声音突然从背后传来。边江连忙转身，只见总教练王志眉头紧锁、怒目圆睁走过来。第一天培训就有人打架滋事，这令王志极为愤怒。胡成见状立即抹了下鼻血，弄得满脸都是血渍，对王志说道：“教官！我今天就是来送朋友的，正好看见我这位老同学，刚跟他打了个招呼，也不知道怎么回事，他上来就打人。您说这种人怎么能当警察啊！”

王志皱眉看向边江，又看看胡成，问道：“你打个招呼，他就打你？为什么？”胡成低下头，一脸委屈：“我也不知道啊，可能……可能是他高中的女朋友后来跟我在一起了，他记恨我？边江，不是吧，这都过去好几年了，你咋还放不下呢……”恶人先告状，边江眼看自己有理也讲不通了，不等胡成说完，又要揍他，但很快就被其他学员拉住了。

“我都在这看着你们呢，竟然还敢动手？！”王志被气得眉毛都歪了。边江甩开拉住他的学员，整理下衣服，站直身子一字一句地对王志说：“报告教官，他在撒谎，我揍他是因为这混蛋高中时祸害过我们班一个女生，我是替那女孩儿打他的！”王志的脸色却更加难看：“你知不知道自己是来干什么的？”

边江紧抿着嘴唇，梗着脖子不回答。这时从王志身后走来一名四十岁上下的男子，他看看边江，脸上露出一丝神秘的笑意。此人比王志矮半头，身材矮，却极为壮实，浑身的肌肉将身上的警服撑起来，仿佛一座铁塔。矮壮男子靠近王志，踮起脚尖，趴在王志耳边，轻声说了句话。王志的脸色略微变化了一下，随即缓和了下来。他看了矮壮警官一眼，微微点头，再看边江时，眼神便神秘起来，简单问边江：“姓名，籍贯。”

“边江，槐安市。”边江淡定地说，看不出丝毫慌张的神态。矮壮男子嘴角的笑意更浓了。“培训的第一天，就动手打人。看来，你还不够格成为一名铁路公安。你被退训了。”王志的声音不大，可这句话对边江来说，犹如一记重锤，狠狠砸在了胸口上。从准备国考开始，边江付出了将近一年的时间，马上要成为国家公务员了却被开除，他不甘心。

边江没有转身离开，更没有痛哭流涕，跪求教官留下自己，只是站在原地，双手握拳，对王志说道：“如果谁先告状就听谁的，甚至连原因都没调查清楚，就将我退训，那看来这份工作也跟我期待的不一样。”边江又用冷酷的目光看了一眼胡成，甚至夹杂着一丝怜悯。边江没有再说一句话，对王志深深鞠躬，转身离开。

王志愣了一下，和矮壮男子快速交换了一下眼神。之后训练正式开始，学员中少了一个边江。看台上，矮壮男子的身影也不见了。边江回到了宿舍，看着刚刚入住，还没来得及铺开被褥的宿舍，不由得苦笑了一下。当他收拾好行李准备离开的时候，一串脚步声从走廊里传来，最终来到了边江宿舍的门口，那脚步声极其沉稳，而且速度很快。边江闻声好奇地看向门口，发现矮壮男子正站在门外。

“教官好。”边江立正，正色喊道。他记得这名男子，刚才和王志站在一起，所以猜想应该也是名教官。矮壮男子微微点头，再度露出那种神秘微笑，用浑厚的男低音说道：“刚才看你打那小子，好像还有两下子。”他说着走到边江面前，上下打量着。边江则注意到他双手骨节处凸起，右手小臂处有蜈蚣状的伤疤，看起来是被利器划伤的。

“报告教官，小时候练过几天。”边江恭敬答道，脸上露出坚毅的神色，古铜色的肌肤透着一种特有的光泽。矮壮男子围着边江转了几圈，眼睛始终在边江身上扫着，良久，他突然拍拍边江的肩膀：“如果给你个机会留下来，你愿不愿意？”

边江看看矮壮男子的眼睛，停顿片刻问道：“什么条件？”矮壮男子一怔，微微一笑，用手指抹了下嘴角，指着边江：“有意思。”他在边江面前踱了两步，然后定睛看着边江，脸上的笑意消失了，神秘而认真地说：“没有条件，只不过，你不能和大家一起培训了，要去另外一个培训班。”边江皱皱眉头，盯着矮壮男子看了一会儿，最终点了点头。矮壮男子满意地笑笑：“那就一言为定了，我去和王队长说，你先在宿舍待着，这件事不要跟任何人讲。”说完，离开了宿舍。边江到嘴边的问题，只得咽了下去。

短短一个小时，边江仿佛经历了人生中的大起大落，突然被退训，又突然要去另一个培训班，这让边江隐隐感到一丝不安，毕竟天上不会掉馅儿饼，天知道那个培训班是干什么的。但他心里仍希望能留下来当警察，毕竟自己付出了很多努力才考上了公务员，所以对矮壮男子铺的台阶，边江不想拒绝。

半个小时前，操场上。

学员们已经在武警的带领下，开始了队列训练。矮壮男子和王志站在树荫底下说着话。“那小子看起来有点二，培训第一天就打人。这样的人。能干得了你的活儿吗？”王志问道。矮壮男子摇摇头，从王志兜里掏出一盒烟，抽出一根烟，给自己点上，“我觉得还行，他不二。”王志说：“就凭他刚才那么冲动，还不二？”

矮壮男子弹了弹烟灰：“刚才我找了两个学员简单打听了下，有个高中和他同校的，说他之所以打那个小子，是因为那小子当初糟蹋的女孩儿是他女朋友。所以他打人，八成是被激的。”王志笑了：“这么说来，还是个情种。”“不止，”矮壮男子淡淡地说，“你没注意到他刚才撂倒那小子时用的手法。那是标准的大擒拿手，虽说在民间很普遍，可他用得很老到，应该是从小开始练的。”

“哦？这么说，这小子真是个练家子。你确定要这小子？”王志顿了顿，继续说，“就算他有两下子，也是被那个叫胡成的诬陷了。单冲他这股冲动劲儿，将来不坏你的事才怪。”矮壮男子却满不在乎地说：“那倒也未必，规规矩矩反而不好，而且他身上有股江湖气，我最看重。”矮壮男子吐出一个烟圈，看着天边的白云说道，“说起来，他也算是侠肝义胆，敢做敢当，虽说做事有点不计后果，却能做到进退有度，非常适合执行那个任务。”话音刚落，王志的手就哆嗦了一下：“怎么，上边同意那个计划了？”矮壮男子点点头：“嗯，近期就会启动。我那几个兄弟，绝对不能白死！”说着，矮壮男子狠狠地吸了一口烟，把烟蒂扔到地上，用脚捻灭，嘴角向下，嘴唇紧抿着，眼神深邃又犀利。王志叹了一口气，拍拍矮壮男子的肩膀，没再说话。

矮壮男子见过边江后，就没再出现。边江一个人在宿舍里待了一天，闲得直发慌，来来回回地在屋里走着，连饭也顾不上吃，怕矮壮男子过来找他，又怕情况有变，自己最后还是得离开，一颗心悬着，别提多难受了。

下午六点半，培训结束，学员们纷纷回到宿舍，见到边江依旧在宿舍待着，纷纷上前问候。有几个和边江熟识的学员劝他，让他去向教官求情，如果就这么走了，太可惜了。边江刚想说话，门口传来了一怒喝：“边江，你怎么还没走？快走！”众人回头，竟是那矮壮男子。大家知道他是教官，却不知道他的职位，全都立正站好，不敢随便吱声。

边江先是愣了一下，但想起矮壮男子之前说过，去参加另一个培训班的事情要保密，便猜到矮壮男子是来接自己的。他冷静地站起来，拉着行李箱向前跨出一步，正要回答，一只白胖的手突然拽住了他，用力往后一扯，有人闷声喊着："教官，我有意见！"说话的人，名叫崔华，别人取谐音给他起外号叫翠花，虽然名字像个女的，却是个实打实的大老爷们，而且是个年近三十，体重过二百的胖爷们。边江不认识他，只是在报到时见过，点头之交，连名字都不知道，只听别人叫过他外号"翠花"。

矮壮男子瞪了翠花一眼，鹰一般的眼睛透着一股寒气，连边江都不由得心里一颤。翠花愣了下，毅然往前迈了一步，声音陡然提升："我就是有意见！虽说他犯了错，可你们好歹也得调查一下吧？据我所知，是那个挨打的先动手。"矮壮男子意味深长地看着他，眼神中少了些许杀气："你想讲理啊，好，那跟我走吧，出去讲理去。还有你，边江，也出来。"说着，矮壮男子往后退了一步，让出门口，示意翠花出门说话。

翠花又是一愣，嘀咕着："出去就出去！"随即大跨步地迈了出去。边江赶紧跟着走出去，快速追上翠花，小声说道："哥们儿，我不想连累你，赶紧跟教官服个软，回去吧。"翠花看边江一眼："哎，你别管我，我就看不惯这种事！"边江想继续说，矮壮男子却紧跟着走出了宿舍。边江担忧地看了一眼翠花，只好不再多说。

矮壮男子一言不发走在前面，带着他们俩走出培训场地，上了停在路边的一辆越野车，然后发动汽车载着他们俩驶离了培训基地。边江和翠花并排坐在后座上，两人交换了一下眼神。边江见翠花出了一头汗，滴滴答答地往下淌，轻轻拍拍翠花的手，冲矮壮男子说："您把他放下，让他接受正常培训吧，我跟您走。"矮壮男子已经把车开上主路，点上一根烟，头都没回，淡淡地说："出来了，就回不去了。"翠花不禁张大了嘴巴，过了好半天，才小声地问道："教官，那您这是要带我们去哪儿啊？总可以说说吧。"矮壮男子从车内后视镜里快速看了翠花一眼，冷冷说道："到了，你们就知道了。"车子正快速朝东边驶去，训练基地再往东，便出了汉都所在的省份了。矮壮男子戴上蓝牙耳机，拨打了一个电话，只简单说了一句话："除了边江，增加一个人，姓名崔华。"翠花一听，越发紧张，更多汗水顺着鬓角往下流，脸色难看得就像刚吃了只死苍蝇。

夜幕早已降临，车子在国道上行驶了很久，边江的手机早没电了，于是探着头看了一眼车内的时钟，发现竟然已是晚上十点了。这时，车子驶离国道，拐到了一条坑坑洼洼的小路上，又行驶了个把小时，拐了无数个弯，终于停在一所废弃的工厂前。

边江深吸一口气，活动了一下筋骨。他已经做好了被卖到黑工厂，随时逃跑的准备，但看看旁边的翠花，不免有些担忧，翠花太胖，要带着他跑，就太费劲儿了。矮壮男子下车后，就催促他们俩下车，随后三人走进了一片狼藉的厂区，最终来到破旧厂房前，他们面前是两扇锈迹斑斑的大铁门，门鼻上挂着链条锁。矮壮男子掏出钥匙，打开了锁头，推开大门，一阵怪异的咯吱声，仿佛开启了秘密监狱的大门。

翠花哆嗦了一下，转身想跑。矮壮男子侧过脸，冷冷说道："从今天开始，你们两个被公安部除名。如果想继续做铁路公安，只有一条路，那就是留下来，跟着我接受特殊训练。"说着，他自顾自地走了进去，不再理会边江和翠花。两人快速交换眼神。翠花明显露出一丝恐惧，杵在门口，不知道该不该进。边江只好拍拍翠花的肩膀，小声说："先进去再说。"

一进铁门，别有洞天。原来这里是一个小别院。院子不大，二三百平方米的样子，看起来像是一个简易的小型训练基地，别看外面的厂房和院落都脏兮兮的，里面却是平整的水泥地，借着月光，能看见一些训练器械，单双杠、独木桥等，沙袋、杠铃之类的东西堆在院子的角落里。

小院北面有三间小屋，矮壮男子走进最东头的小屋内，边江和翠花紧跟过去，一进屋，就愣住了。虽说屋子不大，里面却应有尽有：电视、冰箱、洗衣机、电脑，甚至还有一个 iPad 和打扫卫生的小机器人。这些东西，是一个家庭的基本配置，可在这穷乡僻壤看见这些，还是着实让边江和翠花吃了一惊。

矮壮男子转身，立正，沉声说道："边江，崔华，听令！"他的声音不大，却极有震慑力。边江和翠花不由自主地立正，正视他。

"你二人已被选为铁路公安便衣队特勤，我是你们的上级，李刚，以后你们要称呼我凌哥。从现在开始，你们二人将为执行公安部代号'打狗'的秘密任务进行特训。任务完成之时，便是你们二人归队之时。到时候，立功，晋升，不在话下。"

李刚说话干脆，毫不拖泥带水，停顿一下，审视边江和翠花，问道："有没有问题？”边江还没说话，翠花就挠挠头：“凌哥，那我们平时能回家吗？”李刚冷笑道：“回家？随时可以，但回去就别再回来了。对了，你们的家人已经收到了你们的退训通知书，退训原因是打架斗殴，行为极其恶劣，公安部永不录用，并记入档案，作为日后公考的参考。”

这下，边江和翠花彻底傻眼了。“有……有必要做得这么绝吗？”翠花结结巴巴地问。李刚似乎料到他们的反应，解释道：“这样是为了方便你们将来打入犯罪团伙，底子干净才不会被怀疑，所以连最亲近的人也不能说。现在你们的父母应该在满世界找你们。你们告诉他们，确实被退训了，不过已经在汉都找了一份工作，现在很好，让他们不要挂念。”

“啊，我妈会杀了我的！”翠花咧着嘴，郁闷说道。矮壮男子撇下嘴：“具体怎么说，那就看你们自己了，我不管那些。去吧。”翠花绝望地叹了口气，看看边江，只见他掏出手机，从桌子上拿起一根充电线，默默给手机充电去了。

“你们的房间是另外两间，中间那个能做饭。”李刚冷冷说道。边江和翠花只好默默离开；一进自己的屋子，才发现房间里陈设简单，只有床和简单的日用品，完全不像李刚的房间设备齐全，好在一人一间房，有单独的卫浴，条件也不算太艰苦。边江住进了中间的屋子，一进屋便迫不及待地给手机充电，打开手机后，连续的叮咚声响起。微信、短信、电话铺天盖地袭来。尽管边江已经做好心理准备，可听到父亲的询问后，心里还是泛起了一丝波澜。

边江的母亲早年去世，父亲是一名普通工人，一个人把边江拉扯大，一直希望边江能有份稳定的工作，要是能落户汉都，便了却此生心愿了。边江给父亲简单回复了短信，便将手机再次关机，和衣躺在了床上。夜深人静，外面的鸣虫不停地叫着，边江和翠花彻夜未眠。天还没亮的时候，边江便听到嘹亮的哨声，紧接着便是粗暴的踹门声，李刚在门外大声喊着：“起床了，起床了！”

边江和翠花刚刚进入梦乡，就被喊醒，手忙脚乱地穿上衣服，来到小院里。李刚已经精神奕奕地站在院里，小眼睛在他们俩身上扫着：“就你们两个这速度，如果放到我们那会儿的新兵连，早就被打八百遍了！”翠花噘着嘴，眼睛睁都睁不开，小声嘟囔着：“我们又不是来当兵的……神经病……”

声音刚落，李刚暴起一脚踹在翠花肚子上，直接将翠花踹倒在地，肥胖的身体趴在硬邦邦的水泥地上，闷声叫了起来。事发突然，无论是边江还是翠花，都没有反应过来。“凭什么打人，凭什么打人！”边江怒吼着，弯腰扶起翠花。李刚走到边江面前，瞪着眼睛，凶狠地说：“凭你们两个已经被开除，你们只有听我的，才有机会回去。”他的口水喷了边江一脸。边江被彻底点燃了，猛地推了一把李刚，怒吼着：“老子不干了！不就是一个破工作吗，老子不伺候了！”

边江一边喊着一边把李刚推到墙角，同时做好了打架的准备。李刚没有还手，被他推到墙角后，反倒露出一丝轻蔑的笑容：“不干了？可以啊。从今往后，你们两个的档案中，会留下殴打警察，还有被开除公务系统的信息。有这样的案底，我看你们以后还怎么就业。”

看着李刚嚣张的面容，边江手上的力度渐渐变小，最终松开手，愤恨地瞪了一眼李刚，点着头后退两步：“算你狠！”李刚理了一下自己的警服，走到翠花身边：“如果你再躺在地上装疼，我真打你了。”话音刚落，翠花猛地从地上跳起来，以标准军姿站好。李刚笑笑，继续喊着：“立正，稍息！别怪我没有提醒你们，你们现在没有后路，只能听我指挥。我会带你们集训一个月，然后去执行‘打狗’任务，只要任务执行完毕，你们不但能恢复身份，更能立功升职，那可是多少人梦寐以求的机会！”见他们两人不再说话，李刚怒吼着：“听明白没有！”“听明白了！”这一次，边江和翠花的声音异常整齐。李刚的嘴角泛起一丝不易觉察的笑。

·第二章 **魔鬼训练**·

整整一个月，边江和翠花受尽了非人的苦训和折磨。从早晨四点到深夜十二点，全天都在进行高强度的训练。白天，主要训练内容是散打、跑步，以及各种障碍和体能训练。到了晚上，他们接受的训练则有点古怪了，李刚教他们偷钱、开锁、骂街，让他们熟记火车路线，还让他们背熟一种行业黑话。到了后期，李刚几乎不要求他们站标准的军姿了，给他们发烟抽，要求他们做出流里流气的站姿、坐姿，要是站得太标准，反而会挨揍。

这期间，翠花挨打最多。因为他体能训练一直不达标，还总能找出各种理由搪塞。不过翠花在其他方面非常有天赋，黑话一学就会，那叼着烟的架势，活脱脱就是混黑道的。渐渐地，边江和翠花逐渐了解了自己的任务内容，汉都市几个火车站周围，一直流窜着一个犯罪团伙。他们散布在各个火车站中，进行有组织的倒票、诈骗、偷盗活动，严重威胁到人民群众的安全。

团伙内部大部分成员采用单线的方式联络，平时抓住的那些犯罪分子，都没见过头目，又因为罪行不重，通常都是被关押一阵子，便放了出来。而放出来后，他们又回到团伙中，只不过行事更加隐蔽。通过长期与警方打交道，他们越来越老练，有很多次，竟然能将警方耍得团团转。这个团伙的老大，叫柴狗，是个极为狡猾的人，派出所连他的长相都没摸清楚。

李刚是便衣大队的大队长，手下有一批便衣警察，长年驻扎在火车站附近。可随着犯罪团伙势力的扩大，他们已经将所有便衣人员的资料摸得一清二楚，只要便衣一靠近某个区域，那里的犯罪分子便知道了，加上火车站人流量大，实施抓捕非常困难。所以李刚才决定选出得力干将，打入柴狗团伙内部。边江和翠花的任务是摸清柴狗的真实身份和柴狗团伙的底细，配合警方将他们一网打尽。

训练的最后一个夜晚，李刚搬来了一箱白酒。翠花已经喝吐了，趴在桌子上呼噜呼噜地睡着。边江喝得不少，脑袋却异常清醒，给李刚点了一支烟后，问："为什么单单选中了我？从武警部队找人，不是更合适？身体素质可比我好多了。"李刚吸一口烟，淡淡地说："你以为我不想啊。可当过兵的人，身上兵味儿太重。柴狗的鼻子非常灵敏，只要让他嗅到异常的味道，就会……"边江一愣："你之前派人打进去了？"李刚眼神闪烁了一下，尴尬地笑笑："没有，你是第一个。"

"真的？"边江有点不信，自己跟李刚吃住一个月，始终摸不透李刚的性子，而且从格斗到偷钱，从假火车票到各条火车路线，都是他亲自授课，简直无所不能。如果不是他穿着这身警服，又出现在人民警察训练基地，边江几乎都要认为，他是个盘踞火车站多年的老骗子了。

李刚却换了个话题："实话告诉你吧，选上你，是因为你是个被开除的公务员，在培训第一天就因滋事被开除，既冤枉又委屈，有充分的理由仇恨国家、仇恨警方。而你这样的人，是他们最喜欢的。不过，你不需要上来就说出自己的身份，让他们自己去发现更好。"边江一愣，表情越发凝重，问李刚："其实我原本不用被开除，是你跟王志总教练提议后，他才将我开除的？"李刚没有回答，将杯中酒一饮而尽："要不是看上你小子身上那股劲儿，我也不会选你。"

一旁，翠花悠悠醒来，小声嘟囔着："真他妈刺激！无间道啊！"李刚点燃一根烟，塞到翠花嘴里，打开笔记本电脑，敲了几下，从里面找出了一个文档，说道："这是目前我们掌握的柴狗的资料。他应该是男性，年龄在二十五岁到四十岁之间，心狠手辣，吸毒，身上无文身，喜欢打桌球。"随后，他又打开几张照片："这是我们掌握的柴狗团伙成员，他们都进过局子，有的还进过多次。不过，他们都是外围成员，没有见过柴狗的真面目。"边江接过照片，照片上有男有女。其中，有个女孩子长得挺漂亮，大约二十来岁的年纪，眼睛里透着灵光。"凌哥，这女孩儿也是团伙成员？这么漂亮，不会吧……"边江和李刚已经熟络了，便有什么就问什么。

“唉，说起她啊，话就长了。”李刚吸了一口烟，缓缓地说，“这丫头叫田芳，是个东北人，从小无父无母，被小姨带大。啊对了，她小姨是个小姐。田芳十六岁的时候，她小姨就把她送到汉都市上中专，是那种私立的中专，怕她留在自己身边被祸害了。”这时，翠花迷迷瞪瞪坐起来，点点头：“她小姨接触的人没好鸟，估计早都惦记上她了。”

李刚继续说：“她小姨托自己在汉都市的一个女性朋友照顾她，没想到那女的也是卖的，逼着小丫头接客。再后来呢，她小姨的朋友就被车撞死了，她在社会上流浪了一段时间，就被那个团伙招了去。”翠花突然一拍桌子：“哎？她小姨朋友的死，会不会跟她有关？”李刚瞪了翠花一眼：“我不是刑警队的，你问我也是白问，反正所有证据都显示，那是一场意外。”

之后三个人又喝了几杯，就各自睡去了。边江躺在床上，想着自己将要变成一个彻底的骗子了，心里愈发憋闷起来。天亮时分，边江和翠花告别了李刚，临走之前，两人的眼圈都红了。虽然李刚教学严格，但学识和人品令两人折服。而且三个人几乎是二十四小时在一起，艰苦的训练让三人建立了战友般的友谊。两人离开工厂后，便被不同的车接走，带到了不同的地方。边江和翠花的任务不同，边江的任务是打入柴狗团伙内部，想办法接近柴狗并且取得柴狗的信任。而翠花，则只需要在柴狗外围活动，作为边江的策应人。

边江被车扔到了西望地铁站；然后坐地铁来到汉都火车站。按照李刚的计划，边江先去汉都火车站；而翠花，则先去汉都东站。这两个车站一直都被柴狗把持着，一打就散，不打就回来，很是烦人。

面对广场上攒动的人头，边江突然感到茫然。李刚从来没有教过他骗术，更没告诉他，怎么才能接触到那个诈骗团伙。另外一边，和边江不一样，翠花一下车根本没想太多，直接钻进肯德基，点了个全家桶，吃得不亦乐乎。在训练营中，伙食虽说不错，可吃的东西太过健康，全是减肥增肌的，也没什么咸淡味。翠花肚子里的馋虫早就耐不住寂寞了。吃饱喝足，翠花走进一家名牌运动衣商店，用李刚给的钱换了身行头，反戴着棒球帽，大摇大摆地打车杀往汉都东站。

按照李刚的计划，边江要先做一个骗子，顺利的话，马上就会有柴狗的人来找他麻烦，然后他想办法被柴狗组织吸收，再渐渐找机会立功并接近柴狗本人，进而收集他的犯罪证据，配合警方，将这个团伙一网打尽。可边江在汉都火车站转悠到天黑，偷也没偷到多少，骗也没骗成。他这时才意识到，理论和实践相差甚远，要想做一个合格的骗子，可没那么简单。边江倒是观察了一些骗子的手段，还照猫画虎地对着来往的人低声重复着一句话："要票吗，要票吗，要票吗……"虽然连他自己都不知道，到底该去哪儿弄票。但这样折腾了一天，也一无所获。

边江又累又饿，买了个老玉米、一瓶矿泉水，蹲在角落里啃着；一个女孩子站在了他的面前，可怜巴巴地说："大哥，我被人骗了，没钱回家，就差十块钱，您发发好心，帮帮我行吗？"边江一抬头，看见一张熟悉的脸。女孩儿皮肤很白，柳叶眉，樱桃嘴，一说话脸上就显出两个可爱的小酒窝，身上穿着白色的T恤和牛仔裤，看起来像是个学生。如果是平时，边江可能真的会把她当成一个普通的女学生，但边江记得这张脸，正是李刚给他看的那几张照片中名叫田芳的女孩儿。

听过田芳的故事，边江便对她有几分同情，所以当见到她本人时，也没有因为她是柴狗的手下而感到厌恶或充满敌意。边江掏掏兜，拿出皱巴巴的十块钱，对田芳说："妹子，我也没啥钱了，这十块钱给你。"说完把钱塞到田芳手里，田芳的手心暖暖的。

田芳顿时激动不已，连连道谢："大哥，太感谢你了！嗯……我不能让你白帮我，能不能跟我过来下，我有个好东西要给你。"说着，她便拽起边江，往广场的东侧走去。边江愣了一下，把啃了一多半的玉米扔到地上，拎着矿泉水瓶子，跟在了田芳身后。田芳带着他七拐八拐，越走人越少，最终走到一个充满了尿骚味儿的角落里，田芳停了下来。

边江刚要问话，就听到身后传来一阵脚步声，回头一看，身后围过来几个青壮男子，有的手里拎着铁管，有的手里拎着板砖。田芳扭过头，一改刚才可怜兮兮的样子，脸若冰霜："给我狠狠地揍，让他长点记性。"田芳说着，青壮男子一拥而上，铁管硬生生地砸在边江的身上。

边江立刻双手抱头，身体蜷缩在一起。他咬紧牙关，就那么一声不吭地硬扛着。跟着田芳过来的时候，边江就知道这顿揍是免不了了。时间一分一秒过去，铁棍一下一下地打在他的身上，边江的嘴里、鼻子里全是血，头昏脑涨，视线也开始变得模糊起来。

“好了。”田芳对那几个青壮男子摆了下手，那几人马上停了下来。边江松了口气，吐出一口鲜血，半靠在墙上，不卑不亢地看着田芳那张漂亮的脸。“没想到，还是条汉子啊，咱哥们儿几个下手这么狠，这小子连吱都不吱一声。”其中一个光头壮汉说着，又朝边江的小腿来了一脚，一副没打爽的样子。

边江疼得直倒抽冷气，但他既没喊救命，也没求饶。不喊救命，是因为他知道这地方偏僻，没人会来。不求饶，则是因为他骨子里不服软。再说，不打不相识，这可是他结识田芳的好机会。边江看一眼田芳，无辜地说：“姑娘，我好心帮你，你怎么……”没等边江说完，田芳一个大嘴巴子抽在他的脸上，然后蹲在边江面前：“少装蒜，你给我听好了，这儿，是柴哥的地盘，你要再敢来这儿捞钱，下次可就没这么简单了！”边江紧紧抿着嘴唇，看着田芳愣了两秒，说道：“对不起，我不能答应你。”

“什么？！”诧异、气愤同时出现在田芳的脸上，要知道她在这一带混了这么久，收拾过不止一个不开眼的小混混儿，还从来没遇到过敢跟她说“不”的。田芳起身，后退两步，淡淡说了句：“哦，我明白了，不懂规矩。好啊，今天我就给你讲讲规矩。”她深吸一口气，冷冷说道：“给我继续打！”

当几个青壮男子再次停手的时候，边江已经坐不起来了，左侧肋骨疼得厉害，几乎喘不上气。好在他之前挨过不少打，也接受过魔鬼训练，知道在挨打的时候该怎么保护自己。这时另一个壮汉抓住边江的头发：“臭小子，别让我们再看见你！”说完朝边江的脸啐了一口，然后直起身来，准备离开。边江脑袋嗡嗡作响，只听到田芳说：“大家辛苦了，今晚我请客，咱们去老地方，吃铜锅怎么样？”之后田芳带着那几个人大摇大摆地离开了。

边江掀起衣服角，擦了把脸上脏兮兮的口水，过去的一幕猛然出现在他的脑海里。那是十年前的事情了，也是在这样一个阴暗的角落里，他被哥哥抱在怀里，他们的周围围了三四个小混混儿，铁棍子打在哥哥的身上，鲜血从哥哥的口中流出来，模糊了边江的眼睛……

边江摇摇头，让自己回到现实中来，试着站起来，根本没办法起身，于是拿出手机，拨通了一串烂记于心的号码。“喂，凌哥……”边江刚一张嘴，脸上的伤就拉扯地疼起来。“臭小子！干吗嘴硬？你是存心作死吗？”李刚气不打一处来。边江立即朝四周看去，却并没有发现李刚的身影："凌哥，你都看见了是不？"李刚说："看见了，那又怎样？在这种情况下，你觉得我会过去救你吗？"边江用力咽了咽口水，说道："凌哥，我可能……可能自己走不回去了。"

手机里头传来李刚冷冰冰的声音："120电话你会打吧？自己叫救护车。"之后他长叹一口气，对边江语重心长地说，他对边江的期望很高，如果边江真的被打成重伤，也会大大耽误行动的进度，所以当他听到边江跟田芳嘴硬的时候，都快气疯了。边江听完，马上压低声音说道："凌哥，你是怕我的身份暴露吗？你……你听我说，这地方没别人，他们都走了，也没怀疑我……"李刚打断了边江的话："幼稚！这么多天的训练白费了？你就知道旁边真的没人？你知道这帮孙子多狡猾？"边江的精神顿时紧绷起来，他警惕地朝四下看了看："对不起，凌哥。"

"你自己叫救护车吧。以后没有我的允许不要联系我，由我单方面联系你，还有，以后我不可能随时监控着你，你小子自己注意着点，绝对不能再像今天这么冒险！"李刚说完，边江也不吭声。李刚声音立即拔高了两度："听到没有！"边江不由挺了挺肩膀："是，凌哥！"李刚这才长叹了口气，语重心长地说："边江，你要记住，我们所做的一切，都是为了这次行动顺利进行，除了这个，别的都不重要。"

"明白。"边江挂断电话，删除通话记录，把手机放回兜里，连续做了几次深呼吸，边江咬紧牙关，爬出了这个阴暗的角落。不远处，李刚把这一切看在眼里，他的脸上露出一个满意的微笑，随后拨通了另一串手机号码。边江没叫救护车是对的。因为以他现在的身份，应该没钱付医药费，不敢看病才对。刚一来到人多的地方，边江就被好心人发现了，有人帮他打了急救电话，由于他身上的钱不够，甚至有好心人给他付了医药费。边江不知道的是，那位好心人就是李刚安排的。

好在没有伤到骨头，加上边江身体条件过硬，三天就基本恢复了，不过脸上还挂着彩。这期间，他没有跟任何人联系，一恢复，就又回到了汉都火车站的站前广场上。不过，打他的那几个人的脸总是在脑子里晃，尤其是田芳的脸。田芳比边江在照片上看见的更加好看，也比他以为的更加冷酷。带着一脸伤，边江摇身一变，成了来到异乡被人抢劫的倒霉蛋，跟路人借路费，借医药费，借一碗面的钱。苦肉计的效果不错，到了晚上，他的手里就已经有八百多块钱了。他特意找了一个人少的地方，坐在路边，假装休息。边江希望这一天的折腾能引起田芳的注意，但直到很晚，竟然没有一个人来找他的麻烦。边江心里不禁犯起了嘀咕。

边江找了一家便宜的小旅店住了进去，第二天一早，准时去广场行骗。等到傍晚的时候，有个好心人要带边江去吃饭。虽然这好心人换了身行头，但边江还是一眼就认出来，这家伙就是那天打他的其中一个。边江跟着那人去了一家面馆，刚走到门口，就被那人捂着嘴巴，拽进了面馆旁边的巷子里。

此时，田芳已经和另外四个壮汉在巷子里等着他了。边江象征性地挣扎了两下，最后被带到了田芳的面前。“能不能给条生路……”在田芳下令动手之前，边江先开了口。那几个壮汉互相看看，“扑哧”一声笑出来。其中一个咧着大嘴说:“嘿嘿,好啊,你去问问阎王,看他给不给你生路！”“我……”没等边江说下去，另一个光头大汉一脚踹在边江肚子上，疼得他顿时喘不上气来。

“哎，让他说下去。”

“芳姐，跟他啰唆什么啊。这样的咱见多了。”说话的是个瘦竹竿一样的人，一副猥琐样。田芳略带厌恶地瞪了瘦竹竿一眼，瘦竹竿马上就不说话了。边江赶紧解释，说自己打小跟妹妹相依为命，如今妹妹好不容易念了大学，却得了急病，急需用钱，他迫不得已才开始在这骗钱。

“行了，别扯了，我再给你一次机会，为什么上次都被打成那样了，还敢来？”田芳识破了边江的谎言，当然这也在边江的预料之中。他立马换了个语气，摆出一副死猪不怕开水烫的样子：“穷日子过怕了，不想再过没钱的日子。这儿来钱快，挨打我也愿意干。只要你们肯让我在这干，我可以上交一部分收入给你们，怎么样？”田芳一下子被逗乐了：“不错，知道自己想要什么，有点头脑，还挺敢拼。”

边江以为刚才那番话得到了田芳的赏识，没想到她话锋一转，来了句：“可惜，这是柴哥的地盘，你说的这一套，”她撇了下嘴，继续说，“我们不感兴趣。”说完她后退了一步，背过身去，与此同时，两个壮汉一左一后架住边江，使他没办法再挣脱。那个光头则从腰里拔出一把短刀，嘿嘿一乐，在边江面前比画着。

“左手，还是右手？”光头用手指头肚试了下刀刃，漫不经心地问边江。一看这架势，边江知道这次是来真的了，他突然朝着巷子口喊道：“哎！警察同志！救命啊！”

·第三章　英雄救美·

边江这一喊，左右两边抓着他的人，条件反射般松了手，意识到边江是在诈他们时，边江已经一甩肩膀挣脱了。边江身体灵活，跑得也快，没等那几个大块头出手，已经跑出了人堆，但很快就发现，那几个人并没有追过来。而与此同时，五六个男人走进巷子，个个吊儿郎当的，有的人胳膊下面还夹着一根长长的东西，用布裹着，看着像砍刀。走在最前面的那人扫了边江一眼，跟在他身后的人想上前拦住边江，但那个人一摆手，制止了其他人。

边江赶紧让开，让那些人从自己身边过去。等那些人过去后，边江快走两步，来到了巷子口，紧接着身后传来乒乒乓乓的打斗声。很快，打斗声消失，田芳的声音传来："放开我！"一个嗓子跟破锣似的中年男人答道："放了你？那怎么行！芳儿，你说，要是我在你这脖子上来一刀，会怎么样呢？啧啧，就是你长这么好看，杀了怪浪费。要不咱来个先奸后杀，也让你死而无憾啊？"说完淫笑起来。

边江忍不住停下来，溜着墙根往回走，慢慢靠近了些，观察着那边的情形。只见田芳已经被对方领头的抓住了，男人死死勒着她，一把弹簧刀贴着她的脖子，田芳的人不敢轻举妄动。田芳却冷静地说："随便你，反正你今天敢伤我一毫，明天柴哥就能把你们老窝给端了，你最好想清楚了。"

"呦呵，口气不小，那就试试喽。嘿嘿嘿！"男人说着伸出舌头，要去舔田芳的脸。她呼哧喘着粗气，冲着男人的脸吐了口唾沫，然后把头一扭，没让男人碰到自己。那破锣嗓子恼羞成怒，立刻把刀子紧紧贴上田芳的脖子，雪白的肌肤上立刻出现了一条血线。"你们到底要什么？"田芳的一个手下终于按捺不住了。“住口，大嘴！让他们杀了我，看他们是不是真有种！”田芳立刻呵斥自己的手下。破锣嗓子微微一笑：“好啊，那就成全你！你们几个回去跟柴哥说，要么合作，要么退出，想抢我们的货只有一个下场，死！”

在刀子划破田芳的大动脉之前，边江已死死抓住了那个人的手腕。他脚步轻，速度快，加上暗巷里光线昏暗，以至于这伙人都没注意到边江已经过来了。边江用力一扭破锣嗓子的手腕，弹簧刀立刻掉在地上，边江伸脚一踢，弹簧刀就被踢飞到了角落里。田芳则掏出随身携带的小刀，猛地刺进了那人的大腿根部，然后刀柄一转；那人顿时发出一声惨叫，随即伸手掐住了田芳的脖子。

巷子里已经再次乱作一团。边江一脚踹在那人的后背上，抓着他的衣服猛地拖到一边，救出了田芳。田芳剧烈地咳嗽着，边江始终护在她的身前，帮着田芳对付破锣嗓子的手下。田芳则悄悄观察着边江的一招一式。有了边江加入，田芳这边打赢那伙人只是时间问题。

就在这时，巷子口传来汽车发动机的声音，那破锣嗓子脸上顿时浮现得意的笑容。

“快撤！他们的后援来了！”田芳大声喊道。边江反应过来，一把抓住田芳的手，朝着巷子外面跑去。这是一条死巷子，出去的路就这一条。而对方的人已经从车上下来，气势汹汹朝着他们走来。边江大致看了下，少说也有十几个。边江知道，自己这样赤手空拳，硬闯出去难度不小，眼睛快速在巷子里扫了一遍，一眼就看见一个废弃的墩布杆放在墙根，边江顺手抄起来，朝着那群人打去。

他打头阵，靠着那个破墩布杆，披荆斩棘般，牵着田芳终于跑出了巷子，但田芳的那五个兄弟，却只跑出来三个，瘦竹竿、大嘴和光头。他们一直跑到最繁华的地方，身后追着他们的人才做罢。田芳把手抬起来，看着边江：“喂，你打算拉着我的手，到什么时候？”边江连忙松开田芳的手：“不好意思。”

但刚才跟田芳牵手的感觉却挥之不去。田芳的手，小小的，很柔软，可能因为紧张，手心冰凉，让边江不禁有些心疼。联想田芳的身世，边江不敢想象，她这样一个柔弱的女孩子在这种环境中是怎么熬过来的。田芳没再搭理边江，焦急地看着来时的路：“二虎和刚子到底怎么回事，还不出来。”

“芳姐，别担心了，二虎最机灵，他们俩互相照应着，估计一会儿就回来了。”瘦竹竿无所谓地说着，点了根烟。“瘦子，都是兄弟，你就真的一点都不担心？”光头气很不顺，说着就把瘦竹竿的烟给灭了：“别抽了！”

“你！”瘦竹竿也不服气，想干架。

“够了，什么时候了还吵吵！”田芳呵斥一声，两人立马都消停了，“他们人多，又都不是吃素的。我担心他们真的会对二虎和刚子下狠手，得想想办法……”田芳皱眉说道。

“哎，咱们在这儿瞎担心也没用，我看还是跟柴哥汇报一下吧，赶紧把附近的兄弟调过来，大不了跟他们拼了。”大嘴忙着出主意。田芳拿出手机，犹豫了一下，又放回了兜里。大嘴一看田芳的表情，猛地一拍大腿，说道：“哎哟！该不会柴哥放弃咱们了吧，昨天就……”光头一巴掌拍在大嘴脑袋上，警惕地看了边江一眼，对大嘴说：“你个傻大嘴，瞎说什么呢，消停会儿吧！”

边江已经看出来点眉目，刚才发生的事情非同一般，不是团伙之间普通的小摩擦，而且昨天一整天没看见他们出现，一定有别的事情发生。田芳沉思片刻，最后还是摇了摇头：“对方派了这么多人手过来，可能是为了震慑咱们，也可能就是为了引咱们抽调兄弟过来，总之事情没有那么简单。”田芳还说，昨天遇到砸场子的，柴狗之所以没管，是因为昨天对方都布置好陷阱了，只要柴狗派更多兄弟增援，他们就会报警。

在他们说这些事情的时候，边江一直保持沉默，乖乖坐在马路牙子上。他观察着这几个人，已经对他们的性格有了大概的了解。光头心狠手辣够果断，但缺点是脾气不好，容易冲动，在这几个人当中，算是说话比较有分量的。田芳最信任他。大嘴，是个逗逼，够胆量，讲义气，就是脑子有点蠢。瘦竹竿，瘦子应该是最不受欢迎的，他为人尖酸，自私自利，连田芳都看不上他。但边江估计在这群人里，可能瘦子最会行骗。至于田芳，是这几个人的头儿，虽然她年纪轻，但很有威信，即使比她年龄大的也叫她“芳姐”，说明田芳平日里对这些兄弟也不差。

“不过芳姐，这小子怎么办？”光头看了一眼边江问道。田芳看都没看边江，只说了一句：“他的事不急，一会儿再说，看好了别让他跑了就行。”大嘴一听，立马跟边江坐在了一起，拿出手铐就把边江跟自己铐上了。“大嘴，你干啥呢！”瘦子鄙夷地看了他一眼，“要是让警察看见你铐着他，肯定找咱们麻烦。”大嘴有点尴尬，立马把外套脱下来一半，用衣服盖住了手铐：“有什么啊，这不行了？”

边江没忍住，扑哧笑出来，连忙低头掩饰自己的笑，不过还是被身边的大嘴给听到了。他一脸不悦看着边江：“笑啥，有啥好笑的？”边江赶紧摆手，恢复严肃，但眼里仍然透着笑意：“不好意思，不好意思啊！大哥，我就是觉得你们这群人挺欢乐的。”大嘴白了他一眼：“欢乐个头啊，你小子的命现在可还悬着呢，芳姐只要下令说弄死你，我们哥儿几个眼睛都不带眨一下的，就算我看你小子不错，到时候照杀不误！”边江连忙点头说是，并说田芳不会要自己命的。大嘴斜着眼睛，一脸疑惑，小声问边江：“你咋知道，算过命啊？”边江就说，自己刚才救了兄弟几个，田芳不会杀他，而且没准儿还有别的任务要交给自己呢，不然早就放了。

大嘴抿着厚嘴唇，想了想，点点头：“倒是有几分道理，你小子不但能打，想不到脑袋还挺灵光！”边江连忙摆手：“大哥过奖了，不过那帮人是什么来头？这不是柴哥地盘吗？他们怎么还敢造次？”边江用只有他们两个人能听到的声音问。大嘴开始还不太愿意说，看看田芳，显得有些犹豫，最终还是压低声音，对边江说道：“芳姐不让我乱说，但我看你是块好材料，以后跟着我混，前途不可限量，但你得听话。我跟你说的这些，你可别去乱讲。”大嘴的样子特别老道，说话时眼睛眯起来，煞有介事地用深邃的眼神看着前方。边江连连点头，说保证不会跟别人说。

“其实那伙人啊，属于另一个团伙，他们的老大叫黑龙，跟柴哥是朋友，有他们自己的地盘。但是柴哥最近接了一笔大买卖，那家伙就眼馋了，想分一杯羹。柴哥当然不乐意了。结果那家伙就派人来找事，想把柴哥整得没脾气了，好跟他们合作！”大嘴说完，边江若有所思地点着头，说了句：“嗬，真复杂。”

大嘴咂了一下嘴，点头说道：“可不，我跟你说的这些都不算什么，这里面的利益啊，牵扯大了去了，而且柴哥和那老大，两人都掌握着对方的把柄呢，只不过现在是僵持阶段。”边江就好奇地问：“柴哥做的那笔生意是什么啊？”边江随口一问，没想到大嘴怎么都不肯说了，一边皱眉，一边摆手，让边江别再问了。边江不可思议地张大了嘴巴：“不会吧！”说完这句，他赶紧把声音压低，“是不是跟毒品有关？”大嘴并没有说是，也没说不是，只用眼神示意边江别再问了。

十来分钟后，田芳实在等不下去了：“走，回去看看，估计那群人已经走了。”他们重新回到那条昏暗、肮脏的小巷子附近，田芳让光头先过去查看了一下，等光头确定那些人已经走了以后，他们才一起走进巷子。食物腐败的气味混着浓浓的血腥味儿，令人作呕。瘦子咳嗽两声，用手挥了挥，说道：“怎么这么大血腥味儿，他们俩不会出事了吧。”大嘴瞪了他一眼：“靠，别乌鸦嘴。”其他人都没吭声，气氛异常紧张。田芳打开手电，走在最前面。边江和大嘴走在最后面。

晃动的手电光照在坑坑洼洼的地面上，边江隐约看见前面地上躺着一个人，紧接着传来痛苦的呻吟声：“芳姐……救我……”田芳立刻跑了过去，大嘴也急了，带着边江跑了起来。“二虎！”田芳蹲在地上的那人身边，看他的伤，二虎的腹部插着一把匕首，流了不少血。田芳扭头对光头说：“你帮二虎按着伤口。”她说完一个人朝着巷子里头跑去，边跑边叫“刚子”，但没有找到。田芳只好跑回到二虎身边，问他：“刚子去哪儿了？”二虎的眼泪掉下来，有气无力地说：“芳……芳姐，刚子他，伤得特别重，那些人把他拖走了……”二虎说完，朝着边江这边看过来，眼神十分可怕。

很快，边江发现二虎不是在看他，于是顺着二虎的目光看去，最终落在了瘦子的身上。田芳咬着牙，阴沉着脸，没再多说什么，让光头和瘦子一起把二虎架了出去。他们沿着马路走了二三百米，来到一辆停在路边的面包车边上。田芳拉开车门，让所有人上车，她坐进驾驶室，发动了汽车，并让光头给一个叫“小刘”的人打电话。光头拨通一串号码，对电话那头的人说了二虎的伤情。之后田芳开得飞快，约半个小时后，车停在一家小诊所门外。

诊所里黑着灯，看起来早就关门了，但田芳一鸣喇叭，诊所里的灯亮了，随即，卷帘门也升了起来。门里走出来一个年轻男人，不到三十岁，穿着白大褂，一看就是诊所里的医生。田芳跟他打了个招呼，边江才知道，这人就是“小刘”。光头和瘦子先下车，帮着小刘把二虎抬到了担架上，所有人一起进入了诊所。

二虎直接被抬进了后面的诊室里，其他人则在大厅里等候。边江小心翼翼地问大嘴："这诊所也是柴哥的？"大嘴点点头，说像二虎这种伤，一旦去了正规医院，肯定有人报警，招来不必要的麻烦，而且今天这种事情经常发生，有个固定的诊所也不稀奇。这时田芳看一眼边江，对大嘴说："走吧，屋里说去。"

光头把卷帘门重新放下，并关上了大厅里的灯。边江回头看了一眼，被大嘴猛地一拽："别看了哥们儿，你来了这儿就别想跑了。"田芳走进一间办公室，其他人也都跟着进了屋。她坐在了沙发上，一言不发，表情凝重，最终，把目光落在边江的身上。"名字。"她冷冷问道。大嘴赶紧捅了捅边江："问你呢，叫啥？"

"边江。"

"哪儿的人？"

"槐安的。"

"来汉都做什么？"田芳继续问。边江撇了下嘴，吊儿郎当地说："还能干什么，挣钱呗。"田芳又问："以前干什么的？我看你还有两下子。"边江斜着肩膀站着，眼睛往斜上方看了看好像在回想，然后他掰着手指头跟田芳说："我干过的事啊，那太多了，你看啊，我卖过房子，摆过摊儿，哎，还拉过皮条呢！至于功夫嘛，我小时候在武校待过两年，就稍微会一点。"

"呦呵，还拉过皮条？你咋不上天呢！以为我们傻啊？"光头说着就要上拳头了。"哎。"田芳一抬手，制止了光头。她不动声色地盯着边江："你刚才那几下子，可不是小时候上过两年武校就能练成的。我再给你最后一次机会，说实话。"边江一脸无辜："我说的是真的啊！"

田芳看着边江，面无表情，眼神却很犀利："咱们都是聪明人，就别兜圈子了，说吧，到底有什么目的？"边江继续装傻充愣，说自己没什么目的，就是想在这儿混口饭吃。田芳听完冷笑两声，眼睛没再看向边江，其他人也都跟着笑了起来。瘦子则来到边江面前，咬牙切齿地说："你以为自己是谁啊？不知道这儿谁说了算？要不哥今天教教你？"他嘿嘿一乐，伸出手抓向边江的裆部。边江反应很快，一下子抓住瘦子的手腕。瘦子吃痛，手一松，放开了边江。

瘦子没得逞，非常尴尬，抬起手来就想揍边江。边江只是斜着眼睛看了他一眼，瘦子却突然怯了，拳头停在了半空中，最后丧气地哼了声，放下手，退到了一边。边江的身手，刚才他们几个都见过；像瘦子这样的，边江一个打三个，不成问题。瘦子也不傻，自然识趣。田芳从包里拿出一盒烟，抽出一根，给自己点上，淡定地吐着烟圈，透着几分风尘味道，她眯着眼睛看向边江："这样吧，我开门见山，你也别再藏着掖着了。我们第一次打你的时候，你完全可以跑掉，也可以反击，但你连还手都没还一下，你刚才又救了我们。为什么？"田芳说完，边江没直接回答，却来了一句："能给我一根么？"田芳把烟盒和打火机甩在面前茶几上，边江弯腰，点上一根，皱着眉头抽一口："那芳姐觉得我是为什么？"田芳盯着他，嘴角一挑："我觉得你是故意接近我们的。"

边江立即点头说道："对，我确实是故意接近你们的。"田芳皱起眉头，调整了一下坐姿，身体微微前倾："谁派你来的？"边江一耸肩膀："没人派我来，是我自己想接近你们。"田芳不可思议地笑了一下，弹了弹烟灰："那你想干什么？"

"加入你们。"边江淡定地看着田芳，"我说了，我想吃这口饭。那就只有一个途径，跟柴哥混，所以第一次你们找上我，我没反抗，包括到现在也没反抗，因为这是我的态度和诚意。"等边江说完，大嘴忍不住竖起大拇指："牛逼啊！"结果被光头一巴掌拍在后脑勺儿上，大嘴才赶紧把大拇指收回去。

田芳听完，连着吸了两口烟，才点了点头："嗯，我明白了。可惜我只能拒绝你。因为我们不缺人手。看在你刚才救了我们的份儿上，之前的事情既往不咎。但你从哪儿来的，就还滚回哪儿去。"边江看了看屋里的几个人，淡淡一笑："芳姐，你们真的不缺人手吗？要我看啊，你们太缺了。"田芳看着他，歪了歪头，双臂交叉在胸前："为什么这么说？"

"刚子不是被人带走了吗？二虎也受了伤。这段时间，不如就让我顶替他们，怎么样？"边江十分诚恳，说话时还带着善意的微笑。田芳陷入沉思，她的确看中了边江的冷静，还有不凡的身手，但总觉得不踏实，不敢轻易让他加入，尤其是在柴狗不知情的情况下。田芳又看了看自己的几个手下，眼下局势紧张，面对敌对团伙的压力，她这个"家"确实需要一个强一点的人加入。沉思片刻后，田芳终于点了点头："好，那就给你一个礼拜的时间，你来证明我的决定是对的。”

边江马上点头说道：“OK！成交！”大嘴一看这架势，连忙给他解开了手铐。边江揉了揉自己的手腕：“谢了，兄弟！”大嘴傻笑：“说这干啥，以后都是自己人了。”田芳把烟头扔在地上，用脚踩灭了：“哎，大嘴，话别说太早。加入我们有个规矩，那就是不可以隐瞒自己的背景。边江，你以前到底是做什么的？”边江开始犹豫，到底要不要说出自己曾经被开除的经历。他拿不准。说出来的话，也许更讨田芳喜欢。因为李刚说过被开除的人更容易仇恨国家，走上这条路。既然曾经考上过公安，就也有可能是卧底，那田芳会格外警惕，不利于自己之后的行动。所以必须谨慎，否则前功尽弃。

·第四章　打入团伙·

经过短暂的考虑后，边江决定，不说，而且半句都不透露。他一改吊儿郎当的样子，神情严肃起来，认认真真答道：“我刚才说的是真的，我真卖过房子，摆过小摊儿，至于拉皮条嘛，其实我就干过一次。我这一身功夫，是因为小时候常被人欺负，开始自学武术。后来被邻居大爷看见了，没想到大爷以前在武校当过老师，每天指点指点我，加上我自己勤奋，慢慢地练出来了。最后，就没人敢欺负我了。”边江说的是真话，在撒谎这件事上，边江有个原则，十句话，八句真，两句假，可信度更高，当然假的部分是关键。

“我去，你也算是励志哥啊！”大嘴调侃道。

田芳却微微皱起了眉头，大嘴以为自己说错了话，连忙问：“芳姐，怎么了，我又说多了是不？”田芳只说了句：“没事了，大嘴，你先带他去休息的地方吧。”大嘴连忙答应，边江却忐忑起来，但想着既然田芳给自己安排了住处，说明已经成功迈出了第一步。

大嘴带着边江回到诊所大厅，然后顺着走廊一直往里走，走廊两侧各有三间病房，每间病房里有四个床位。边江被带到了最里面的病房。大嘴跟他说，之后这一个礼拜，他就住在这儿。边江问，他们平时都住在诊所里吗？大嘴摆摆手，告诉边江，他们原本不住这里的，但最近情况特殊，就先搬到这儿来了。

“情况特殊？”边江捕捉到了这个关键词。大嘴点点头：“刚才不是给你说了吗，黑龙那家伙在找我们麻烦。以前住处不安全。这儿没事，黑龙不知道。反正啊，干这行，就是有上顿没下顿的事，不过油水还是不少的，你功夫好，人再机灵点，准保吃得开！”边江笑了，说自己那三脚猫的功夫，差远了。大嘴马上严肃起来：“哎！兄弟！你别不信，我大嘴看人最准，不信咱就走着瞧。”边江没再接话。大嘴就像个过来人一样，给边江介绍着规矩，滔滔不绝，还有点兴奋。

最后，大嘴对边江说：“你就记住哥一句话，在柴哥手下混呢，不该问的别问，知道的越少，麻烦越少。没本事呢，可以慢慢学，不懂就问我，记住了吗？”边江笑着点头说好。“嗯。”大嘴拍了拍边江的肩膀，“好好干，芳姐不会亏待你的。要是过了芳姐这一关，咱们以后就真是兄弟了。”大嘴说完一拍脑门儿，赶紧补充了一句：“啊，对了！你身上不是有伤吗，正好能在这儿治疗，不过别乱走动，尤其是别去那个房间……”大嘴皱了一下眉头，捂了一下嘴，好像意识到自己话说多了。

“哪个房间啊，这么神秘？”边江连忙问道。“哎，算了算了，反正别乱走就对了。我出去看看二虎，你就在这儿歇着吧。”说完，他大步走出去，把边江一个人留在了房间里。

大嘴刚走，边江兜里的手机震动起来。边江拿出来一看，是个没有保存的号码，但边江认得这个号，是李刚的。边江没有犹豫，直接拒绝通话，然后快速观察房间的四面墙，看看有没有摄像头。他又用手摸了摸床下，床头柜一侧，有可能放有监控设备的地方都检查了一遍，最后走到门口，打开一道缝儿，观察外面的情况。田芳、光头、瘦子和大嘴都在诊所大厅里，根本没人关注他这边的事情。确认一切安全后，他终于稍微松了口气，盯着手机屏幕，等着李刚再次打来。

果然，五分钟后，手机震动起来，边江浑身一激灵，再次通过门缝儿观察了一下外面的情况，确定暂时没人过来，这才关好门回到屋子中间，并按下了接听键。

“喂，凌哥。”

“现在方便说话吗？”

“嗯，我都检查过了，没有监控。”边江压低了声音。

“好，我暗中观察你，看见今天有一起异常冲突，是怎么回事？简明扼要给我汇报一遍。”

李刚说话干脆利索，边江也不敢拖泥带水，便从在巷子里发生冲突说起，一直说到田芳的手下，各有什么性格，以及外貌特征。“之后你自己随机应变，尽快弄明白诊所里的神秘房间是怎么回事，并调查出与田芳发生冲突的是什么人。”边江突然觉得很有成就感，也十分刺激。之前他一直很迷茫，也无从下手，这还是他第一次感觉到这些任务带给自己的使命感。“是。”他回答得格外有力。该汇报的都汇报完了，边江才好奇地问李刚：“凌哥，你在哪儿呢？怎么听着你跟在山洞里说话似的！还有你是怎么……”嘟、嘟、嘟……李刚挂断了电话，与此同时“砰”的一声，门被踢开了。光头从外面闯了进来，跟他一起进来的还有田芳和大嘴。光头瞪着眼睛，眉头紧锁，腾腾两步来到边江面前，看了看边江的手机，凶巴巴地问：“刚才跟谁打电话呢？”边江紧紧握着手机，手心开始冒汗。光头一把夺过手机，打开通话记录，找到刚才的号码，手机屏幕朝向边江：“再问你一遍！刚才在跟谁打电话！”

“我对象，不行啊？”边江一脸不爽地说。田芳挑了下眉毛，神情更加冷峻：“这么说，你还有个……女朋友？”她面无表情，语气也冷冰冰的。“是啊，搞对象也不行吗？你们难道都没有对象吗？”田芳脸色越发难看了。光头看了一眼田芳的表情，对边江恶狠狠地说：“少他妈废话，现在就给你女朋友打电话，我倒要听听，是不是你女朋友！”

光头拿着手机，让边江自己拨打。边江一咬牙，拨了出去，并遵照光头的要求，摁下了免提键，心却提到了嗓子眼儿。“嘟……嘟……”两声过后，通话被接听了，但电话那头并没有人说话。边江心急如焚，李刚只要开口，说出跟任务有关的话，边江就算有三寸不烂之舌，也编不下去了。边江脑子飞快运转着，想着万一李刚开口说什么了，他该怎么应变。突然，边江灵光一闪，对着手机说了句：“喂，莹莹？能听到吗？”

“怎么又打回来啦？”一个女人声音从手机里传出来，说话间还有点调皮和撒娇的意味。边江顿时松了一口气。“啊，因为……我这几个朋友，想听听你的声音，他们都不信像我这样的还能找着女朋友！哈哈！”边江自我调侃着。光头的脸色难看极了，脸上一块白一块红的，好不尴尬。

手机那头的神秘女孩儿咯咯轻笑两声：“这样啊，那你把免提打开，我跟他们打个招呼？”边江连忙说：“啊，算了，他们已经知道我没撒谎了，先不说了，你到家后记得给手机充电，然后给我发个短信啊！”女孩儿很乖巧地“嗯”了一声，挂断了电话。

光头的脸上有点挂不住了，冷冷说道：“这么说……这个手机号不是你女朋友的？”边江说女朋友手机没电了，所以借了别人的电话。“那……那你女朋友电话是哪个？”光头气呼呼地问。边江笑了：“光头哥，就是通讯录里那个名字叫宝贝的啊！”光头立即找到那个号码，并拨了过去，果然提示关机。

其实名字叫“宝贝”的手机号，是李刚建议他保存的，那个号码只要一打过去，提示音就是关机。边江当时还不理解李刚的做法，万没想到会在这个时候用到。光头还是不甘心，对田芳说，他听到边江最后挂断电话时，说了一句“是”，这可不像跟女朋友说话时的语气。田芳听完没有说什么，而是朝着边江走过来：“既然这样，那你就不用这么紧张了吧？”

“你们这么搞，我当然紧张了。难不成，咱们组织里面，还真不让谈恋爱啊！”边江说道。“为了那女孩儿考虑，我劝你，还是尽早分了吧，毕竟你已经选择了这条路。”田芳说完，转身离开了房间，光头和瘦子也跟着出去了。

屋里只留下大嘴和边江两个人。大嘴忍不住跟边江说：“以后你可要小心点啊，跟着柴哥和芳姐混，必须多个心眼儿。”边江一愣，不自然地笑了笑，说刚才是光头误会了。大嘴摆摆手：“好了，我现在就给你说说明天的任务。”边江马上来了精神：“什么任务？”

大嘴伸出一根手指：“一万。”边江身子往前凑了凑：“什么一万？”大嘴对边江说：“不管用什么方法，从车站搞到一万块钱。”边江立刻说，这绝对不可能，他一天弄八百，就已经觉得够多了，一万，简直就是天方夜谭。大嘴不屑地瞥了他一眼：“你这第一炮打响了，以后才好混。要是这都不行，哥劝你还是回去吧！”

边江抿了下嘴唇，只得点了下头：“哎，大嘴，你有什么高招吗？”大嘴笑了，跷起二郎腿，神秘地说：“这里面学问大了，水深得很，一两句说不清楚。”边江继续求大嘴赐教。大嘴冲边江伸出两根手指头。“啥意思？耶？”边江问。“耶你个头啊！我是说两件事，一，不要脸；二，心要狠。记住这两点，你就成功一半了。”大嘴停顿了一下，继续说，“哎呀，你不用太担心，反正芳姐会跟你一起去，到时候她肯定给你说。”边江连忙点头，感谢大嘴的提醒。大嘴眯起眼睛，拍拍边江肩膀：“嗯，慢慢跟哥学，没几天你就能摸清了。”边江配合地傻笑两声，随便挑了张单人床躺了上去，陷入了沉思。

而在另外一个房间里，气氛紧张又微妙。田芳自打从边江的房间回来，就一直没说话，瘦子的嘴倒是没停过：“我说光头，你刚才都听到了什么？那小子真的有问题？”光头看了眼田芳的脸色：“我也说不清楚，刚才无意听到他打电话，感觉有点怪。早知道芳姐这么为难，当初我发现他在广场上行骗，就不该报告芳姐，应该直接解决了他。”光头说话间流露出一丝愧疚之情。他确实是第一个发现边江的，某种程度上说，算是间接帮助边江进入柴狗组织的人。

瘦子撇了撇嘴：“不过话说回来，既然这小子遮遮掩掩的，搞得这么神秘，恐怕……”田芳看了他一眼：“想说什么就直说。”“我觉得，边江不够资格加入咱们！”瘦子表明了态度。田芳冷笑了下：“他能打能抗，脑袋灵光，怎么不够资格了？”没等瘦子回答，田芳继续说：“不会是嫉妒他比你身手好，担心将来柴哥优先提拔他，没有你的机会吧？”瘦子面露愠色，不屑地哼了一声：“我嫉妒他？芳姐，你这么说可就不公平了啊！我来这么久了，犯不着嫉妒他这个新人吧。倒是你芳姐，怎么这次招人这么草率，咱们不是优先招没有家室的人吗？而且至少也得要柴哥同意吧。该不会……看上这小子了？”

田芳立即皱起眉头，还没等瘦子反应过来，已经扬起手，“啪”地打在瘦子的脸上。

“芳姐！你！”瘦子捂着自己的脸。田芳冷漠地看着他，揉了揉自己的手，重新坐好，点着一根烟，吐一口烟圈，对瘦子说：“姑且不说我没看上他，就算是我看上他，又怎么样？需要你同意吗？”瘦子语塞。光头冷哼了一声：“对啊，瘦子，那小子就谈个恋爱，也不算有家室。二虎加入咱们家的时候，不也是芳姐先同意才汇报给柴哥的吗？”

瘦子不敢跟田芳顶嘴，但一点都不怕光头，没好气地说：“反正我没有女朋友……”光头微微一笑：“你是没女朋友，你特么有男朋友！”瘦子吧唧吧唧嘴，想再说什么，但看看田芳，愣是把到嘴边的话给憋了回去。田芳不耐烦地皱了下眉头：“好了，别说那些了。光头，你刚才说，听到他打电话时的语气很恭敬，对吗？”“对。那绝对不是对女朋友说话的语气，我挺确定的。”光头答道。田芳默默点头：“好，我知道了。”

“芳姐，那你打算怎么做？”光头问。田芳看他一眼：“没什么，先调查一下他的背景再说。”瘦子面露失望，悻悻地走到门口，又回过头来问了一句：“芳姐，要不要窃听那小子的电话？”他的脸上还挂着那个巴掌印。“没必要。如果他真是黑龙派来的，早晚会露出破绽。”田芳弹弹烟灰，蹙眉说道。瘦子竖起大拇指，恭维着：“还是芳姐厉害。”

面对瘦子笑嘻嘻的面孔，田芳面无表情，看着自己手里的烟，淡淡地问瘦子：“二虎一醒就跟我说，刚子出事，跟你脱不开干系。你怎么说？”瘦子明显紧张起来，结结巴巴地说：“跟……跟……跟我有什么关系？”田芳继续问：“那你告诉我，那伙人是怎么知道咱们在巷子里的？为什么那么正好，把咱们堵在了那儿。”瘦子瞪着发红的眼睛，屈辱地绷着嘴唇：“我不知道二虎跟你说什么了，反正那事跟我没有关系，我也不知道他们怎么会找到咱们的！”

“二虎说了一件事。”田芳抬眼盯着瘦子，“那件事，我也刚好有些印象，要是二虎不提，我可能就忘了。”

·第五章　美人为馅·

“什么事？”光头好奇地问。田芳便对光头解释道：“咱们往外跑的时候，瘦子其实已经被对方抓住了，可是二虎亲耳听到，对方说‘不抓这个，放了他，换一个’。我没听到这句话，不过瘦子确实莫名其妙被放了。”田芳话音刚落，光头一把扭住了瘦子的胳膊，疼得他一阵乱叫。“说！是不是你出卖了我们！”光头凶巴巴地问。瘦子却一直说自己是清白的，没有背叛柴哥。

“行了，别逼他了。”田芳站起来，走到光头和瘦子身边，对瘦子说，“你记住，这件事不会就这么过去，我会好好调查。你好自为之。”瘦子的脸都白了，僵硬地站在原地，愣了几秒，他捡起刚才掉在地上的外套：“你是咱这个家的家长，你说了算。但我还是得说，我不是叛徒。”他说完摔门出去。刚一出门，瘦子就撞上了边江。

“你……”边江说着用手指了指自己的半边脸，又看了一眼田芳的屋子，“你们刚才没事吧？”

“关你屁事！”瘦子一副恼羞成怒的样子，“你站这儿多久了？”边江连忙解释说，自己可没偷听，就是出来上厕所，听到这边房间里在嚷嚷，就过来看看，什么都没听到。瘦子冷哼一声：“我警告你，别以为芳姐允许你留下，你就牛了！”边江连忙摆手，连说不敢不敢。瘦子瞪了一眼边江，气呼呼地朝自己的房间走去。

边江当然听到了刚才谈话的全部内容。唯一让他担忧的是，刚打入团伙内部，就莫名其妙树了敌。之后他并没有回到自己的房间，而是继续在黑漆漆的诊所里溜达。诊所不大，很快就转了个遍，但一无所获，根本没看见大嘴说的那个房间。就在这时，田芳房间的门发出“吱呀”一声，光头走了出来，他打着哈欠好像是准备回自己房睡觉。

边江紧张到了极点，光头是这群人里最不好对付的。他快速左右看看，没有其他躲的地方，只好暂时躲在了落地窗帘的后面。好在诊所里灯光昏暗，光头根本就没往边江这边看，径直走回了自己的房间。等田芳的房间也关了灯，边江才靠在墙上舒了口气，准备从窗帘后面出来。

就在这时，边江发觉后面的墙壁有点奇怪，好像不是普通的白墙，而是木头的！而且，靠上去的时候，墙壁明显往后晃动了一下。边江立刻回头去看，并没有发现什么异常，但是敲了敲墙壁，确实是木质的，听声音，墙后面肯定是空的。他往后站了一步，重新观察了一下这堵墙：一扇狭窄的窗户，却安了一幅很宽的落地窗帘，与窗户的大小极其不协调，无论从美观还是从功能的角度来说，都不合理，看起来像是在掩盖什么。

借着昏暗的灯光，边江一边摸索一边观察，终于逐渐辨认出来，这是一扇暗门，很窄，也就半米宽。他当即认定，这扇门后面，就是大嘴怕他发现的屋子。“喂，边江！你好了没？我靠，我要拉裤裆了，你快点！”安静的诊所里突然传来大嘴的声音，他边喊边捶厕所的门。诊所只有一个厕所，男女共用，里面的灯也是常亮的。刚才边江说自己去厕所了，因此大嘴才会以为他还在里面。

边江赶紧离开暗门，一边回应着一边朝大嘴走去。“哎，你没在里面啊？”大嘴有些意外。边江说，自己一出厕所就走错方向了，没找着房间。大嘴顾不上多说，摆了一下手，一头钻进厕所里。边江也悄悄回到了房间里。

躺在床上，边江久久不能入睡，想着柴狗和另一个团伙的事情，也想着那暗室里到底有什么。第二天一早，边江就被大嘴叫醒了。“嘿，醒醒，开工了啊！”大嘴晃了两下边江的床铺。边江迷迷糊糊起床，跟大嘴去诊所大厅集合。两人坐在冰凉的金属座椅上，等着其他人。几分钟后，光头和田芳也来了。瘦子是最后出现的，顶着两个大大的黑眼圈，好像一夜没睡似的。

边江注意到，田芳的手里多了一个牛皮纸的袋子。田芳似笑非笑地看着边江，那眼神好像要把他看穿似的，手里那个牛皮纸的档案袋也被她攥起了皱。田芳简单跟大家分配了任务后，看了一眼边江：“你跟我来。”

田芳驾驶着那辆破旧的面包车，穿梭在汉都拥堵的街道，边江牢牢抓着车门上面的拉手，看看放在车前中控台上的牛皮纸袋子：“芳姐……”他还没说完，田芳突然问：“想看袋子里是什么啊？”

边江一愣，点点头：“芳姐，袋子上写着我的名字呢，是什么啊？”档案袋是反扣着的，边江是在田芳拿着档案上车时看见的。田芳嘴角动了动，似笑非笑地说：“眼还挺尖。先完成今天的任务，我再跟你说。”边江无聊地耸了下肩膀，有些失望：“那好吧。”

“怎么？在担心今天的任务完不成？”田芳面无表情地问。边江挠挠头：“大嘴说了目标，那个芳姐……是不是太多了？”田芳轻蔑笑笑：“多？开什么玩笑，这是最低标准。”边江不禁倒吸了一口冷气：“那以后还请芳姐多指教了。”田芳笑笑，没说话。

之后他们一起来到站前广场上，田芳给边江指定的第一个目标，是一位穿着朴素的老太太。“看见了吗？就那个老太太，她有钱，你去吧。”田芳面无表情地说。边江观察着那老太太，老人看起来是第一次来大城市，眼睛都不够用的，神情也十分紧张，双手紧紧攥着一个深灰色的布包袱。

“看上去不像有钱的啊。”边江嘀咕了一句。田芳微微一笑：“怎么，不忍心？实话告诉你，这老太太的孙子病了，她带了不少钱过来，应该都贴身放着，不好偷到手。你就想办法把那包袱顺过来就行了，那里面有五千。”边江点点头：“反正钱在那包袱里，对吧？”田芳点点头。“那不就得了！”说完边江掐灭手里的烟，朝着那老太太走去。虽然他内心百般挣扎，一千一万个不愿意，但深知自己绝对不能出差错，否则满盘皆输。刚才田芳能清楚说出这大娘身上的钱数，以及来城里的目的，边江猜测，柴狗的诈骗组织不止在广场上，肯定也分布在火车上。

二十分钟后，边江推门走进了火车站对面的肯德基店里。田芳刚才跟他打电话，在这里等着他。一进去，他远远就看见了坐在角落里的田芳。她正眉头紧锁，望向窗外，不知道在想什么。边江来到田芳面前，从兜里掏出一个用小手绢包着的、圆鼓鼓的东西，扔到了桌子上。田芳四下看看，确定没人看着自己，便淡定地打开了手绢，里面是一卷用皮筋扎好的钱；她掂了掂重量，满意地点了点头，然后从那卷钱里面抽出一千元，给了边江。“你这趟的报酬。下午再做一笔，你今天就算完成任务了。”田芳说完就把钱放进了手提包里，喝了一口可乐。

边江没吭声，嘿嘿一笑，把五百块钱装进屁股兜里，去点了份套餐。他啃着一只鸡腿，漫不经心地问了句：“芳姐，你跟柴哥多久了？”田芳正吃着一个汉堡，听到边江的问题，停下来，皱起了眉头。

“啊，你要是不想说，就算了。”边江感觉到了自己的唐突，连忙补充一句。

田芳沉默了一会儿，耸了下肩膀：“无所谓啊，大概……嗯，有七八年了吧。”

“哇，这么久？难怪柴哥信任你。”

田芳苦笑：“行了，别恭维我了。”说完，她继续吃着快餐。边江也继续问：“那……你当初为什么会跟着柴哥啊？”

“算是缘分吧。好了，别说了，赶紧吃完干活儿去。”

边江识趣，没再问下去。当天下午，在田芳的指示之下，边江一共从四个人身上连偷带骗了五千二百元，这四个人有两个是善良的大学生，一个独自来汉都旅游的男人，还有一个普通民工。就这样，第一天顺利结束。回到小诊所的时候，已经是晚上八点钟，其他人都还没回来。

田芳和边江点了外卖，给二虎点了易消化的小米粥，三人就在诊所的病房里简单吃着晚饭。吃饭时，边江的手机突然响了，他拿出手机一看，是个完全陌生的号码。边江猜测十有八九是李刚打来的。他看着手机显示屏，迟疑着，不接，怕引起怀疑；接呢，又可能穿帮。“怎么不接？”田芳漫不经心问。

“哦，不认识的号码。我去外面，不打扰你们吃东西。”

“不打扰啊，不会是你有什么秘密吧？”田芳半开玩笑地说。

“别开玩笑了，芳姐。”边江笑着说。田芳就说，那就在屋里接，他们不怕被打扰。边江的心怦怦直跳，但还是若无其事地接听了。

“是江哥吗？”熟悉的声音从手机听筒里传来。边江差点脱口而出，喊“翠花”。

“对，是我。你哪位？”

“哎呀，江哥，我是房产经纪人小王，之前您不是跟我咨询过租房的事情吗？”这是他和翠花的接头暗号。他们俩之前商量过，不管是什么事，只要给对方打电话，就假装是房产经纪人。如果不方便，接听电话的一方就说不感兴趣而拒绝对方。边江现在只想快点让翠花挂断电话，就敷衍地说了一句：“不好意思，我不需要了。”

没想到翠花却说，现在有个合适的房子，符合边江的要求，而且租金特别便宜。翠花不肯挂断，说明事情真的很着急。边江看了一眼田芳和二虎，两人都自顾自地吃着东西，好像并没有对他这通电话起疑，于是拿着手机的手隐蔽地按着手机一侧的按钮，调整听筒音量，并继续敷衍：“小王我正吃饭呢，要不你就把那房子的价钱和位置发过来，我看看。如果合适的话，再联系你。”

翠花答应着，同时压低了声音：“他们在调查你。”

边江愣了一下，马上笑着说：“好，那就先这样。”挂了电话，边江就无奈地摇摇头，说：“哎，现在的销售可真是……”田芳没说什么，抬头看他一眼，笑笑就继续吃东西了。过了一会儿，翠花发来一条信息，很长，边江扫了一眼，假装没在意。吃完饭后，他主动帮着收拾饭盒，拎着一袋垃圾走出去，一来到洗手间里的垃圾桶边上，立即拿出手机，仔细看翠花发来的信息。

短信内容是：“我已打入内部，今天白天，跟家长猴子还有另外两个哥们儿一起吃火锅，吃到一半，一个光头进了雅间，一介绍才知道都是兄弟，而且就是田芳手下的，聊着聊着，光头就说起了你，说已经查到你的档案，还说你十有八九是个卧底。”边江默默删掉信息，洗了把脸，看着镜中的自己，一抹脸上的水珠子，重新回到了房间里。他一回去，田芳就淡淡地说了句：“还以为你走了呢。”

“我干吗要走啊。”边江的表情有点不自然，他清清嗓子，找到一个舒服的姿势，坐在沙发上。“直觉。”田芳拧开矿泉水瓶，喝了两口水，站起来，对边江说：“你跟我出来。”边江跟着田芳走进一间空屋子，他的心已经提到了嗓子眼儿。田芳则不紧不慢地把外衣脱下来，紧身的低胸黑T恤，使她的身材看起来凹凸有致，耳后的碎发恣意地贴在白皙的脖子上。田芳疲惫地揉了揉肩膀，仰面靠在沙发背上，眼睛直直盯着天花板，好像在思考什么。

边江心里更慌了：“芳姐，到底什么事啊？”

田芳若有所思望着边江，在口袋里摸了摸，找到香烟，叼在嘴里，却怎么都找不到打火机了。“有火吗？”田芳淡淡地问了句，并坐起身子。“啊，有。”边江赶紧拿出自己兜里的打火机，走到田芳身边，帮她点烟。边江半弯着腰，两人的距离不到二十公分，他看着田芳诱人的嘴唇，眼神有些挪不开了。

田芳冲着边江呼出一口烟，邪恶地笑了笑：“怎么，想上我啊？”边江赶紧站直了身子，脸上一阵红一阵白的：“芳姐，你是柴哥的女人，这话可不能乱说的。”

“我说错了吗？你的眼睛刚才就没离开过我的身体。”田芳似笑非笑地看着边江，左手夹着烟，眼神迷离。她慢慢站起来，抓住了边江的腰带，往自己这边一拽，两个人的身体一下子紧贴在一起。她抬起头，凤眼微睁，看着边江的下巴，挑逗地说：“其实我对你很好奇。”边江的身体却僵硬冰冷，他感到背后直冒冷汗。“芳姐，你想说什么，尽管说，你这样，我真的很慌啊……”边江并没有推开田芳，声音里带着些许不安。

田芳看着他，眼神复杂，似乎有些惊讶于边江的理智，突然把他推开，坐回了原位。边江心里松了口气，快速擦了下额头上的汗。田芳狠狠吸了口烟，从包里把档案袋拿了出来，摔在了茶几上。

·第六章 档案背后·

“我看过你的档案了，你没跟我说实话。”田芳语气笃定。边江心里一沉，知道出事了，但仍竭力控制着自己，尽量不表现出惊慌。他弯腰想拿起桌上的档案，却被田芳按住了手。边江直起腰来，直视田芳：“芳姐，有什么话，你就直说吧。”

“你之前当过警察，是不是。”田芳问。边江紧闭着嘴巴，倔强地看着田芳，然后慢慢坐下，低下头。田芳就在一旁一口一口吸着烟，不催他，也不动气。等一根烟抽完，田芳把烟头用力摁在烟灰缸里熄灭：“不打算说吗？”边江盯着地面，愤恨地说：“我确实考过铁路公安，还考上了。”说着他给自己点了根烟，“但培训第一天就被开除了，就因为我揍了一个混蛋。”边江狠狠吸了一口烟。

“你不就是揍了一个混蛋吗？那也要被开除？”田芳一副不可思议的样子。

边江点点头：“其实，我也不用非得离开，但是我那天突然觉悟了，跟着那帮古板教条的家伙没什么前途，关键是没有半点人情味，再说了，天天拿着死工资，挣不了几个钱。所以我就没道歉，没求情，态度很恶劣。他们就把我开除了。”

田芳抿起嘴唇，似笑非笑，问：“为什么昨天我问你，你没说？”边江听完就笑了：“我干吗要跟你们说这个？你们不误会我才怪。”田芳就说，她确实怀疑过他，不过怀疑他是黑龙的人，但没想到调查的结果更让她意外。边江看一眼田芳：“芳姐，你不会跟别人说这件事吧？我是真心想跟着柴哥干，你要是跟别人说了，或者传到柴哥耳朵里，那我可就完了。”

田芳点点头，轻松地说：“好啊，我可以帮你保密，但你要毫无保留地告诉我，关于你的一切。”边江挠挠头，不明白田芳还想知道什么，就说自己已经全说了。“你当警察，离开警校来投奔柴哥，还有你小时候报考武校，全都是为了报仇，对吧？”

边江一愣，眨巴眨巴眼睛：“报仇，报什么仇？”田芳有点不耐烦了：“我话说到这个份儿上了，你就不用装了。”边江依然很懵，但尽量保持着冷静，同时脑子飞速运转，思考田芳说的“报仇”是什么意思：“芳姐，我真的不知道你在说什么。”

“档案上记录着你上学时打架的事情。我调查了一下才知道，你那次打架是因为有人侮辱了你死去的哥哥，所以才出手伤了同学。而你的哥哥是被人打死的。你后来上武术学校，当警察，就是想有一天为你哥哥复仇。后来你接近我们，也是为了给哥哥报仇。我没说错吧？”

田芳说完，边江才稍微有点头绪了，但“复仇”这个词就有点过了。边江的哥哥，在边江小时候被人活活打死，下手的是三个小混混儿，年纪也就二十岁上下。后来那三个小混混儿没被抓到。这件事对边江的刺激很大，这也是他后来选择做警察的一个动力。至于武校，边江确实上过，那是因为他想学功夫，将来惩恶扬善。随着年龄的增长，他渐渐意识到在这个社会上，并不流行金庸小说里的侠客。于是他考了铁路公安，一心想做一名警察。

“芳姐，都哪儿跟哪儿啊！冤有头债有主，打死我哥的又不是你们。你们也不能帮我找到凶手。而且我说过了，我投奔柴哥，就是为了挣钱。”边江说得理直气壮。田芳盯着他看了一会儿：“就这么简单？”边江点点头：“对，就这么简单！”田芳松了一口气似的，她说原以为边江想让柴狗帮他找到当年打死哥哥的小混混儿，为哥哥报仇呢！

边江苦笑：“我哥是在我老家出事的，那也不是柴哥的地盘，就是有再大的本事，肯定也不好帮我找到那几个小混混儿。”田芳点点头，没再多说。边江突然有些忐忑，小心对田芳说：“芳姐，你不会把这件事告诉柴哥吧？”田芳再次点头，只是显得有些心不在焉。边江不放心，就继续问：“芳姐，你答应了？为什么啊？”

田芳不耐烦地瞥他一眼："你让我帮你瞒着柴哥，我答应了，现在你又来问我为什么，还有完没完了？"她停顿一下，继续说："我不会让柴哥看你这份档案，就是因为你是我招来的人，我看中的人不会错。"田芳用一种试探的眼神看着边江，"你不会让我失望吧？"

"当然不会，芳姐你这么信得过我，将来我肯定尽心尽力帮芳姐办事。"边江拍着胸脯说道。田芳满意地点了点头，露出一抹淡淡的微笑。田芳起身，穿上外套，对边江说道："走，我带你去见一个人。"

"谁？"

"问那么多干吗？总之是你该见的。"田芳说话间已经走到了门口。边江赶紧跟着田芳出了诊所。边江上了车，兴奋地问："该不会，是让我去见柴哥吧？"田芳不禁笑起来："哈哈，柴哥？那可不是你想见就能见的。"

"那是谁？"

田芳无奈地摇着头："哎，耐心点！我是要带你去见你将来的师父！"

"啊？我师父不是你吗？"边江歪着身子斜靠在车门上，眯着眼睛，半开玩笑地说，"我想让你当我师父，行不？可千万别给我安排一个古板老头子啊！"田芳笑着摇摇头，说道："公安局把你开除算是对了，就你这吊儿郎当的样子，哪像个警察！"

"哎，芳姐，说正经的，什么师父啊？干吗的？"

"就是教你一些基本的挣钱方法，带你入入门。"

"嗨！就是诈骗呗！"

田芳不屑地看了他一眼："你觉得简单啊？就凭你那点本事，还差得远呢。"

"好吧，好吧，你长得这么好看，说什么都对。"边江一面说一面把玩着打火机。过了一会儿，边江随口问："哎，我老听你说咱们'家'什么的，到底什么意思啊？"

田芳看他一眼："你慢慢就知道了，现在最重要的是赶紧上道，别拖兄弟们的后腿。"

"那是不是只有你才能见到柴哥啊？他是个什么人？给我说说呗。"边江好奇地问。田芳一下子严肃起来，不耐烦地说："该让你知道的，我将来自然会告诉你。"边江识趣，立马闭上嘴巴，做出一个把嘴巴用拉锁拉上的姿势，然后闭着嘴巴发出一阵“呜呜呜”的声音，通过语调和手势能听出来他在说“我不问了！”

田芳不禁笑起来：“这就对了。对了，你那个女朋友，又联系过吗？”她目视前方，好像只是随口一问。“呜呜呜……”边江紧闭着嘴巴说道。“行了，别闹了，跟我说说你那小女朋友的事情。”田芳说完又补充了一句，“你不说，我也得去调查她，所以我奉劝你，最好乖乖配合。”

边江先假模假样拉开嘴上那个无形的拉锁，说道：“吵了一架，分手了。反正就是随便玩玩的，她也没对我多认真。再说，我特别受不了黏人的女孩子，我就喜欢独立的，嘿嘿，像你这样的。”田芳只是淡淡一笑，没说话。边江看看田芳的脸色，又问：“对了，你到底是不是柴哥的女人啊？”

“你觉得呢？”田芳的表情不是很自然。边江瞥她一眼：“芳姐这么漂亮，哪个男人不动心，柴哥是男人就不会例外。”田芳听完看他一眼：“我就当你是在夸我了。”她没有承认，也没有否认。“那芳姐是怎么认识柴哥的啊？”边江又问。

“我没得选。”她看看边江，迟疑了一下，好像有些担忧似的。边江就对田芳说：“芳姐，我一个新人，也不会跟人乱说，你就当我是个倾诉对象吧。”田芳冷笑：“我不是怕你跟人乱说，原本也不是什么秘密。你既然想听，那我就告诉你。我十六岁那年，一个人来到汉都上中专，住在我小姨朋友家里。那时候条件不好，这样就可以省下一些住宿费。那女人开始对我还不错，不过后来我总是发现她带男人回来。直到有一天晚上，我都睡了，那女人突然带着一个男人回来了。男人看见我，说出双倍价钱，让我也陪他。”

“真他妈不是东西！”边江气愤地说。

田芳坦然地笑了笑：“我当时很害怕，也很恶心，撒腿跑出了家，第二天早上才敢回去。到家的时候，男人已经走了。那女人就阴着脸，竟然什么都没说。后来她突然对我特别好，还变着法地做我的思想工作，劝我接客挣钱什么的。我才知道她是个鸡。”田芳顿了下，脸色阴沉着。

“那……那后来呢？”边江问。

“我也不傻，知道男人是来找乐子的，哪个也不想搞得像杀鸡似的，所以我就死不妥协，拼命反抗，男人也就没了兴趣。她拿我也没办法，对我的态度就变了。那时候，我寄人篱下，没得选，就主动帮她做很多家务。她依然天天说我是吃闲饭的，没爹娘养的，什么乱七八糟的话都说。不过只要不让我接客，给我个落脚的地方，这些我都忍了。”田芳无所谓地抿了下嘴唇。

“那女人死心了吗？”

田芳笑笑：“她可不会就这么死心。有一次，她给我下了药，然后把我丢给了一个男人，就那种药，你明白吧？”边江想了一下：“哦，我明白了。这女人咋这么缺德！”田芳深吸了一口气，才继续说：“还好，那次遇见的是柴哥。”边江不可思议地眨巴眨巴眼睛：“不会吧，柴哥啥女人没有，为啥非去找那女人啊？”

田芳说，那次柴狗是为了躲一伙追杀他的人才凑巧到了店里，他怕那女人报警，就假装嫖客，随口说了些要求，说要年轻漂亮的，最好是处女。他本来是因为嫌那女人才说了这些要求，没想到那女人一下子就想到了田芳，在水里下了药，然后就把田芳跟柴哥关进了屋里。

“那你们两个不会真的……”边江如鲠在喉，说不下去了。田芳瞥他一眼，一脸疑惑：“你那么紧张干吗？”边江一瞪眼，说道：“当然紧张！咱们现在已经是朋友了，我担心朋友不是很正常吗？”田芳重复着边江说出的“朋友”二字，无奈地笑了笑：“当然什么都没发生。我趁着自己还有些意识，拿出随身带着的水果刀，直接对准了自己的脖子。要说柴哥也是君子，他真的没想占我便宜，还安抚我把刀子放下，还耐着性子听我说了自己的故事。”

“后来他就把你救走了？”边江问。“没有，他把随身带着的钱掏出来，给我留了一半，大概一万多，让我离开那女人，然后他就走了。可惜那笔钱最后还是被那女人拿走了。不过她也没福气花，两天后，她就出车祸死了。”田芳面无表情，眼神阴冷。边江考虑了一下，才小心地问田芳：“那车祸是意外吗？”田芳看了看边江，眼神略带欣赏：“你竟然能看出这里面的内幕。”

“啊！真的不是意外啊？该不会是你害死她的吧？”

田芳摇了摇头：“不是我，是柴哥。为了报恩，我从那之后，就一直跟着柴哥了。”田芳说着，表情却有些复杂，不只有对柴狗的感激。边江就说：“想不到柴哥也是个路见不平拔刀相助的人，还以为他只会做些……”边江不自然地笑了笑，挠挠头，没说下去。田芳却好像很理解似的，微微一笑：“柴哥能混到今天，有那么多兄弟愿意追随他，可不单单因为他有钱、有本事。”

边江点点头：“哦，我懂了，柴哥讲义气，所以兄弟们才服他。你就是因为这个，才留在柴哥身边的吧？”田芳点了点头，冲他笑了笑。“怎么这副表情，好像有什么难言之隐似的？”边江注意到了田芳脸上的微妙表情。“算了，别说这个了，待会儿你见了师父，可好好学着点，我只给你三天时间，必须把所有的本事都学到。”

边江面露难色：“就三天啊？”田芳目视前方，微微一笑：“要是觉得不行，现在后悔还来得及。”边江立即拍着胸脯答应了，说自己没问题。四十分钟后，汽车停在了一家名为“夜上海”的KTV门前。“你自己去吧，我还有别的事，进去以后，直接去202包厢。”田芳说。

边江看看身后闪烁着霓虹灯的KTV，答道：“哦。”边江一下车，田芳就驾车离开了。他一个人忐忑地走进了KTV，马上有服务员迎了过来。边江就对那小伙子大大方方地说了句“202”。服务员看了他一眼，果然就什么都没问，点点头直接带着他来到202号包厢门前，做出了一个请的手势，又一言不发地离开了。

推门走进包厢，里面空无一人。电视里正在播放张学友的《秋意浓》，边江谨慎地坐在了最边上的沙发上。单曲循环了三遍之后，边江有些按捺不住了，不明白今天晚上这是哪一出。他站起来，把灯关上，漆黑的屋里，出现了三个明显的红点。一个红点在天花板的吊灯旁边，一个在茶几腿上，另一个在门后面，也就是说，从边江一进来，就有人在监视他了！

边江的额头上不禁冒出冷汗，回想自己刚才拘谨小心的样子，突然有点担心，怕对方怀疑自己，也怕这是对他的一道考验。想到这，他立刻打开灯，并切换到另一种更加动感的灯光效果，叼着烟，故意大大咧咧骂了句：“哪有人啊，耍老子嘛！得，不唱白不唱！”然后走到点歌台边上，随便点了两首烂大街的歌，唱了起来。

歌唱到一半，门打开了，一个坐着轮椅的男人进来了。

·第七章　拜师学艺·

男人看起来有五十岁了，很胖，大肚子，皮肤白得很不自然，一双小眼睛滴溜溜的，整个人看起来就像个大白耗子。边江郁闷地吁了口气，小声嘀咕了一句：“还真是个老头子，难不成要教我假扮残疾人去骗人……”男人听到了边江的话，面带不悦，冷哼了一句：“你就是芳丫头说的，那个身手了得的家伙？”

“啊，是我，你，就是我的师父？”边江打量着胖男人。“嗬，看你这样子，觉得我当不了你师父？”胖男人乐呵呵地看着边江，也不生气。边江连忙说自己不是这个意思。胖男人指了指边江，冷哼了一声：“我知道你想什么，觉得我是个瘸子，生活不能自理，更何况还是去车站‘做事’，觉得我不靠谱，对不对？”

边江连忙摇头。胖男人又说：“不管你怎么想，芳丫头让我带你，我就好好带。平时，叫我老杜就行。”边江赶紧站好：“那就麻烦你了，老杜叔。”

“行啦，别那么拘谨了。”他亲切地说，“哎，田芳那丫头挑的人，一般都错不了，见到你本人，果然不错！”老杜移动轮椅到包厢中间。边江不好意思地挠了挠头，说：“那老杜叔，你到底是负责什么的啊，就是带新人吗？”

老杜摇摇头：“当然不是，不过跟你相关的，就这一件事。”边江识趣，没再问下去。老杜看看他，微微一笑：“其实啊，我也是家里的一员，说起来，芳丫头还是我上司呢。”边江更加疑惑：“家？上司？”老杜一愣：“看来，芳丫头还没跟你说这些啊？”边江就说，他们一直都没有时间好好聊聊。

“这样啊，那我就跟你说说，其实很简单，你想啊，柴狗的手下那么多，总要想个办法管理吧，于是就设立了很多个‘家’，就好像一个班里有很多小组，每个小组都设有一个小组长，相对，每个家，也设有一个家长，作为和柴狗单线联系的人，同时管理家里的其他成员。”对于老杜的坦率，边江有些意外，而且他发现，老杜对柴狗的称呼是“柴狗”，而不是“柴哥”。

“那一个家里有几个人啊？”边江继续问。老杜用手指比画了一个“七”：“七个人，咱们家里，田芳是家长，其余的人，你应该已经都见过了。”边江念叨着家里其他人的名字：“瘦子、光头、大嘴、刚子、二虎、你，还有田芳，对吧？”老杜和善地点点头：“没错。现在刚子出事了，你就暂时顶替他的位置。”

“那个……老杜，我还有个问题，不知道能不能问。”边江小心看着老杜。老杜马上摆摆手，笑着说：“无妨，有什么尽管问。如果不方便告诉你，我自然也不会回答，哈哈哈！”边江清清嗓子，有点不好意思地问：“什么是单线联系啊？”他一问完，老杜就哈哈大笑起来，然后突然严肃起来：“你当真不知道？”

边江挠挠头：“这我上哪儿知道啊，我以前都没接触过。”老杜耐心地告诉边江，单线联系就是一个人只有一个上级或者下级，这样可以避免一人被捕，多人受到牵连的情况发生。最后，所有单线联系的人全都汇总到柴狗那里。老杜还结合柴狗团伙内部的情况，告诉边江，柴狗如果想分配任务、传达信息，就会跟“家长”联系。家长之间并不联络，田芳是其中一个家长。

“如果抓住跟柴狗直接联系的人呢？就比如说田芳吧。如果她被抓了怎么办？”边江担忧地问。老杜一撇嘴，说抓住也无所谓，因为这些人一来十分忠诚，二来和柴狗的联系都是单方面的，柴狗可以找到他们，但是他们找不到柴狗。

边江暗暗记住了。他想，要抓住柴狗，可以从田芳下手，要是把田芳变成警方的人，就更好了。但他不禁摇了摇头，竟然想把田芳拉拢过来，她可是柴狗亲自挑选出来的人，怎么可能那么容易就背叛柴狗？简直是白日做梦！

“那老杜你呢，见过柴哥吗？”边江的话一出口，老杜的神情突然严肃起来，观察了边江好一会儿说道：“你问得有点多了，咱们言归正传吧。”边江连忙说自己只是好奇，要是不方便，他以后也不问了。老杜没理边江这个茬儿，边江的心却怦怦地猛跳个不停。

之后老杜从轮椅一侧拿出一张地图，递给边江：“去，把大灯打开。我给你讲几个火车站附近的重要位置。”边江乖乖照做，打开大灯，屋里顿时明亮起来。老杜也已经把电视关掉了。他让边江把地图平摊到茶几上。

地图上，汉都火车站附近共有六处标红的地点。老杜告诉边江，这六处将来就是他干活儿的地点，出站口、广场等地都有涉及。说完，老杜若有所思地看着边江：“你先跟我说说，你原来都是怎么挣钱的？”边江就如实说，顺手牵羊，全靠一个眼疾手快。

老杜听完，不屑地说了句：“小儿科。而且你这叫行窃，是最低级的，也最无趣。我要教你的，是骗术。骗术好，不费吹灰之力，就能赚到大钱。”边江眨巴眨巴眼睛，就在这一刻，他好像突然明白，李刚当时为什么单单不教他和翠花骗术。李刚必定是故意让他们在这方面表现得像个菜鸟，这样柴狗的人才不会怀疑，而他们也可以通过学习的过程，了解到更多情报，认识更多人。凌哥可真是个老油条。边江忍不住在心里嘀咕了一句。

边江搓着手，迫不及待地说：“老杜，那你倒是快点教教我，怎么行骗？”老杜微微一笑，从轮椅一侧拿出一个东西，举在手里。“你看看这是什么？”老杜笑着问。边江身子微微向前，睁大眼睛仔细看了看：“这不就是一块砖头吗？”

“错！这里面是一块金子！”老杜神秘地看着边江。边江挠挠头：“老杜，你别开玩笑了，我又不是没见过砖头长什么样。这里面不可能有金子。”老杜一摆手，笑着说道：“不信？想当年，我年轻的时候，就靠着这块砖头，挣了五万块钱！那时候的五万，可是一笔大数目！”边江顿时瞪大了眼睛：“啊！你难道能点石成金？”老杜摇摇手：“你记住，干咱们这行，只要抓准了人爱贪便宜、不劳而获的心理，你说什么就是什么，点石成金又有什么难？”

边江好像顿悟了似的，认真地点点头，随即又皱起眉头：“可我还是不知道该怎么弄，具体该怎么做？”老杜也不急，慢条斯理地说：“很多人都爱贪小便宜，对吧？那你就抓住这一点利用起来，靠自己的嘴皮子上下一动，让对方相信了你，不就得了。要多少钱还不是你随便开。”

边江佩服地点点头：“你说的这些我明白，可是该怎么让别人相信我啊！”

“让别人信之前，你自己得先相信它，然后呢，身边的人稍微一起哄，一配合，水到渠成，没什么办不了的！”老杜说完又补充了一句，“不过干什么也没那么容易，要想熟练掌握，就要大量实践。”边江看着那砖头，抿着嘴唇，挠挠头：“老杜，你这个骗术，是不错，可惜我现在还不能熟练掌握。能跟我说点上手快的吗？”

老杜拿出一串钥匙递给边江：“去吧，从我桌子下面的第三个抽屉里拿出那个木头盒子。”边江照做，当他拉开抽屉，看见里面的东西后，马上来了兴趣，抽屉里有一次性注射器，有像手枪一样的东西，还有各种小东西，很有科技感。

“哇，这么多，都是什么啊？”边江忍不住问。老杜说：“骗人的工具啊。看见那木头盒子了吗？”边江点点头。“拿出来。”老杜说。边江照做，老杜又让他把盒子打开。打开盒子后，里面的东西顿时吸引了边江的眼球，那是一张人皮面具，还有一副眼镜。

“这面具可以帮你变声、易容。眼镜则有透视功能，可以透过衣服感应钱上的条码，戴上之后，你就能知道谁有钱了……”

老杜的话没说完，边江的手机却突然在兜里震动起来，好在声音很小，老杜根本没听到。“老杜，不好意思，那个……我能不能去个厕所？”边江带着歉疚，做出内急的样子。老杜一愣，盯着边江看了两秒：“去吧。”边江一出门，正好碰到一名服务员，就问对方洗手间在哪儿。服务员抬手一指：“前面走到头右拐，再走到头就行了。”边江听完快步朝着洗手间走去，不过他没有进洗手间，而是钻进了洗手间旁边的空包房里。

他站在门口接听电话，同时观察着外面的情况。“方便说话吗？”电话那头传来李刚低沉的声音。边江一听是李刚，心整个揪起来：“怎么这个时候打电话啊？”“有急事。不方便啊？”李刚问。

边江又看看外面，一个人都没有，他松了口气：“刚才是不方便，但我既然都出来接电话了，就是方便了呗。我说头儿，要不以后改成我联系你得了！”边江有点没好气，自己刚刚摸到点头绪，就怕被这个电话全打乱了。手机里传来李刚沉重的呼吸声，边江的身子不由地站直了。每当李刚发出这种不耐烦的声音，就说明有人碰到他的雷区了。李刚严厉地说：“第一，你要懂得随机应变，遇事就慌，那怎么行！”边江听完，脸上火辣辣地烧起来，深吸了一口气：“是！头儿！”“第二，不许叫我头儿！”李刚说这个的时候，比刚才更加严厉，“不是给你说过吗，叫我凌哥，忘了？”边江一阵懊恼：“我记住了，凌哥，以后不会犯了。你不是有急事吗，到底是什么？”边江赶紧转移了话题。“我的线人告诉我，你去了一家KTV？”边江说，自己正在跟一个叫老杜的人学习怎么行骗，这家KTV叫夜上海，还说了具体的位置。“好，干得不错，现在描述一下那个人。”

“凌哥，必须现在汇报吗？我跟人家说出来撒尿，一会儿就得回去了。”边江有点着急，因为紧张嘴唇轻微哆嗦了起来。“那你简单告诉我他的样子。”李刚有点着急。边江就说，老杜坐着轮椅，很胖，左边眉毛上还有一条刀疤。

“嗯，他和我正在调查的一个人完全吻合，你记住，尽可能从他嘴里问出柴狗的事情。”李刚说。边江压抑住不耐烦的心情，对李刚说，自己正在问着呢，没想到他电话就打进来了，也不知道回去后，老杜会不会怀疑自己。李刚就说，不管怎样，待会儿结束后边江要跟着老杜，看看他到底去哪儿。李刚怀疑老杜非同一般，很可能扮演了一个非常重要的角色，所以才冒险给边江打了电话。

“可是，待会儿一结束，田芳就要来接我回去了啊！”边江说。李刚就说：“不用担心，我会派人拖住田芳。记住，一定要跟紧老杜。”李刚说完便挂断了电话。边江通过门缝儿朝外看了看，确定走廊里没有人之后，正准备走出包厢，一只手突然放在了他的肩膀上。

边江顿时浑身一哆嗦，但他没有尖叫，只是条件反射，抓住那人手臂，来了个过肩摔。“哎哟！”一个女人的惨叫声传来，听起来对方年龄不大。边江赶紧打开了灯，只见一个穿着性感的漂亮女人正躺在地上，一脸怒气，瞪着边江。边江一时摸不着头脑，问道：“你是什么人？”

“关你屁事！倒是你，鬼鬼祟祟，干什么呢？”女人站起来，摇摇晃晃地穿好高跟鞋。边江不屑地冷哼一声：“我说美女，你就别装了，你在这偷听我打电话，到底什么意思？”漂亮女人给了边江一个白眼，撩了撩头发：“你有病吧？我才懒得偷听你打电话呢！”

边江说：“如果你不是偷听，为什么待在屋里这么长时间不出声，刚才被摔在地上，还压抑自己的叫声，显然是不想让人发现！”边江认定了，自己刚才的事情已经被这个女人发现，而且她绝非池中物。

“我不过是在偷懒睡觉，被你吵醒了。我不出声，是因为不想让老板发现我在这儿！”女人龇牙咧嘴揉着自己的肩膀。边江眼珠子转了转，这才意识到，自己一时慌了神，竟然差点说漏嘴，好在这个女人只是个普通小姐，看起来跟柴狗和老杜都没什么关系。他连忙说：“刚才，不好意思啊，我被你吓了一跳，所以才摔了你。”

“这么说，还怪我喽？”女人不满地问。边江赶紧摆手：“不，不，我不是这个意思。就是你一拍我肩膀，我就下意识摔了你。”女人捂着自己的腰，靠在墙上：“不过呢，你刚才说的话，我都听到了，你小子肯定有鬼。刚才还想问你是不是新来的。要是的话，还准备救你一命呢。不过看你这丧气样，还是拉倒吧。”

“救我一命？”边江睁大了眼睛，看着眼前浓妆艳抹的女子，越发疑惑不安。说着他又打开门，朝外面看了一眼。女人就说：“你先告诉我，是不是那个女人送你来的？”边江装傻，问是哪个女人。女人一翻白眼：“还装糊涂，就是那个小贱货，田芳呗。”

边江皱着眉头，没急着回答。女人看边江不说话，便冷哼了一声：“我就知道，是她把你送来的。而且你还被她迷得神魂颠倒，对吧？这种事情我见多了，你已经不是第一个了。实话告诉你，她可不像你看见的那么冰清玉洁，说她蛇蝎心肠，一点都不过分。你要不是今天碰到我，都不知道自己是怎么死的！”

边江丈二和尚摸不着头脑：“我没觉得芳姐冰清玉洁，而且我好端端的为什么会死……”女人又哼了一声，让边江说说，他今天到底是来干什么的。边江就说，学习如何行骗的。女人一摆手：“才不是，凡是送到老杜这的人，十有八九是田芳觉得有问题的。老杜说是教你本事，其实就是试探你，一旦发现你有问题，我保证你有命来，没命回去。”

“那你说，我现在该怎么办？”

“你觉得该怎么办？”女人也试探着问边江。边江没吭声，也没动地方。女人眼珠子一转，说：“不如你给我说说，你到底有什么问题。看我能不能给你支个招？”

·第八章 美人心计·

她提出这个问题的时候，边江突然反应过来，这女人是在套他的话。边江认为，女人已经听到了他和李刚的谈话，但她肯定还不能确定边江的身份，所以才会绕那么大圈子，为的就是让他说出实话。所以摆在边江面前的只有一条路，不想暴露，就必须搞定这个女人，让她不去跟老杜说刚才电话的内容。

但是事情有点难办。因为刚才打电话时，他已经透露，凌哥是他的“头儿”，另外还把老杜的样子告诉了凌哥，还说了两人是单线联系。其实这些信息已经差不多可以确定边江是卧底了。不过，这个女人的反应让边江觉得事情还有回旋的余地。通过刚才的观察，边江觉得女人说田芳“小贱人”的样子，不是装出来的，所以他断定，这个女人跟田芳之间有些过节。还有，她虽然是老杜派来试探边江的，却是那种典型的胸大无脑型女人。

“实话告诉你吧。”边江一副终于鼓起勇气说出真相的样子。女人也来了兴趣，伸长了脖子等着听。边江说：“刚才我哥跟我说了，老杜是个好人，让我好好跟着他混呢！”女人又问，边江的大哥到底是什么人。“这个，这个不能跟你说。”边江连连摇头。女人果然开始卖弄风骚，想勾引边江说下去。边江就假装自己被女人诱惑了，悄悄跟女人说，大哥也是道上的，以前自己跟着大哥干过一段时间，后来大哥那边逐渐萧条了，不想让边江继续跟着受苦，就让他自谋生路，结果大哥又不放心，所以打电话来问情况。

“哈哈哈！”女人听完大笑起来，“骗谁啊！你既然之前就是干这一行的，干吗还要像个新人似的，跟老杜学习啊？”边江的解释是，他这些年跟在大哥手下，就是个保镖，别的本事没有。女人逐渐打消疑虑，但眼神里依然有些不信任。不等她反应，边江说：“谢谢你提醒我啊，不过，我相信大哥的判断，老杜和田芳是不会害我的。”女人看着边江，抿了一下嘴唇，仿佛是在发动全部智慧来判断眼前这个年轻人说的话是真是假。边江说：“要是没有别的问题了，我就先回去了，我不想让老杜等太久……”

“等等。”女人挡在了门口，死死盯着边江的眼睛，“那你告诉我，为什么偷偷摸摸给你大哥打电话？还跟他说了那么多柴哥的事情。”边江斜着肩膀，痞里痞气地站着，不耐烦地说：“因为我大哥怕我被人欺负，就问了我一些基本的情况。我在这儿打电话，就是不想让人知道我大哥的事情。大美女，姑奶奶，能让我回去了不？”

女人白了他一眼，没再多说什么，悻悻从门前让开。边江推门出去，走了两步，又转身回来，凑到女人耳边说了一句：“你真是我长这么大见过最好看的女人了。”女人笑着想推开边江。他紧接着又说了一句：“只可惜你容易感情用事。其实以你这样的条件，想留住一个男人的心，并不难。”女人马上皱起了眉头：“你想说什么？”

“我可以帮你，只要你不把刚才的事情告诉老杜。”边江说完，冲女人眨了下眼睛，转身走开。边江当然十分忐忑，无法确定女人是否可以听他的话。但他相信自己的判断，他认定这个女人正因为一个男人伤神。看见老杜的笑脸之后，边江悬着的心才放下了，他知道那女人肯定没说出刚才打电话的事情。这一晚上，边江只学了四个常用的骗术，有的需要跟团伙里其他人配合，互相当托，有的他可以独立完成，也算是收获颇丰。

晚上十一点，老杜结束了给边江的第一堂课，说自己要休息了，让他明天晚上再来。边江识趣，起身准备离开，但他知道自己不能就这么走了，接下来才是真正考验他的时候。他必须耐着性子观察老杜，看看他是否还有下一步动作，可是田芳马上就要来接自己了。

老杜是在边江前面走出KTV包厢的，然后进了隔壁一间写着“顾客止步”的房间，还跟边江说那就是自己休息的地方。

边江一边慢悠悠地往外走，一边苦思冥想，怎么才能跟踪或者观察老杜的行踪，蹲点或者赖着不走肯定行不通，况且田芳应该马上就要来接自己了。想到这儿，他先给田芳打了个电话，问她到哪儿了。田芳说自己在路上出了车祸，不过不严重，就是小剐蹭，正在等保险公司来，让边江别等着她了，先回诊所。边江想起李刚说会拖住田芳，便猜到这交通事故多半是李刚制造的。边江挂断电话后，稍微松一口气，抬起头注意到走廊里的摄像头，一个大胆的想法突然出现在他的脑海里，只要去监控室，看着监控录像，就知道老杜的真实情况了！就算待会儿老杜离开了 KTV，边江也能第一时间发现。而且一般监控室里还有之前存储的录像，那么 KTV 里所有的秘密，他都将了然于心。

想着这些，他快步朝着前台走去。有些监控录像在前台就能看见，就算前台没有，他也可以打听一下监控室在哪儿。这不是个简单的任务，不过边江对自己还是很有信心的。一走到前台，他就傻眼了，因为前台值班的女孩儿有两位，其中一位就是刚才他遇到的。边江原本想低着头，不让那女人看见，没想到那女人却偏偏抬起了头，冲边江露出一个暧昧的笑容。

边江硬着头皮走过去，女人低声说：“又见面了啊！”此时的她已经换上了工作装，这让边江有些不解，之前她穿着性感，好像是这里的小姐，现在却又成了身着正装的前台接待。“美女，你到底是做什么的啊？”边江不可思议地看着女人，同时拿出一根烟给自己点上。

“你猜呢？”女人撩了撩长发，从边江手里拿过烟，也不管有没有顾客在，就那么抽了起来。边江看了看其他员工，发现他们的工装上都别着一枚胸牌，上面写着自己的职务和名字，而且另一位前台女孩儿把头发整齐地束在脑后，跟空姐的发型一样。唯有眼前这个神秘的女人，没有胸牌，还散着头发，其他人好像看不见她似的，连她抽烟也没人管。

“你跟别人不一样，他们还都看不见你似的，莫非……你是鬼？”边江故意战战兢兢地问。女人扑哧笑了：“你这个脑洞，我给满分，哈哈！”她把烟扔在脚下的地毯上，踩灭了，“我是人，不信你摸。”说着拿着边江的手放到了自己的脸上，温热光滑的肌肤让边江有点头晕。眼前这仿佛妖精似的女人，让边江心里越发没底。他当然不会为美色所动，只是女人到底要干什么，他摸不透。

“再猜。”女人卖着关子。边江重新拿出一根烟，在前台的大理石台面上敲了敲：“嗯，我猜，你是这家 KTV 老板的媳妇，所以你是老板娘。”女人撇了一下嘴：“说老板娘也对，不过，不够确切。因为我是这里的老板。”

边江摇头苦笑，心里暗叫倒霉，这下就好玩了。“你笑什么？”女人跷起二郎腿，靠在椅子上，若有所思地端详着边江。

“你刚才还说自己是打工的，偷懒怕被发现，后来又成了前台，现在又说是老板，我就是想知道，你哪句真，哪句假，骗我就那么有意思么？”边江心有不爽，语气也不是很客气。女老板说：“不是你说的，可以帮我的吗？现在就给你机会，跟我来吧。”她起身，示意边江跟过去。

女老板带着边江朝着楼梯处走去。边江心里自然敲着小鼓，他看出来女老板是故意躲着人走的，恐怕也不想让老杜知道。楼上是更加豪华的包厢，一看就不是普通人消费得起的，此时几乎每个房间都黑着灯，并没有什么动静。边江观察着周围的一切，认定这里并非普通唱歌娱乐的场所。

女老板带着边江来到走廊的尽头，打开了一扇虚掩的门，一走进去，边江就觉得仿佛有人在他的心头砸了一拳头。这间屋子正是监控室。边江尴尬地笑笑，掩饰他紧张不安的神态：“你带我来这儿干什么？”

屋里原本有一个值班的人，待边江说完后，女老板给那人使了个眼色，那人便出去了并关上了门。“打开天窗说亮话吧，我给你想要的东西，你也帮我做些事情。当然，我不会问你为什么，也不会向任何人透露。唯一的要求就是，你也做到这些。”边江听完，根本没有丝毫犹豫，“成交，我只有一个问题。”

“说。”女老板干脆地答道。边江问：“你怎么知道我想看监控？”女老板笑了，神秘地说：“因为我会读心术。”边江皱了下眉头，女老板笑着说：“这些都不是重点。我知道你有些秘密，但是在这个圈子里混，谁还没点不可告人的事情？我懒得问，懒得管，更没有把你偷偷打电话的事情告诉老杜，我只希望你对我有同样的诚意。”他疑惑地看着女老板，最终点了点头，“要我做什么？”

“抓住田芳那小贱人的把柄。”女老板脸色阴沉着，一说到田芳就咬牙切齿，恨不得生吞活剥了她似的。一个女人这么仇恨另一个女人，十有八九是因为一个男人。“你想要什么样的把柄？总得给我个方向吧。”边江说。女老板陷入思考，片刻后，她告诉边江，田芳清高，总装出一副纯洁的样子，只要找出她私生活不检点的把柄就行，最好录音和拍照。边江是田芳的手下，搞到这些应该更加容易。

“大美女，我再多嘴一句啊，你这一口一个小贱货的，是不是因为田芳抢了你的男人啊？”边江看出来，这女老板吃醋昏了头，便想从他这里套出点话来。“就凭她？想抢我的男人，她还嫩了点。反正我就想把她整走，要不然红颜祸水啊！柴哥打下的江山，早晚被她弄黄了！”她显然是在嘴硬。果然是跟柴狗有关！这女老板就是柴狗的女人。边江想着这些，连忙附和说道：“她要是祸水，顶多算得上一条小溪流。您这颜值那就是海洋啊！”

女老板嘴上骂着边江油嘴滑舌，但那种喜不自禁的样子已经完全表露出来了。边江乘胜追击，说自己听说了，田芳是个很自爱的女人，好像跟柴狗也没什么暧昧关系，就是为了报恩才留在他手下的。女老板一下子就激动了，打开了话匣子似的：“我跟你说实话吧，你以为那小妖精忠心不二是不？根本就不是！她心里肯定特别恨柴哥！你是不知道啊，其实她早就想离开柴哥了，就是柴哥……”她话说了一半，突然停下来。

“不带这样的啊，你这话怎么能说一半呢！柴哥到底怎么样啊？”边江故意装出一副八卦的样子。女老板确实胸大无脑，经边江这一追问，她就真的继续说了下去：“说就说吧，无所谓了。田芳后来吧，有一次说什么也不干了，要金盆洗手，然后柴哥不想让她走啊，说喜欢她、欣赏她什么的，那小妖精牛气哄哄，就是要走。最后柴哥被逼急了，直接拿出证据，证明她曾经蓄意杀人，这才连吓带哄把她留下了。”女老板浑身透着一股浓浓的醋意，嫉妒得快发疯了。

边江马上问：“柴哥说她杀人，杀的是谁？”女老板想了想说道：“好像就是之前照顾她的一个女的。啧啧，你说，这不就是农夫与蛇现实版吗？人家照顾她，她还把人害死了！”

边江愣了一下才明白，人是柴狗杀的，证据却指向田芳；他为了把田芳留在身边，也可能是为了防止她背叛自己，从一开始就留了一手。田芳真是才出虎穴又入狼窝。想着这些，边江对田芳的同情又多了几分。

女老板最后又强调了一遍，这次她一定要把田芳这颗毒瘤给剜出去，不让她再迷惑男人，所以就更需要边江的帮助。边江连声附和。末了，女老板说：“好了，你自己看吧。只要你够聪明，在这儿肯定能找到你感兴趣的东西，待会儿看完把门关好就行，别的什么都不用管。”女老板说完准备离开监控室，走到门口的时候，她又补充了一句。她说，刚才在包厢里听到的事情，没有跟老杜如实说，但老杜确实是在调查边江。她奉劝边江以后小心一点。

“你……为什么单单挑中我？”边江旋即问道。女老板嘴角微微上扬，没有直接回答问题，只说给边江一周时间，务必把田芳的把柄找出来，尤其是私生活方面，没有把柄也要制造把柄。说这些的时候，女老板只留给边江一个深不可测的侧脸。

边江没有时间细细品味女老板的神情，更没时间推敲她的话，她一离开，边江就立刻坐到电脑屏幕前，看着监控录像。他找到监控录像的原文件，通过快进的方式，把自己离开老杜包厢后的这段看了一遍，老杜没有离开过KTV。于是边江安心地盯着其中一个镜头，五分钟过去了，老杜依然没有动静。

边江就这么盯着监控，自己都忘了时间，而且哈欠连天，困得眼泪鼻涕直流，就在这时一名男服务员走进了老杜的房间，手里端着水果托盘，边江立刻清醒过来。问题就出在男服务员的身上。这个时间点，老杜该休息了，怎么可能还要果盘呢！

通过追踪男服务员的监控视频，边江很快便注意到，服务员来见老杜之前，还见了一个年轻人。那年轻人戴着墨镜，发型很潮，浑身上下透着一股摇滚青年的味道。年轻人走进KTV的时候，手里拿着一个牛皮纸档案袋，坐在沙发区，好像在等人。过了一会儿，摇滚青年叫来服务生，正是给老杜送果盘的那位，他给摇滚青年拿了两本杂志。后来，又进来了一男一女两个年轻人，看起来像是年轻人的朋友，他们互相打了招呼，之后就在服务人员的引领下离开了沙发区域，进入了一间包厢。不过边江注意到，摇滚青年手里的档案袋不见了，再仔细一看，便发现，档案袋已经被他放在了两本杂志的中间。从监控录像中可以看见，那名服务员拿着杂志朝后厨走去，等他再出来的时候，手里就多了一个果盘。

边江非常确定，果盘的下面就隐藏着摇滚青年带来的档案袋。他和老杜交易的肯定是非常重要的内容。

就在这时，田芳打来了电话，她说自己到门外了，问边江还在不在KTV，在的话就把他捎回去。边江想了想，不能说自己已经回诊所了，那样就会穿帮，如果说去了别处，如果田芳非要找过去，也容易露出破绽，最后他还是承认了，说自己还在KTV，这就下去。边江匆匆离开了监控室，一上车，就发现田芳拉着一张脸，仿佛能吃人。“那个……”边江清清嗓子问：“脸色这么差，怎么了？”

“你觉得呢？”田芳反问，把边江给问毛了。边江装傻说道：“芳姐，我又不是你肚子里的蛔虫，我哪知道……”田芳冷哼了一声：“你刚才没有直接回诊所，是不是那女人把你叫去了？”边江顿时觉得事情不妙，就问田芳是怎么知道的。田芳白了他一眼：“那女人跟你说我什么了？”

“没……没什么啊。”边江战战兢兢地回答，但又突然觉得和田芳的这番对话很像情侣之间的争吵，不由地笑了，随即意识到自己笑得不是时候，赶紧看向车窗外。车窗打开着，微凉的夜风夹杂着夏天的气息吹在脸上。他真想忘了这一切，把这样的夜晚当成最平常不过的一个仲夏之夜。

“喂！我跟你说话呢，你怎么这么心不在焉！”田芳更加不满，“你就别装了，我知道那女人快恨死我了，她肯定说了我不少坏话。”边江本来还不知道怎么开始这个话题，没想到田芳自己先提起来了，便说了起来：“哎，我本来不想告诉你的，因为我压根儿就没把她的话放在心上。既然你问了，那我就直说吧。”

边江的坦诚让田芳火气小了一点，对边江说道：“哎，等等，以我对她的了解，她肯定威胁你一些事情了吧？你要是把什么都告诉我了，就不担心她报复你吗？”边江嘿嘿一笑：“我是你的人，又不是她的人。”

·第九章　咒怨之声·

“好了，说重点吧。”田芳冷冷说道。边江点点头：“她让我调查你，抓住你不检点的把柄，没有把柄就制造把柄。一周后，我如果不把你的把柄给她，她就跟柴哥说，我以前的大哥是柴哥敌对团伙的。”

“没想到你真的跟我坦白了。”田芳不可思议地说。边江笑了：“信任换来的一定是信任，我一直坚信这一点。而且我特别讨厌被人威胁。”田芳满意地点了点头：“这话倒是不错。”她又问边江想怎么跟那女老板交代。边江无所谓地说，反正压根儿也没打算听她的，随便她怎么去诋毁吧，他不在乎，不过他更关心的是，那女老板和田芳之间到底有什么过节，如果可以的话，边江希望自己能帮助田芳解决来自那个女人的麻烦。

田芳这才说出了女老板的故事，以及两个人是怎么结下梁子的。女老板名叫安然，在田芳加入团伙之前，安然一直是柴狗的小情人，年纪比田芳稍大几岁。田芳成为一家之长后，可以直接向柴狗汇报，柴狗跟安然的关系却逐渐疏远了。柴狗也算是个重情义的男人，对安然更是如此，给了她一笔钱，又给了她一家 KTV 去经营，让她做老板，免得她没事做天天找自己麻烦。

但安然对这个结果并不接受，她把这一切都怪到田芳的头上，认为是田芳勾引柴狗，柴狗才抛弃了她，所以就想方设法要把田芳赶走。她觉得柴狗没有跟她断那么干净，就是因为还念及旧情，说明她还有机会。

听田芳说完，边江马上好奇地问：“那你和柴狗到底是不是……那种关系？”

“哪种，情人？当然不是，所以我才说安然很无聊，她留不住柴哥的心了，就赖我。”田芳无奈地摇摇头，“不过，柴哥曾经极力挽留过我，安然就以为柴哥爱上我了。简直是蠢。”边江盯着田芳，田芳则专心看着前方的路，笑得有些不自然。“那你……”边江话到嘴边，突然又给咽了回去。

“什么？”

“那安然见过柴哥喽？”

田芳不可思议地看了边江一眼：“那当然了，他们俩都是情人关系了，还能没见过面？”边江连忙自嘲地说自己脑子不转弯了，但他心不在焉的样子一下子就被田芳看出来了，问：“你好像有话要跟我说？”边江想了想，决定坦白说出心里的疑问：“嗯，是。有个事情，是那女人跟我说的，我想跟你确认一下。”边江很认真，田芳看他一眼，也认真点了点头。

“你曾经想离开组织，但柴哥不让你走，还威胁你，是吗？”

“那女人跟你这么说的？”

“对。是真的吗？”

“不是。根本就是没有的事。我跟你说过了，我是自愿留在柴哥手下的，因为我要报恩，怎么可能要走呢？柴哥对我很好，他不会威胁我。就算我真的要走，他也不会拦着我的。”

田芳的样子不像是在撒谎，边江的心里竟然涌上一阵莫名的失落感。之后田芳又问了边江，一周后打算怎么跟安然交代。边江想了想，微微一笑：“到时候你就知道了，我肯定能圆满解决，你就放心吧。”之后一路上两人都没再说话，回到诊所后就各自回房睡了，其他人也都回来并睡下了。

夜里三点钟，手机的震动声把边江从睡梦中惊醒，他蒙着被子，偷偷查看手机，只见屏幕上出现了一条未读短信，是之前李刚联系边江的号码，虽然没有保存，但他早就烂记于心了。

李刚在短信里说，早上六点钟要跟边江在汉都静水公园见面，让他凌晨五点就起床，想办法离开诊所，还提醒他不用回复，直接删掉就行了。边江删掉短信，把头从被子里露出来。这一会儿工夫，他就出了一身汗，正要闭上眼睛睡觉，肚子突然一阵绞痛，于是带着手机就跑去了厕所。十分钟后，边江舒舒服服从厕所出来。突然，一阵窸窸窣窣的声音从黑漆漆的走廊里传来，那声音像是金属器械碰撞时发出的，仿佛是从地下传出来的。

边江愣了一下神，不禁打了个寒战，随即晃了晃头，没再听到那声音。心里默默念叨了一句，应该是幻听了，便没再多想，继续朝着自己的房间走去。但他越走，越觉得头皮发麻，后背一阵阵冒冷汗，就好像有人正躲在身后暗处，直勾勾看着他似的。边江猛地回头，压低声音问了句："谁！"

走廊里静悄悄的，没人。边江心里直发毛，瞪着眼睛，就那么看了几秒钟，仿佛在和某个看不见的幽灵对峙。过了一会儿，依然没有任何动静，边江不禁在心里嘲笑起自己来，向来不信鬼神的他，今天竟然要被一阵幻听吓得神经过敏。想着这些，他转过身，迈开脚步，腾腾地朝着自己房间走去。

就在他按下门把手要推门进去的时候，一个声音幽幽地从走廊里传来，这一次，他听得真真切切，那不是若有若无的窸窣声，而是一个嘶哑的男人的声音。那声音悠远、凄楚，令人后背发凉，边江杵在原地，浑身的毛孔都张开了，最终从断断续续的声音中听出，那是令人胆寒的诅咒。

"你们都会下地狱……别急……全部都会……"这句话翻来覆去地重复着。恐惧犹如潮水一般，席卷了边江的全身，汗毛全都竖了起来。边江狠狠掐了自己的胳膊一把，生疼，不是梦……他站在原地做了三次深呼吸，终于鼓起勇气循着声音走去。当他走到诊室大厅的时候，声音戛然而止，但旋即变成了愤怒的咆哮声，仿佛这诊所里关押着一头吃人的猛兽。

很快，边江就听出来，在这听起来好像很吓人的咆哮声之中，似乎还夹杂着一种恐惧，仿佛一头困兽，正在用自己的怒火浇灭内心的畏惧。边江站在大厅里，声音就在他四周环绕，不过已经越来越小了，在屋里睡着的人，肯定是听不到的。他转过身，看向那幅大大的落地窗帘。他慢慢靠近巨大的落地窗帘，然后猛地拉开，那扇暗门依然是关着的，于是边江把耳朵贴了上去，果然声音更加真切了。

回头看看四周，确定自己没有惊动别人，他开始试着推那扇暗门。门和墙壁之间严丝合缝，边江知道肯定有机关，于是不再使用蛮力，而是摸索暗门的周围，试图找到开关。"你在干什么？"低沉的男声突然出现在边江身后。他不禁浑身一震，猛然转过身，只见光头正坐在不远处的一把椅子上，一双犀利的眼睛，穿过黑暗盯着边江。

边江一紧张，竟然说了一个很诡异的理由："我……我晚上吃多了，溜达溜达……”光头冷哼一声，作为回应。边江也意识到自己这个理由烂到极点了。“你……这么晚了，怎么还坐在这啊……”边江猜测光头肯定在自己上厕所之前就已经在那了。他难道也是听到那声音才出来的？还是说，那声音跟光头有什么关系？或者他知道那个声音会出现，坐在黑暗中其实在把守着什么。边江在脑海里快速地想着各种可能。

“干咱们这行的，最需要什么你知道吗？”光头没有站起来，声音冷冷的。边江脑子飞快转着，说道：“胆子得大，心得狠。”

“那只是最基本的。”

“那就是要谨慎。”边江知道，光头本来就怀疑自己，这次肯定不会轻易放过他，如果不给个说法，是别想回去了。黑暗中，光头歪了歪头，边江只能看见这个动作和光头的身体轮廓，却看不见他的表情，这让边江想到了夜晚横行的魔鬼。他又补充了一句：“还得机灵。”

“不错。不过还有一点最重要，那就是知道自己该干什么，不该干什么。”光头说完，起身，拽了拽衣服。“对！对对。”边江点头，慢慢从窗帘后面走出来。令他意外的是，光头到现在还是只字未提刚才的声音，也没拆穿边江。“要是吃饱了撑的，可以吃点消食片，这里可不缺药。”光头的语气十分平稳，只是多了些阴暗的调调。边江连忙点头答应，不敢多说半句废话。光头朝着自己房间走去，就在他要离开大厅的时候，突然停住：“怎么，你还要继续消食吗？”

“啊不，不了，我感觉好多了。”边江说完立刻挪动了差点石化的双腿，快步回到了自己的房间。躺在床上的时候，他还在后怕，光头绝对是卖了他一个人情，才没有揭露他，不过边江知道这样的事情不能再发生了。光头说得也不错，要知道自己该干什么，边江现在要做的是取得田芳以及她身边的人的信任，早日抓住柴狗，不能因为这件事坏了整个大计划。

然而就在这时，他的手机却又震动起来，边江心里一惊，浑身猛地一哆嗦。大嘴和边江住在同一个房间，打着震天的呼噜，边江就在屋子里接听了电话，因为到外面去接电话的确更加冒险。没想到这是翠花打来的电话，边江压低嗓音，几乎用气声问翠花：“你小子咋回事，不是说了暂时尽量不打电话了嘛！”

翠花就说事情紧急，然后问边江现在处境如何，有没有暴露之类的。边江连忙说，要是暴露了，自己也就不会活着跟他打电话了，这么晚了还打电话来，到底有什么事。“我听说有一批货明天……”翠花没说完，大嘴的呼噜声突然停下来了，他哑着嗓子问边江：“你在跟谁打电话？”

边江赶紧挂断了，心里暗叫倒霉，想着这一晚上真是不顺，干什么都被发现。边江连忙说：“哦，就是一哥们儿。”大嘴摸出手机看了看，“我擦，三点半，这大半夜的，打什么电话啊。”他抱怨完翻了个身准备继续睡。边江刚要松一口气，大嘴突然坐起来，打开床头灯，担忧地看着边江：“你不会是警察派来的卧底吧？”大嘴突然冒出这么一句，把边江也吓了一跳。

“开什么玩笑。当然不是，哪有我这么年轻的卧底，你这都哪儿跟哪儿啊！”边江笑着回答，心却怦怦猛跳，心想大嘴人傻，可是这个一语中的的本事着实厉害。大嘴听完如释重负，松一口气：“哎哟我去，最好不是，刚听你偷着打电话，我就突然想到，你小子该不会有问题吧！身手那么好，还那么积极加入我们……”大嘴越分析，越有模有样了。边江赶紧打断了他，“什么最好不是，我真的不是！你这脑洞也是够大的，以为无间道啊？我小声打电话这不是怕打扰你睡觉嘛。我那哥们儿也是，失恋喝多了，跟我诉苦呢。”边江编得很好，骗大嘴足够了。大嘴点点头：“嗯，那就好。”

“哎，你刚才怎么一下子就想到卧底，该不会以前有过卧底吧？”边江开始套大嘴的话。大嘴打了个哈欠，随口说了一句：“可不是吗，那家伙最后死得可惨了，啧啧，连老婆、孩子都被杀了，要说柴哥也是够狠的。”想着刚才听到的奇怪声音，边江心里犯起嘀咕，难道那个诡异的声音就是死去的卧底的魂魄？！这个荒唐的想法只在边江的脑海里停留了两秒便离开了，因为他随即想到了李刚说过，在边江之前，没有派卧底进来。所以要么是李刚说谎了，要么是那个死去的卧底是别人派进来的，李刚并不知道，毕竟卧底和组织里的上级也是单线联系的。

“哎，大嘴哥，你说的那个卧底，是咋死的？”边江好奇地问。“怎么死的我不知道，我就知道他的尸首被直接寄到了公安局，尸体的样子挺惨的。”大嘴啧啧两声，很同情的样子。边江跟大嘴再三确认这事的真实性。大嘴非常确定，说没必要骗边江，很多人都知道这件事，大嘴还认识负责送尸体过去的那个兄弟呢。

“这样啊……”边江低沉着嗓音，然后关上了床头灯，“行了，睡吧，再聊下去困劲儿过去就睡不着了。”大嘴哼唧了一声，倒头睡下，很快又打起了震天的呼噜。边江躺在床上，盯着黑暗中的天花板，内心翻涌着对这些犯罪分子的憎恨。他甚至开始厌恶身边的大嘴，不想跟他多说一句话，当他说起殉职的卧底警察时，是那么轻松和无所谓。在这些人看来，一条人命根本算不上什么，他们为了钱和自己的利益，早就麻木了。边江感到一阵悲哀，眼睛湿了。

除了憎恨，恐惧也正如蛛网般慢慢罩在边江的心上。他突然真真切切地意识到，自己的处境是多么危险，他这条小命，今天有，明天就不见得还有了。这种担惊受怕的日子，他觉得一天也过不下去了。然而一想到那些牺牲的警察，想到柴狗遍布的窝点，一种强烈的使命感终于重新唤醒了他的勇气，他要坚持下去，斗争到底，这是他唯一的出路，最好的选择。当晚翠花没有再打电话过来，边江睡了两三个小时后，就早早起床，离开诊所去晨跑了。

诊所离静水公园不远，边江跑着就过去了，到了公园，找了个僻静的地方，这才放心地拿出手机看了一眼，刚好六点钟。六点十分，李刚果然打来电话，边江立刻接听，李刚告诉边江的碰头地点，边江就慢跑着过去了。

到了碰头地点后，边江并没有看见李刚，知道李刚可能在观察，他就原地做拉伸之类的动作。果然约五分钟后，李刚出现了，他身穿一袭黑衣，头戴一顶宽檐帽。“最近怎么样？”李刚语气挺轻松。“啊，就那样呗。凌哥，你是要问老杜的事？”边江靠在一棵树上，吊儿郎当地抖着腿，掏出一根烟递给李刚。李刚把烟拿在手里没抽，不过看着边江那个样子就乐了。“不错，有点样子了。”他拍了拍边江。

“别逗我了，凌哥。说正经的，那老杜应该是重要人物，我看见有人给他送资料什么的。”边江正要给自己点一根。李刚制止了他，说既然他假装晨练，就别抽烟了，哪个跑步的人还抽烟呢，要是回去一嘴烟味儿被怀疑就不好了。边江吧唧吧唧嘴，把烟放回了兜里。

李刚就继续和他说老杜的事情。边江得知老杜确实不简单，但是到底扮演什么角色，警方那边也在调查，还说有几宗恶性伤人、杀人案件很可能和老杜有关系，只不过还缺少关键证据。李刚希望边江继续留意。“好，要不我继续去监控老杜，反正我现在想盯着他也有办法。”边江想到了KTV女老板给自己提供的监控室。

“那倒不用，老杜的事情，我自会看着，你就顺带留心点，不用太刻意，别忘了，你的主要任务是柴狗。”李刚说最后一句话时，加重了语气，眼神也格外坚定。边江认真点了点头。

“我这次亲自来见你，主要是为另外两件事。”李刚神情凝重。边江也马上认真起来：“什么事？”李刚问：“上次你不是说，诊所里有秘密吗，查到是什么了吗？”边江回想起昨晚那惊恐的一幕幕，还不由地起了身鸡皮疙瘩。“我发现了一道暗门，在落地窗帘后面，应该是一间暗室，而且我还听到有声音从暗室里传来……”李刚突然变得很激动，他一把抓住边江的胳膊，“什么声音，说了什么，原原本本告诉我。”

边江看出这件事非同小可，于是把事情的经过全都告诉了李刚。李刚听着，整个人都笼罩上一层厚重的阴影：“无论如何，你要想办法搞明白那间密室的情况。”边江看着李刚激动的样子，更加困惑：“凌哥，你该不会觉得那是柴狗藏身之地吧？你不是说他是个神秘人物吗，都没人见过他，没准儿，他人格分裂！”边江像发现了新大陆似的。李刚莫名其妙地看了边江一眼，一脸嫌弃地说：“问这么蠢的问题，可别说你是我教出来的。”李刚顿了下，斩钉截铁继续说道，“别瞎想了，不是柴狗。”

“总不可能真是鬼吧？”边江半开玩笑地说。李刚却沉默了。边江看李刚不说话，意识到事情的严重性，也知道自己失言了，就小心地问李刚，是不是知道那声音是怎么回事。李刚摆了摆手：“行了，别瞎猜了，坦白说，这件事算是我个人拜托你的，跟你抓住柴狗的任务不完全是一回事，暗门后面到底有什么，我也不确定，还是要你亲自去看看才行。”李刚的话说得滴水不漏，根本没有透露半点信息。

·第十章　移花接木·

边江皱了下眉头，不过最后还是什么都没问，只是点了点头：“好，放心吧，凌哥，我尽快帮你弄明白。”李刚点点头，有点担忧地看了一眼边江：“嗯，不过……还是要格外小心，千万不能因为这件事暴露身份。”边江再次拍着胸脯保证：“放心吧。对了，凌哥，您之前说我是组织派去的第一个卧底，怎么我听说之前也有兄弟被安排进去过，但是下场特别惨。您是怕我退缩，才没告诉我吗？”李刚瞥他一眼，看看表：“以后再说吧。现在我来跟你说一下第二个任务，说完我就该撤了。”边江眨巴眨巴眼睛：“哦，好吧。”

“翠花可能已经跟你说了，今天会有一批货到汉都。”

“嗯，说了，不过没说细节，时间、地点也没说，您是要我查出来，破坏他们的这次行动吗？”边江双眼闪着光。李刚皱了皱眉，摇头道：“你不需要做什么，这不是你的任务。别忘了，你的终极目标是柴狗，千万不能因为这些事情引起别人的怀疑。”

“那我……”边江想知道自己在这次行动中还能做什么。李刚说：“别急，现在翠花已经知道了交货的时间，可最关键的交货地点还不知道。我希望你能查出地点，然后尽快告诉我，但是分寸你自己掌握，如果会引起别人怀疑，就别管这事了。总之，见机行事吧。”边江听完低下头，有些失落。李刚微微一笑：“怎么？不高兴？”

“没有，我也想像别的兄弟一样，打击犯罪。”边江淡淡地说。李刚一下子皱起眉头：“你以为自己现在在做什么？”边江昨晚没有睡好，加上对李刚的话有情绪，就没好气地说了一句：“我就天天干坏事呗。”李刚又看了看表，警惕地看了下四周，这才耐着性子问：“边江，你知道我为什么单单选中你当卧底吗？”

“凌哥，你不是说过吗，看我底子干净，又被开除，这样柴狗他们就会相信我……”边江看李刚脸色实在难看，就没再说下去。李刚深吸了一口气：“你真的这么认为？”边江倔强地看着李刚，吊儿郎当地问：“那不然呢？”李刚被气得不轻，他在边江面前踱着步。边江看出来，是自己说错了话惹怒了李刚，但他打心眼儿里又觉得自己说得没错。

“你好像搞错了一些事情。小子，听好，能当卧底的，首先都是非常优秀的警察。你以为我是随便把你选出来的吗？想要制造一个被开除的底子干净的卧底，对我来说并不难，但为什么偏偏是你，你想过没？”边江张着嘴，李刚没有给他说话的机会，继续机关枪似的说起来，“是因为我看到了你身上的闪光点，还有你的可塑性！你知道当卧底最难的是什么吗？好，不知道是吧。那我就告诉你，是对内心的极大考验。”李刚压抑着嗓音，边江抿起了嘴唇，意识到自己这次真的撞枪口上了。

“由于任务需要，你不是演一个人，而是真的成为你要演的那个人，你要认同他的价值观，接受他的一切，若不是内心强大，头脑聪明，有足够的定力，是很容易崩溃的。正是在你的身上看到了这些难能可贵的品质，我才会选你做卧底！”李刚的脸都气得发红了。听完这番话，边江就那么傻站着，不知道该说什么，而且因为羞愧，脸上一阵阵发烫：“凌哥，我……”

“你什么，你以为面对面地打击犯罪就是警察，只有那样才算光荣？你知道不知道，有多少重大案件的破获，正是靠着便衣警察和卧底的力量，你又知不知道有多少卧底光荣牺牲，用他们的生命换来社会的稳定，人民群众的安全！”边江看见李刚的眼中闪烁着泪花，这是李刚第一次跟他说这些话。

“对不起，凌哥，我错了。”边江低下了头。李刚瞪着他，终于叹了口气，“哎，你也不用跟我道歉，毕竟把你带上这条路，却没有告诉你这条路的真正意义，是我的错。你现在要退出还来得及，这次我不逼你，你自己想清楚，还要不要继续干下去。”边江立即站直身子，坚定地说：“要！我愿意坚持下去。”

“好。”李刚也认真地对边江说：“我知道自己没看错人，但还是希望你以后能成熟一点，别再说那些混账话。”边江抿着嘴唇，点了点头。“尽快入戏，当然第一步就是忘了自己是个好人。”李刚说着从兜里拿出一部手机，递给边江，“关于这次交货的地点，如果打听到了，就用这手机发短信告诉我，手机里有我的号码。以后咱们两个联系，都用这部手机。我也用专门的手机跟你和翠花联系。”

边江接过手机，皱眉问道：“凌哥，你为什么也要换专门的手机啊？”李刚却没有回答，只说让他凡事小心谨慎。边江点点头，犹豫了一下，最后还是问了出来：“凌哥，我还有件事……”李刚看看表，不耐烦地说：“什么事？别吞吞吐吐的，有话快说。”

“就是田芳的事，我跟她聊过，有些事情，想跟你确认一下，比如说，她是不是柴狗的……”边江还没说完，李刚就硬生生打断了他的话，“不管她是不是柴狗的女人，有没有杀过人，现在都不是说这些的时候。小子，别说我没有提醒你，你的身份特殊，最好不要感情用事，不然就是害人害己！”李刚语气严厉，边江点点头，没再打听下去，但是把田芳和安然的事情汇报给了李刚。李刚让边江多关注安然，这个女人很可能成为抓住柴狗的突破口。李刚说完匆匆离开了。边江又在公园里逗留了十分钟，才跑回了诊所。

刚一进大门，就碰见了田芳，两个人互相点了点头。边江把顺路买回去的豆浆、油条放到了一张会诊桌上，说道：“叫兄弟们来吃早饭吧，我晨跑时顺路买回来的。”田芳坐在椅子上，盯着边江看了几秒钟，非常认真地说：“你要是想锻炼，我以后买一台跑步机放在诊所里，就别出去乱跑了。”

边江听出这句话里的意思，拿起一根油条一边吃一边说：“好啊，要不是我养成了晨跑的习惯，真不愿意出去，你看现在早上空气多差。”田芳没再继续这个话题。快速吃完早饭，田芳对边江说，她今天有事，让他跟着瘦子和大嘴去车站，晚上九点，她会来诊所跟边江碰头。“芳姐，你好像天天都很忙，都在忙什么啊？”边江喝一口豆浆，漫不经心地问。田芳瞪他一眼：“跟你没关系，管好自己的事。”

等田芳走出去，边江才旁敲侧击地问其他人，田芳干什么去了。光头说多半是去完成柴狗单独给她的任务了，那些是机密，不会让他们知道的。边江有点失望，这时大嘴打了个哈欠说：“柴哥晚上交货，芳姐肯定是去忙活这事了。哎呀，边江，哥不是给你说过吗，不该问的事情别老瞎打听。”光头和边江几乎同时看向大嘴，只不过光头是震惊，边江也是一脸兴奋。他凑到大嘴身边，笑嘻嘻地说：“哎，大嘴哥，这么刺激的新闻，你咋不早说啊，他们在哪儿交货啊，感觉跟演电影似的！”

大嘴不屑地哼了一声：“什么演电影，那都是要命的事。你就别好奇了，在哪儿交货怎么可能告诉咱们啊！反正我听芳姐打电话说，是今天晚上十一点交货，好像……”大嘴没说完，光头“啪”一巴掌打在大嘴的脑袋上：“你小子活腻歪了！”光头瞪着眼，大嘴这才意识到自己多嘴了，一捂嘴，不敢再说下去，讪讪地走开了。边江也不再着急打探了。因为田芳说今晚九点会在诊所跟他碰头，而交货时间是在十一点，那他就还有时间弄清楚交货的地点。

白天，边江什么都不想，跟着其他人一起实践自己学来的骗术，晚上八点四十，他独自回到诊所。其他人还没收工，边江只知道他们要进行到很晚。边江本来想去调查一下诊所里的密室，但还是忍住了。他知道今晚的重点不是这个，如果因为调查密室坏了大事，就得不偿失了。

九点钟，田芳开车准时回到了诊所。边江上车后，田芳一直没有说太多话，看起来非常紧张。快到一个十字路口的时候，田芳先是占了左转道，边江提醒她，去 KTV 应该右转，田芳这才变换了车道，但依然绷着嘴，不说话。边江的心也悬了起来。他试着问田芳，为什么情绪这么低落，是不是白天发生什么事情了。田芳却心不在焉地说没什么。

当边江第三次问的时候，田芳终于生气了。边江只好放弃了从田芳口中得知交货地点的想法，不过他已经打算好了，等田芳把他送到 KTV，他就悄悄打车跟着田芳，反正 KTV 门前总是有空车。等到了 KTV 门口，边江正要下车，田芳却开口了：“你等一下。”

“怎么了，芳姐？”边江把放在车门上的手收回来。田芳犹豫了一下，她看着边江：“本来我想直接带你去的，但总觉得不太妥当。如果我就这么回去，虽然也能交差，但……我还是问问你的意思吧。”田芳对边江的态度好像一下子就变了，不像之前那么冷酷了。

“芳姐要我干什么，说吧，不用有顾虑。”边江说道。田芳皱起眉头：“柴哥今晚有笔大买卖，让我挑选个合适的人去，要机灵的，最好会点功夫，而且加入组织时间不能太长。”田芳看着边江，眼神里流露出一丝担忧。“这就是在说我嘛！既然我符合要求，那让我去呗！”边江兴奋地说。田芳却更加纠结了：“你先别激动。你要知道，每次任务都可能进去，而进去都算好的。”边江也严肃起来：“你是怕我死了，对吧？”

“你现在也算是我手下的人，我当然不希望看你去送死。但是柴哥是我的老大，我必须听他的，所以我也很为难。”田芳说道。边江嘿嘿笑着，无所谓地说：“放心吧，我命硬，死不了的。”他想到这一路田芳都在为这件事为难，心里竟然升起一股暖意。

“你知道什么！”田芳着急地说。边江挠挠头：“怎么，有什么不对的吗？”田芳叹口气，问边江，知道为什么这次非要用新人吗。边江摇摇头说不知道。“因为这次行动风险大，新人知道的少，就算被抓住也不会坏事，说白了，就是被派去当炮灰。如果成功了，就是柴哥赚的；如果不成，他也已经把风险降到了最低。”田芳焦急地说完，边江若有所思地点了点头，他当然不害怕被抓住，反而在心里乐开了花。因为在他的内心深处，依然渴望参与这次缉毒行动，原本只是想打听到交易地点，没想到自己竟然可以直接参与进去，当然开心。

“反正也没得选了呗，我就去吧，总不能让你交不了差吧？”边江重新把安全带扣上了。田芳摇摇头：“其实你也不是非去不可，因为柴哥还不知道你。如果你不敢去，或者不想去，告诉我，我可以换别人。”边江嘿嘿一笑，歪着头看田芳：“你这么不想让我去，又说行动危险，这么担心我是不是爱上我了？”田芳立马瞪了他一眼，面露愠色：“因为你是我手下，又刚来不久，我不想看你傻乎乎被人送去当炮灰。你别太自我感觉良好！既然你这么有自信，看来我真是多虑了。”田芳说完直接把车掉头离开了KTV。

“对了，咱们这是要去哪儿啊？”边江小心问道。“待会儿就知道了。”田芳不说，边江心里干着急，这样一来，就算自己真的去了，警察不知道交货地点，今天晚上的活动照样落空。车子最终停在了一条商业街边上，此时已经是晚上十点钟。田芳开始跟边江交代一会儿接头的暗号以及交货的方式，边江一点都不害怕也不紧张，所以很快就把她说的这些全都记住了。而且边江也终于知道，交货的地点就在他们正前方约五十米路东的二十四小时便利店里。

边江偷偷把手放进兜里，摸到了李刚给他的手机。他趁着田芳不注意的时候，悄悄把手机拿出来，放在右大腿边上。“现在时间还早，咱们就先在车里待着，要是发现警察，立马结束行动。”田芳睁大了眼睛，紧张地观察周围的情况。边江悄悄操作手机，打开了短信功能，编辑了一条短信给李刚，告诉了他交货的地点。

终于等到了行动的时间，边江下车前，故意摆出一副英勇就义的样子：“要是我回不来了，你可别忘了我啊。”田芳眉头紧锁，满脸不安：“别说晦气话。”边江刚要下车，却又被田芳叫住了：“哎，你小心点！”她看着边江，说出的没说出的话都在眼神里。边江大大咧咧地笑了下，冲她眨了下眼，背着田芳给他准备的黑色双肩包，戴上棒球帽，下了车。

一下车，边江先稍微把帽檐往下压了压，同时迅速环视四周。凭着超强的记忆力，他很快就认出一些便衣警察。马路对面至少有两个人是便衣，那两个人正买水果；路边的车里也坐着两个，那辆车边江见李刚开过；便利店门前的小吃摊儿上也有两个。边江只看见这些便衣警察，但他猜想应该还有别人埋伏在周围，只不过他不认识。李刚对边江和翠花魔鬼式训练的时候，曾经给他们看过一些在职警察的照片，让他和翠花大概有些印象。翠花当时就说，这么多二寸照，怎么可能记得住谁是谁，但边江却在他抱怨的时候，快速浏览了那些照片，并且记了个大概。他的记忆力很好，所以再看见那些便衣警察的时候，自然一下子就认出来了。

边江继续往前走，想着待会儿怎么配合警察们拿下这次行动。但他最终轻轻摇了摇头，停下脚步，然后开始转身往回走，回到田芳的车旁。田芳立马落下车窗：“你可不要告诉我，你后悔了。”

“没后悔，就是跟你说一下，先别着急走，在这儿等着。”边江说完重新朝着便利店走去，根本没有理会田芳诧异的眼神。他们最初的计划是边江进入便利店后，田芳就开车离开。而边江拿到货之后，会有另一辆车直接开到便利店门口接他。但边江知道一旦拿到货，警察会马上把自己抓起来。柴狗就会损失不小的一笔钱。而边江一旦安然无恙被放出来，就会引起柴狗的怀疑，他可能无法再做卧底了。

所以他想清楚了，晚上他其实有两个任务，第一，给警方提供交货地点，第二，帮助柴狗成功交易。

边江走进便利店，只朝店里大致扫了一眼，便认出要和自己接头的人。那家伙非常好认，二十岁出头的年轻小伙子，背着一个画板，手里拎着两个放颜料的小包，一个黑色，一个灰色。他戴着黑框眼镜，中规中矩，谁也不会把他和毒品联系到一起。不过田芳已经提前告诉过边江，黑色包里是今晚交易的货物，灰色包里则放着画画用的颜料。当边江对他说出正确的接头暗号后，年轻人会把黑色小包放在食品货架上，边江再把那个小包装进自己的书包里，顺便拿一包方便面去结账，之后迅速撤离现场就可以了。

至于货款，不需要边江操心，柴狗已经安排了其他人在另一个地方交易，一旦边江拿到毒品，那边立刻交钱。对于在便利店接头交货的计划，边江非常不理解。因为这里有摄像头，而且还不让第一时间撤离，非要买一包方便面再走。为此他还问了田芳。田芳说，越是看似危险的地方，就越安全，而且这家便利店的店员是他们的线人，底子干净，背景简单，店里的监控也形同虚设，并没打开，在这里交货比任何地方都靠谱。但这次行动之所以危险，是因为供货方第一次跟柴狗合作，所以柴狗担心有诈。

边江走到年轻人身边，站在货架前，假装挑选商品，然后低声对年轻人说："我也想学画画。"年轻人漫不经心地问："知道我为什么学画画吗？"边江特别认真地说："你妈逼的。"年轻人没有看边江，也没说话，走到放着方便面的那排货架前面。几秒后，边江也走了过去，按照计划，边江不应该这个时候过去，他要等年轻人把小包放下并离开便利店之后再过去。所以当边江出现在年轻人面前的时候，对方立刻皱起了眉头。

"有雷子，计划改变，放下颜料包，出门左转，五十米，路边有一辆面包车，车牌尾号 79，把货给车上的人。"边江说完转过身，假模假样地从货架上挑选自己要买的东西。年轻人的额头上冒出一层细密的汗珠，快速放下那个灰色颜料包之后，便匆匆离开了便利店。

边江把那个灰色颜料包拿起来，并拿起一包方便面去结账，就在这时，警察冲了进来。不等边江做出反应，他已经被三个警察摁倒在地上。边江龇牙咧嘴地叫嚷起来："警察同志，你们这是干吗呀，我犯了什么法，为什么要抓我？"

“你说呢？”一个国字脸警察反问道，同时夺过边江手里的灰色小包，打开包裹给边江看：“就因为这个！”边江被人从地上拽起来，他看了一眼灰色小包：“警察同志，那不就是颜料嘛！是刚才那个美术生落下的，我本来想赶紧买完东西给他送去呢！这助人为乐也犯法呀？”国字脸警察一看那颜料包，顿时蒙了，他得到的线索不应该有差。他气急了，把包里的所有颜料都挤出来，最后确定小包里真的就是画画的颜料。国字脸警察皱起眉头，正要开口下令，边江眼珠子一转，一下子挣脱了控制自己的人，在国字脸警察下令释放自己之前，拔腿就往便利店外跑。

身后立即传来国字脸警察的叫喊声：“抓住他！货还在他身上！”

·第十一章　蒙混过关·

边江没出门，就被人重新摁住了，这次直接给他戴上了手铐。边江试着解释，但国字脸警察冷哼一声道：“你要是清白的，跑什么？少废话，带走！”一声令下，边江被人押着出了便利店。出门的时候，正好看见田芳开着车从便利店门前经过，车上还坐着那个年轻人。田芳和边江的眼神短暂交汇，边江冲她微微一笑，便被人摁着脑袋带上了警车。

边江被带回公安局审问、搜身，可惜警察们一无所获，只好把他关一晚上，然后无罪释放。到了半夜，临时羁押室的门突然打开了，边江半坐起来，睁眼一看，是李刚。因为担心有摄像头，边江没敢跟李刚相认：“警察同志，是要放我走了吗？”李刚黑着脸，衬着矮壮的身体，看起来像个愤怒的大猩猩，看着边江冷冷说道：“行了，别演了，没有摄像头，不会有人听到咱们的谈话。”

边江小心翼翼地点了点头，但心里还是很忐忑，毕竟打乱了警方的计划，使得这次行动失败，他害怕李刚会怪他。但李刚并没上来就说他妨碍公务的事，李刚说：“其实你今晚有可能不会被抓住，如果你不跑的话。”

“怎么可能不被抓，我是嫌疑人啊！”边江答道。李刚就说，其实那名下令抓边江的警察，发现那袋东西是颜料，以为被发现导致行动失败了，当时就打算把边江放了的。边江撇下嘴，说无所谓啊，反正这样是最好的结果，如果当时不跑，他怕那国字脸的警察会去追那个美术生，那这次交易就黄了。而他记得凌哥的教诲，为了取得田芳乃至柴狗的赏识，必须立功，所以才会想办法促成这次交易。

李刚斜睨着瞥了一眼边江，指了指他，冷哼一声，“哼，你小子真是……”

边江猜不出李刚的想法，心里没底，就低着头小心问李刚是不是觉得他背叛组织了。李刚微微一笑，摇摇头："在这种情况下，你如果帮助警方阻止交易，人赃俱获地把你抓回来，也什么都问不出来，根本没有意义，还有可能影响你的卧底计划。咱们要做的是，放长线，钓大鱼。所以，你做得很好。"边江松了一口气。

李刚拿出一根烟递给边江点上，又给自己点了一根。他靠在墙上，吐了一口烟，对边江说："不过，你故意被抓，恐怕没这么简单吧？"边江嘿嘿一笑，挠挠头："果然什么都瞒不过凌哥。其实我是想通过这次机会跟凌哥再见一面。因为我心里有些疑问。"李刚点点头："我知道，别急，不如你先跟我说说，为什么这么重要的交易，柴狗会让你去？"

边江把事情的原委跟李刚说了一遍。"想不到他们这么警惕，不过这次你立了功，回去后柴狗肯定会奖励你，但应该还不会亲自见你。你还是要见机行事，明白吗？"李刚眼睛里闪着光。边江看出来，对于自己意外取得的进展，自己的领导非常满意。"嗯。"边江答应着，"对了，凌哥，我还有些别的发现。"

"什么？"李刚问。边江借这个机会，把自己在柴狗手下的发现跟李刚说了说，比如柴狗有很多"家"，其实就是七人小组，还说了他们平时的犯罪模式。但边江很快就看出来，李刚对他所说的内容并不感到十分新鲜，好像早就知道了。"凌哥，你跟我说实话，是不是柴狗团伙里，不止我和翠花俩卧底？不然你怎么知道那么多。"边江问。

"不错，在你之前，派去过卧底，但都牺牲了。我没跟你们两个说，是因为你们还年轻，没经历太多事情，怕吓到你们，乱了方寸。"李刚解释道。边江紧接着问李刚，他听说之前有卧底的尸体被送到公安局，是不是也是真的。李刚沉痛地点了点头。边江的内心不由涌出对前辈的敬佩和惋惜，同时也更加痛恨柴狗。

"对了，凌哥，关于田芳的事……我还是有点疑问。你说她到底杀人了没有？"边江问完，发现李刚正若有所思地看着自己，连忙解释道："凌哥，别误会，我就是听说，她原本没有杀人，但柴狗伪造了些她杀人的证据，这样就可以留她在身边了。我想……"

“想什么，把她策反吗？”李刚一下子说到了边江的心坎上。边江点点头：“我是觉得可以利用一下这一点。如果能把她拉拢过来，那离抓捕柴狗就更近了一步。”李刚听完，认同地点了点头，然后又皱着眉头在屋子里踱了两步：“这件事并不容易。几年前，我接到过一个电话，那本是一通报警电话，刚好我去找人，碰巧接到了电话。电话里，田芳自称是法学系学生，想咨询一个假设的案例。我很快就听出来那个案例的主人公是她自己。”边江连忙问：“那她都说什么了？”

李刚说，田芳讲述了一个女孩儿的遭遇，还说了一些罪证，问能否判定一个人是杀人犯。李刚当时嗅到这件事不对劲儿，因为田芳提到的几个地点，正好是那段时间李刚蹲守柴狗的地点，于是就悄悄记下了，一查才发现她是柴狗身边的人。那是李刚第一次知道田芳。

“那真相到底是什么？她是不是被柴狗栽赃了，然后柴狗用这些罪证来威胁她。”边江着急问道。李刚却无奈摇头：“那我就不知道了。反正她始终没有向警方求助，警方也没有查出那个照顾田芳的女人是死于谋杀。所以直到现在，我也不敢说，田芳到底有没有杀人。”李刚停顿一下，话锋一转，“不过你可以慢慢调查这件事。如果她真的是被柴狗手里伪造的证据威胁，那你将来或许还有机会联合田芳，一起把柴狗揪出来。”边江点点头，陷入沉思。

第二天，大嘴和田芳一早就把边江接回去了。大嘴一路上就没停，一直说边江这回立了功，本事大什么的。田芳话不多，只问了边江一个问题：究竟是怎么发现有警察埋伏的。边江就说：“你要是发现谁在做事的时候不专心，又老是盯着你看，那他一定是警察。”大嘴哈哈大笑：“这不是无间道里那傻强说的嘛，你就别逗了，那是电影，你真是靠这方法认出来谁是雷子的？”边江马上反驳道：“电影怎么了，艺术源于生活懂不懂，再说那傻强不是也没说错吗？”听着边江和大嘴的谈话，田芳看着窗外，抿起嘴唇微微一笑。

由于边江这次立了功，所以一从监狱里出来，他就正式接替刚子，成了田芳的手下，但他并没有如愿见到柴狗。边江依然晚上去跟老杜学习，暗中观察老杜，可惜并没有太多进展，而且三天后，他已经掌握了大部分骗术，就从老杜那里毕业了。

五天后，边江来到了 KTV，跟那个妖艳女老板约定的日期到了，他需要把田芳私生活不检点的证据交给女老板安然。安然见边江空着手，脸一下子就拉下来了：“边江你不会是忘了咱们之间的约定了吧？”“然姐，我忘了谁的吩咐，也不敢忘了您的呀。”边江说着从兜里拿出一个U盘。

安然想拿过去，边江把手一抬，安然踮起脚没够着，气得一跺脚，拽了拽T恤，坐回到沙发上，跷着二郎腿，抱着胳膊问边江：“说吧，什么条件。”边江微微一笑：“跟我说说老杜的事情。”

“你这几天不是天天见他嘛，有什么事情直接问他不就行了。”

边江看出来，安然在回避这个问题，于是他拿着U盘在安然面前晃了晃。安然吧唧吧唧嘴，老大不情愿地说：“那你倒是问啊，你不问我怎么知道你想听什么。”还没等边江开口，她马上补充了一句：“等等，先别急，你让我看看U盘里是什么，得真的有货才行。”

边江微微一笑，料到了她心眼儿多，会要求验货，于是大大方方拿着U盘绕到电脑桌后面，把U盘插进笔记本电脑的USB接口。U盘被打开，里面的照片以缩略图的形式出现在电脑屏幕上。照片都是田芳和一个男人在一起的照片，男人戴着墨镜，没有一张正脸，田芳倒是笑得挺灿烂，有两个人牵手进酒店的照片，也有一起打闹的，还有一张更过分，是两个人在床上的自拍，画面相当暧昧，不过那男人的脸在田芳后面，人像是模糊的，只能看出一个轮廓。

边江控制着鼠标，没有把照片打开，只是让安然看了大缩略图，安然双眼放光，别提多高兴了：“哼，我就知道这小婊子是个烂货，哎，你可以啊！”说完安然拍了下边江的肩膀，相当满意。边江拔下U盘，嘿嘿一笑，说然姐过奖了，现在看完照片也放心了，是不是可以说说老杜的事情了。安然却好像没听到似的，根本没搭理边江这茬儿，继续询问照片的事情：“这照片上的男的是谁啊，知道吗？”边江摇摇头：“不知道，然姐需要我查这个人？”

“算了，不用麻烦了，反正柴哥只要看见田芳跟别的男的有一腿就行了。”安然说着坐在办公桌上，超短裙直接到了大腿根儿。边江扫了一眼，连忙起身，拿着U盘离开办公桌，坐回到了沙发上：“然姐，你就告诉我吧，老杜到底是什么人啊？” 安然看了一眼边江，想了想，小声说道：“姐可以告诉你，也不管你为什么问，但你必须先答应我一件事。”

“不是吧，然姐，又有条件啊！”边江无奈地说。安然表情严肃，就那么看着边江。他连忙举起一只手，伸出三根手指：“好好，我发誓，绝对不说。”安然就说：“好，将来不管发生什么，不许跟人说，是我告诉你老杜的事情的。你要是敢出去乱说，我就把你那天打电话的事情说出去。”安然说完看了看自己新做的指甲。边江只好再次发誓，保证不出去乱说。

安然点了点头，告诉边江：“那天你看录像肯定也发现了，有些人来找老杜，手里拿着本书或者杂志什么的，然后会交到老杜手上。”边江点点头，好奇问道：“那些书有什么蹊跷吗？来的都是什么人啊？”

“都是老杜手下的打手。至于那些书，里面是被掏空的，通常会夹着一些现金。老杜先把这些夹着现金的书给那些打手，等打手们完成任务，就把书还回来，同时把任务结果以录像或者照片的形式记录下来，将U盘夹到书里还给老杜，等再走的时候他们就会收到剩下的佣金。”边江又问，那老杜雇这些打手干什么。“这还不简单，那些挡柴哥路的，总得有人去收拾他们吧。所以老杜就是帮柴哥扫清障碍的。当然老杜不止干这些，他还会帮着柴哥调查手下的底细。”安然说着，眼珠子一转：“哎，你也被他调查过。”边江先是一愣，随即想到田芳拿的那份档案，感叹道：“没想到，老杜腿脚不灵，人却神通广大。”安然就说，关键是人脉，老杜的朋友特别多，加上他出手也大方，绝对重谢帮助自己的人，所以发展到最后，老杜想办什么事，根本不需要亲自出马，一通电话就行了。

“然姐，听你这么说，感觉老杜比柴哥还厉害。”边江说。安然赏给边江一个大大的白眼：“他哪能跟柴哥比啊，柴哥可是……哎，算了，说了你也不懂。”边江连忙追问：“然姐，话不能说半截啊，柴哥咋了，给我说说呗。”安然却突然变了脸色，斩钉截铁告诉边江，谈什么都行，就是不能谈论柴哥。边江就问为什么。

“因为谁要是泄露了柴哥的信息，只有死路一条。你是新来的，可能不知道，所有见过柴哥真面目的人，一旦离开组织，一定会被灭口。如果谁敢背叛柴哥，不管有意还是无意泄露了柴哥的信息，也一样死得很难看。”安然说完还不禁打了个哆嗦。

“那这就咱们两个人，你就跟我说说呗，我就是好奇，又不跟别人说去。”

边江苦苦哀求着。安然眼珠子一转，微微一笑：“这样吧，我就稍微给你点提示，既不违背我的原则，不给自己招来杀身之祸，还满足一下你的好奇心。”边江连连点头说好。

“其实柴哥经常露面，你平时见到的每个人，都有可能是他。”安然说完自己就得意地笑了起来，似乎对自己出的这个谜题很满意。边江听完，不寒而栗。“嘿，傻了？”安然用手在边江面前晃了晃，“你问的，我都说了，快把照片拷贝给我吧，我这就给柴哥发过去。”

“然姐，你该不会打算就这么把照片给柴哥吧？”边江问。安然点点头，说不然那还要怎么给。“哎，姐啊，你真糊涂。这种事情哪能让人知道是你干的！男人都爱面子的嘛，最讨厌别人指点他，而且他的女人跟别的男人有一腿，这不是被戴了绿帽子嘛！你当面去说，柴哥还没看透，多丢人。到时候柴哥恐怕也要冷落你了。”安然想了想，是这个道理，就问边江，该怎么办。

边江一拍大腿：“多简单啊，你直接把这U盘装档案袋里，匿名邮寄给柴哥，或者悄悄塞到柴哥住处去，怎么样？” 安然一听，手一拍，“对啊，真有你的。”说完她从抽屉里拿出一个空档案袋，边江从兜里掏出U盘，看着她放了进去，封好口，然后打电话叫了一名男服务生进来，让他一会儿去送点东西，不过要把制服换下来。那年轻服务生问送到哪儿，安然就在他耳边悄悄说了一句什么，男服务生点点头便拿着档案袋出去了。

服务生离开后，边江也说自己还有事要忙，便离开了安然的办公室。他来到KTV门口，正好看见那名服务生走出大门。那服务生已经换了一身衣服，全副武装，搞的跟明星出门似的。边江悄悄跟着那服务生走到地铁站，坐了三站地，最后服务生来到了一家台球厅。李刚原来就给边江说过，柴狗爱打台球。

边江只是记住了台球厅的名字和位置，并没有进去。之后他打车回了诊所，田芳早就在等着他了，问他安然搞定了没有。边江嘿嘿一笑：“放心吧，那女人是典型的胸大无脑，很容易就糊弄过去了。”田芳有点不敢相信，递给边江一瓶水，半开玩笑地说：“你该不会是出卖色相，搞定了安然吧？”边江接过矿泉水，咕咚咕咚喝了几大口：“芳姐，你小瞧我啊，我可看不上她那样的，嘿嘿，我喜欢你这样的。”

田芳白了他一眼："行了，赶紧说说，你到底是怎么解决的。"边江这才把自己骗过安然的过程说了出来。他说，其实U盘里的那些照片，是找两个模特拍的，女孩儿身材脸盘都和田芳比较像，拍完用PS技术把田芳的脸覆盖在女孩子的脸上，所以边江才没打开大图，而只是让安然看了个大概。柴狗收到了，傻子也能看出来那是P上的去。边江劝安然匿名投递，是怕柴狗当面打开，说照片是假的，责怪安然，那安然肯定恼羞成怒，把火烧到边江身上。如果匿名，柴狗不知道是谁搞的这种低级的东西，看一眼，不会往心里去，更不会让安然知道。

田芳听完，也忍不住笑起来："你还挺聪明，不过，要真的直接把带照片的U盘给柴哥，他很可能一下子就猜到是然姐。因为柴哥知道然姐不喜欢我，所以还是有可能去质问然姐的。"边江却相当淡定地摇了摇头："不会。"田芳笑了笑："这么有信心，为什么？"

边江说："相信我，像柴哥这样的男人，肯定特别怕麻烦，就算猜到是安然，也懒得理她。"说完，边江发现田芳正安静地看着自己，目光柔和，跟以往很不一样，顿时心跳加速。边江忍不住朝着田芳走过去："干吗这么看着我？"田芳今天穿了一件宽松的白色棉质流苏边T恤，一条亚麻色休闲裤，头发慵懒地贴在白皙的脖子上，使她整个人看起来干净清爽。她眨了眨眼睛，问边江："你到底是什么人？"

"你觉得我是什么人，我就是什么人。"边江说着又往前凑近了一步。田芳皱起眉头："为什么我总觉得看不透你？"边江笑了笑，凑到田芳耳边："因为你离我还不够近。"

·第十二章　黑龙闪击战·

“咳咳！”一阵咳嗽声突然传来，田芳突然回过神来，清清嗓子，慌乱地后退了两步，恢复了一贯的冷静和拒人千里之外的感觉。边江回头朝门口看去，瘦子走了进来，一脸坏笑地看着边江和田芳：“哎呀，不好意思啊，我回来的不是时候，打扰你们了啊？”边江看看田芳的脸色，连忙往边上站了站，对瘦子说：“瘦子，饭可以乱吃，话可不能乱说。”

瘦子一撇嘴：“哟，那真不好意思，我这个人，一直都这样，有什么说什么！”田芳没搭理瘦子，扭头对边江说：“不管怎样，我要谢谢你。”边江大大方方拉过来一把椅子，坐下，也不顾瘦子的眼光，笑着对田芳说：“你是我的头儿，我不护着你，护着谁。”

瘦子看看田芳，看看边江，嘿嘿一笑：“芳姐，我发现你在边江面前，特别像个小女人，为啥在我们面前就像个大姐大？”田芳深吸了一口气，强压着心里的怒火，走到瘦子面前：“我喜欢他又怎样，不喜欢又怎样？跟你有什么关系？少在这阴阳怪气的。”瘦子啧啧两声：“哎哟，芳姐还生气了，至于吗？我不就开了个玩笑吗？不过你敢把刚才的话跟柴哥说一遍吗？说你喜欢那小白脸。”瘦子说着看一眼边江，咯咯地怪笑起来。田芳被瘦子气坏了，扬起手正要打下去，瘦子一把抓住了田芳的手腕，阴险地笑了笑：“芳姐，我可不会再让你扇我一巴掌了。”瘦子再瘦也是男人，比田芳一个小姑娘的力气要大，他说完用力一推，田芳向后踉跄了一步。

边江走到田芳身后，扶了她一把，拍了下田芳的肩膀，晃着膀子朝着瘦子走去。瘦子不屑地看着边江：“你最好别动我，不然后果……”瘦子还没说完，边江的拳头已经打在了他的眼眶上。瘦子站稳脚跟，怒视边江：“你……”

“我怎么样？打的就是你！”边江说完又是一拳打过去。瘦子根本没有还手的余地，两下就被打得站不起来了，鼻孔流血，眼眶瘀青；他不敢再嚣张，只是绷着嘴唇，愤恨地瞪着边江。边江拎起他的衣领，挥起拳头又要打，田芳制止了他：“好了。”边江收回拳头，起身拽了拽自己的衣服。瘦子却笑了，好像很满意似的，他从地上爬起来，走到桌子边上，把正在充电的手机拔下来，放进兜里。“芳姐您是咱家老大，您喜欢谁都行。”说完走出门去。瘦子走到诊所门外，回头看一眼诊所，嘴角一挑，露出狡猾的微笑。边江隔着玻璃门，正好和他的目光撞在一起。

边江忍不住问田芳：“芳姐，那瘦子怎么敢对你那么嚣张啊？”田芳叹口气，说瘦子在这些人中，个人能力最高——当然打架要除外，这小子相当聪明，还不止立过一次功，原本以为柴狗一定会提拔他，但不知为什么，始终让他跟在田芳手下。田芳还说，他这个人很傲，喜欢被夸赞，对田芳很不服气，但是又不敢明摆着反对她，就变成这副德行了。田芳自然看他不顺眼，想让柴狗把瘦子弄走，柴狗却让田芳再大度点，别管黑猫白猫，能抓到耗子就是好猫，就成了今天的局面。

“对了，问你个问题。”边江说。田芳点点头。“这诊所没人来看病吗？要说我平时早出晚归的，见不到人很正常，可是这大白天的，怎么也没个人来啊？”边江好奇地问。田芳就说，其实之前也有人来看病，后来诊所医死了人，坏名声在外，也就没人敢来了。边江眨巴眨巴眼睛：“医死过人？”田芳点点头：“嗯，只是一次意外。”

“对了，芳姐，这诊所里是不是闹鬼啊？”边江这话一问出来，田芳的脸色一下子就变了。这时光头从外面回来了，“啪”地把今天挣的钱扔到桌子上，接着边江的话说：“一听说医死过人，肯定马上就联想到死人阴魂不散嘛，会想到闹鬼嘛。”

光头的话给了边江一个台阶，边江连忙说：“是啊，对了，我晚上睡觉的时候，真听到过有人哀号，你们听到过没有？”光头皱起了眉头。田芳把目光从边江身上挪开，脸色越发难看，她只冷冷说了句：“你听错了，回头找大夫给你开点安神镇定的药，以后就能睡个安稳觉了。”

边江点了点头没再继续说下去。之后田芳就把光头叫到一间办公室里，说要单独跟他核对一下近期的账务问题。再后来，田芳真的让诊所里的大夫给边江开了药。此后很久，边江再没有听到过那种诡异的哀号声。

半个月后，边江已经跟大伙儿很熟悉了，他们一起寻找猎物，挣钱，喝酒享乐。边江感觉到自己正在一点点堕落，他变得易怒、暴躁，学会了在把人打得鼻青脸肿后，再啐上一口。每当夜里，躺在床上，边江便不得不承受良心的不安，如果不服用安眠药。就无法入睡，而睡着后，又是一个接一个的噩梦。

田芳倒是跟边江谈过一次，她说这条路是他自己选的，反正做什么事，都会有压力，只不过干这一行面临的压力尤其大，想从中获得快乐，就要找一个排解压力的方法。田芳以为，边江会像其他人一样，喝酒、泡妞，排解压力，但没想到边江只是买了些运动器械，每天一有空就闷头苦练，倒是比刚来的时候看起来更壮了。

田芳及她的手下曾经居住的公寓不安全，因此，他们彻底搬进了诊所。不过他们对诊所进行了改造，使诊所变成两部分，前面正常营业，后面是田芳等人的住所，中间由一堵墙隔开，门上安有一扇小门方便来回走动，边江他们统一走后门离开，不走诊所的正门。至于那个闹鬼的密室，则被隔断在了诊所前半部分。

一天夜里，诊所后门突然传来急促的敲门声。边江一个激灵坐起来，走出去的时候，其他人也已经起来了，个个手里拎着刀或铁棍。田芳示意其他人先不要轻举妄动，她走到门前，问门外是谁。一个男人的声音传来：“芳姐，我们的住处被人抄了，我们老大猴子被人捅了，猴子临死前让我们兄弟两个来投奔你。”

边江一听门外这人的声音，顿时愣住了。因为这不是别人，正是翠花！田芳冲光头点点头，光头就打开了防盗门，只见两个满脸带血，浑身是伤的人站在门外。光头顿时火冒三丈：“妈的，那帮人在哪儿？竟敢欺负到咱们头上！芳姐，你跟柴哥说，咱们再叫上几个兄弟，跟他们拼了！”田芳就说，柴哥肯定已经知道这事了，但还没有给通知，所以先不要着急，等等再说。翠花也连忙摆手：“哎，别冲动兄弟，那边人不少，而且是有预谋的。我来的路上跟别家兄弟联系了一下，听说好几个家都被他们收拾了。我看啊，是刚子招了。”翠花说完，脚下一软，险些摔倒，边江连忙扶住翠花，翠花攥了下边江的手腕，两人相互对视一眼，什么都没多说。

这还是两人做卧底之后第一次重逢。边江大致看了下翠花的伤势，他的胳膊被人砍了一刀，后背也有一个十几公分长的刀口，皮开肉绽，鲜血淋漓。要说翠花也真是条汉子，都伤成这样了，竟然还能撑着来到诊所。跟翠花一起来的人，叫老九，伤得比翠花严重，脸都白了，几乎说不了话，是被翠花架着过来的。边江赶紧去前厅拿来急救药箱，田芳、大嘴也赶紧帮着边江给他们包扎伤口。

“到底怎么回事？你慢慢说。”等伤口包扎好，田芳问翠花。翠花说，他们原本正在打麻将，有人叫了外卖。半个小时后，送外卖的敲门，一个兄弟就去开门，没想到一下子冲进来七八个人，个个拎着砍刀，进来就是一通乱砍。他们没有防备，很快就死的死、伤的伤。猴子被砍伤后，翠花把他拽进了里屋，反锁上。猴子说了诊所的地址，让翠花带着活下来的兄弟投奔田芳，说完就咽气了。

翠花当时也是机灵，带着另一个受伤的兄弟老九，从窗户爬出去，踩着空调架，爬到了邻居家的阳台上，那户人家正好开着窗户，翠花和老九就爬了进去，这才躲过一劫。“伤你们的是什么人？”边江问。翠花摇摇头，用力咽了咽口水：“我也不知道啊，反正他们个个都有文身，好像还都是一样的，不知道是不是某种帮派的标志。”

田芳立刻让翠花形容一下那文身的样子，他就说是一条黑色的龙，文在胳膊上。田芳点点头：“是黑龙，抓走刚子的那帮家伙。”大嘴两手一拍：“我靠，管他黑龙白龙，这不摆明了嘛，你们有内奸啊！很可能就是那个点外卖的！要不然怎么那么巧！”翠花眨巴眨巴眼睛：“那哥们儿已经挂了，点外卖的事纯属巧合。大嘴兄弟，活下来的就我们俩，没有内鬼。”边江赶紧给翠花使眼色，翠花还不知道是怎么回事，愣是没明白边江的意思。

“哦，这样啊。”大嘴反应了一下，“哥们儿，咱们俩好像是第一次见面吧？你咋知道我叫大嘴？”翠花这下才明白边江在暗示他什么，连忙说：“哎呀，你还真叫大嘴啊，我……我就是看你嘴比较大……啊，不好意思，不是故意给你起外号的。”瘦子听完，扑哧笑了，非常不合时宜。田芳立马瞪了他一眼：“这种时候，你还笑得出来？”瘦子自知错了，没再说话，退到了后面。

田芳若有所思地看着翠花，问：“你刚才说，刚子招了，是怎么回事？”翠花叹口气说道：“这也是我之前听我们老大说的，他说咱们各个家的地址都是保密的，听说芳姐家里的刚子被抓走了，对方的目的就是拷问他各家的地址。老大当时还提醒我们要多加小心呢。我们本来想两天后搬家，结果……”翠花流下了眼泪，他红着眼继续说：“没想到还是晚了一步，所以今天一发生这事，我估计就是刚子招了。”

翠花倒是跟边江说过这事。田芳之所以带着手下搬到诊所，也是这个原因。当然，刚子也知道这诊所，但这里并不是田芳家的根据地，像这样被柴狗控制的诊所，不止这一家。田芳说过，只要黑龙不问，刚子就不会主动提。边江看出来田芳很紧张，便拍了拍她的肩膀，想安慰她。

田芳看了他一眼，什么都没说，拿出手机，拨通一串号码，到里屋去打电话了。边江隐约听到田芳在跟柴狗打电话，内容大概是汇报今晚的情况，并问柴狗之后该怎么办。不知道柴狗那边说了什么，田芳打完电话回来的时候，整个人的情绪稳定多了，但依然有些焦虑。

“芳姐，柴哥说什么？”边江问。田芳说：“他让咱们待命，说黑龙已经端了咱们五个家了，柴哥正在组织人手。咱们现在也准备一下。”大家伙儿听完，全都第一时间做出反应，五分钟后，除了有伤的翠花和老九，所有人都换上了轻便的衣服，准备好武器。

大嘴一边擦自己的砍刀，一边念叨着；边江走近一看，才发现大嘴正在录音。“你干什么呢大嘴？”边江一把抢过录音笔。大嘴立刻夺回去，特别认真地说：“还能干什么啊，留遗言呗，谁知道还能不能活着回来，我总得告诉我家里人一声吧。”边江愣了一下。他从大家的反应就能知道，这样的火拼，绝对不是第一次。

“大嘴，这出生入死的，你图什么？”边江问。大嘴有点烦躁地说：“报恩啊，柴哥对我有恩，我欠他一条命。”边江看看光头，继续问大嘴：“那光头呢，也是报恩？”大嘴嘿嘿一笑：“当然不是，他是为情。”

“他爱上柴哥了！”边江张着嘴，下巴都快掉了。“爱你个头啊！”大嘴无奈地摇着头，然后四下看看，让边江离近点，凑到边江耳边说："这可是个秘密，你别跟别人说啊，其实啊，光头喜欢芳姐。"边江的心仿佛被什么东西蜇了一下，还有点酸酸的。"这样啊，那瘦子和二虎呢？"边江继续问。

"干吗，研究犯罪心理啊？"大嘴半开玩笑地说。边江连忙说，哪儿啊，就是觉得好奇，大家都没见过柴哥，却纷纷为他卖命，有这么一批忠诚的手下，让人很佩服，他想知道柴哥到底是个什么样的人。大嘴突然定睛看着边江："我发现你小子总是打听柴哥的事，想干吗？""好奇嘛！"边江不假思索地回答，"我来咱家也有些日子了，可是根本就没认识别人，甚至连老大都没见过，兄弟，你不闷得慌吗？"

大嘴连忙摇摇头："一点也不闷，我就知道，见得人越少，知道得越少，自己越安全。"

边江无奈看他一眼："出息！"大嘴一脸不服气地说："哎，你别笑话我，我可比你懂得多，也比你更上道！"边江嘿嘿一笑："大嘴哥，又不是啥大不了的，说说呗。"大嘴长出一口气，无奈摇摇头，终于忍不住了，他告诉边江，虽然大家没有见过柴哥的面，但是各家的家长就是柴哥的手臂，是他们帮助柴哥留住了人，所以与其说是对柴哥忠诚，不如说是对自家的家长忠诚，但也不是所有家的家长都靠个人魅力留住手下，更多时候，他们都抓着手下的把柄，威逼利诱，让手下留下。大嘴还说，其实大家也根本没得选，因为那些想离开团伙的，最后下场都不太好，柴哥可是个相当毒辣的人。"哦，说白了，就是上了贼船下不去了。"边江幽幽地说。"对，就是这个意思。"大嘴又开始鼓捣那个录音笔了。

这时，田芳突然说道："各位，柴哥来消息了，现在咱们去夜上海KTV集合。"五分钟后，田芳已经带着自己的手下上了车，准备驱车赶往夜上海。就在要开车的时候，边江突然说："哎呀，你们等我一下，我回去取一趟玉观音，那是我的护身符，不戴着我心里不踏实。"

他说完就拉开车门跑下了车。干这行的人，每个人多多少少都有点自己的小迷信，每个人都相信宿命里注定的一些东西，也深信某些事物可以给自己带来好运，所以谁也没有责备边江，只让他快去快回。

边江直接回到自己房间，翠花正侧着身子躺在他床上休息，老九在另一间房里。边江拿起放在床头的玉观音吊坠戴上，翠花看着他："说吧，有啥事要嘱咐我的？"边江淡淡一笑，又朝门口方向看看："果然瞒不过你。"

"哼哼。"翠花想笑一下，但是他脸上有伤，做任何表情都很痛苦，"我还不知道你？这坠子你从来没摘过，今天故意放到这儿，就是为了再回来一趟。"翠花压低了声音。边江点点头，快速拉过来一把椅子，坐在床边，紧张地说："翠花，我只说一遍，你听好啊。从客厅电视墙旁边的小门穿过去，可以到诊所那边。诊所大厅的窗帘后面有一扇暗门，你想办法打开，那里面有些不可告人的秘密，是凌哥让我调查的。今天是个好机会，诊所那边正好也没人值班。"翠花郑重地点点头："好，你放心去吧。"边江起身匆匆离开，留下了翠花一个人。

边江走后，翠花又等了二十分钟，才悄悄下床，先去老九屋里看了一眼，确定老九吃过药后已经睡着，才悄声来到客厅，找到了边江说的那扇小门，悄悄穿过去，踏进了漆黑的诊所里。很快，翠花就找到了那扇隐藏在窗帘后面的暗门。跟边江说得一样，起初翠花也不知道该怎么打开这扇门，但他有足够的时间找到开门的机关。

于是翠花从上到下，一点一点地摸索，同时轻敲这扇暗门。他在门的最下方，摸到了一个小方块，这个方块是嵌在门上的，他试着抠了抠，发现根本弄不下来。

翠花身材臃肿，只蹲着鼓捣了一会儿，就吭哧吭哧地满脸通红了，再加上他后背上还有伤，一活动就疼得要命。最后翠花站起来，没好气地朝着那个方块踢了一脚，没想到那方块发出"咔嗒"一声，竟然弹开了！

"哈哈，原来就是个反弹器！我太机智了！"翠花激动坏了，干脆跪着趴在地上，用手电照着，看着那个弹开的方块，只见那后面是个九宫格的数字密码锁。翠花仔细观察了一下，发现 2、5、7、9 这几个数字的按键比别的都要光滑干净，翠花念叨了一下这几个数字，先输入 2579，密码锁发出"哔哔哔"三声密码错误的提示音。

随后，一串数字出现在翠花的脑海里。

"2597，2597，9527？"他自言自语地念叨着，抱着随便试试的心态按下了"9527"四个数字，门竟然真的打开了。他心情大好，哈哈大笑："设置密码的也是个逗逼，竟然设置成《唐伯虎点秋香》里，唐伯虎在华府的代号！”翠花随即意识到自己现在的处境，赶紧捂住嘴巴，轻轻一推暗门，回头看看，确定没人跟着，才侧身挤了进去，他面前是一个向下的木质楼梯，一股股发霉的味道顺着楼梯传来。

翠花先把窗帘拉上，又给小门留了道缝隙，然后才打着手电走下了木质楼梯。每走一步，楼梯便发出吱呀吱呀的声音，仿佛下一脚踩上去，楼梯就会断开。翠花的心提到了嗓子眼儿。

当他来到楼梯底部，用手电往四周一照，顿时吓得说不出话了。他颤抖着拿出手机，把屋里的情景拍了下来……

·第十三章　特殊任务·

边江等人刚到夜上海KTV门口，一名男服务生就上前来迎接他们六个了。他们被带到了三楼一间大办公室门外，服务生就离开了。边江以为大家在夜上海KTV集合，然后拎着砍刀去打打杀杀，但从刚才到现在，除了他们六个人，KTV里一片歌舞升平的景象，完全不见任何异常，也没有大战来临的架势。

进屋之前，田芳对边江他们五人说："这是柴哥的办公室，我没想到柴哥会亲自见咱们，待会儿大家都不要多说话，也不要乱提问，谨言慎行，记住了吗？"其他人不禁同时深吸一口气，认真点了点头。每个人都很紧张，也有一种难掩的兴奋，毕竟这次是柴狗直接给他们下达命令。边江比任何人都更激动，因为这一刻，他已经等了很久了。

田芳敲了三下门，门锁自动打开，她带着自己的手下走了进去。办公室很大，布置得简单大气，真皮沙发、台球桌、高档红木办公桌，以及一张背对着大家的皮转椅。边江一看就知道这些东西价值不菲，不过他最感兴趣的，还是转椅后面坐着的那个人。他们走到距离办公桌三四米远的位置，就停了下来。边江只能看见柴狗的头顶，可以看出他头发梳得十分整齐，还打着发蜡。整个屋里弥漫着男士淡香水的味道，边江只能闻出，那是一种带着烟草味儿的香水，却无法说出牌子。

"柴哥。"田芳微微低头，态度恭敬，表情僵硬。

"嗯，今天晚上，黑龙一共端了咱们五个家，而且他不会就此罢手。刚才他跟我打电话，竟然还威胁我，如果不答应他的条件，会再端五个，我现在也不知道他掌握了多少信息，也不知道他要突袭哪儿。"柴狗这番话说完，屋里安静得掉根针都能听到。柴狗的声音是被处理过的，一听就是用了变声器，边江看看站在自己左前方的田芳，发现她的额头上已经冒出了汗。

“他怎么会知道那么多咱们的信息？”田芳问。“我正想问你呢，你觉得是怎么回事？”柴狗的语气淡淡的。田芳紧张地咽了咽口水：“听说，是刚子说出了咱们各个家的地址。”

柴狗不屑冷哼一声：“刚子？他不过是一条小狗，怎么可能知道每个家的位置。”田芳连忙说，“我也想不通。也许，刚子是黑龙的人，也许他被收买了。”

“那就是你的失职了，当初可是你把刚子招进来的。”柴狗冷冷说道。“对不起，柴哥，这件事都怪我，是我眼拙。”田芳深吸了一口气，继续说，“柴哥，你有什么吩咐，尽管说，我愿意将功补过。”这时，边江注意到瘦子的脸上流露出一丝阴险的笑意。柴狗叹了口气，语气温和了不少：“哎，芳儿啊，我也没有怪你的意思，只是给你提个醒，以后还是要擦亮眼睛，挑选手下的时候，尤其要慎重。”

田芳答应着，柴狗停顿了一下，继续说：“行啦，你也别难过了，我叫你来，不是为了责备你的，是有重要的任务要交给你。”田芳赶紧点点头：“好，柴哥尽管吩咐。”柴狗慢悠悠地说：“嗯，之前黑龙就屡次找麻烦，我都忍了。这次他竟然杀了咱们十几个兄弟，甚至连我非常器重的猴子都被他害死了，也该教训教训他了，不然他还以为咱们是吃素的。”柴狗慢悠悠说着，语气中的威慑力却让边江感觉异常压抑。

“是要我带人杀回去吗？”田芳问。柴狗冷笑，摇头说道：“他那边也有死伤，我也不想让悲剧继续了，再说现在警察才是咱们的大敌，咱们将来还是少不了要跟黑龙合作的。”

柴狗说完，光头忍不住说道：“柴哥，这样的话，咱们岂不是要跟黑龙认㞞了？他要瓜分咱们地盘，要分咱的蛋糕，一旦有第一回，就有第二回、第三回啊！”

田芳赶紧瞪了光头一眼，提醒他不要说下去了，柴狗自有打算。柴狗却哈哈大笑：“说得好，所以，我也没打算跟黑龙讲和，那可不是我的风格。”田芳抬起头，疑惑地说：“那柴哥的意思是……”

“我会派一个人去跟黑龙谈判，你们家剩下的人去另一个地方配合谈判。”柴狗说。田芳听完，点头说道：“好，那我去跟黑龙谈。”柴狗摆摆手，边江看见柴狗的手指上戴着一枚指环，样式倒是很普通，戴在无名指上。“不用你去，就让边江去吧。”柴狗的语气特别自然，就好像他已经很了解边江，仿佛边江跟田芳一样，是和他很亲近的人。边江不禁忐忑起来，其他人更是用一种担心的眼神看着他，谁都知道，这种事去了凶多吉少。

“可是边江他……还是个新人……”田芳说。柴狗说，这事不分新人、老人，然后直接问边江愿不愿意去。边江连忙答应：“能为柴哥效劳，我当然愿意，就是怕辜负了柴哥的厚望。因为我刚来不久，好多事情还不懂。”柴狗哈哈一笑：“没有关系，不懂才好。我挑中你也是因为听说你小子够机灵。上次的交易就多亏了你，本来那位老板第一次跟咱们合作只想试试水，交易量不大，没想到初次合作就很顺利，这才促成了之后的合作。”

边江听完，不好意思地挠挠头：“柴哥过奖了，我是歪打正着。”边江盯着那椅子背，恨不得自己有一双透视眼，直接看见椅子后面的人。柴狗跟田芳说：“芳儿，你就带着其余兄弟听我指挥，去另一个地方。至于去哪儿，我现在还不能告诉你，待会儿会一步步告诉你们该怎么做。”“好！”田芳回答得十分干脆，整个人似乎也轻松了不少。

“边江，你现在可以出发了，我会让司机送你过去。”柴狗说。“哦。”边江答应着，又看了一眼瘦子。瘦子脸上挂着一种幸灾乐祸的神情，边江眼珠子一转，小心翼翼地问：“柴哥，我能不能提一个小小的要求？”田芳马上皱着眉头瞪了他一眼，但边江没有理会，坦然面对着柴狗的椅子背。柴狗问：“要求？说来听听。”边江看看瘦子，又看看田芳：“我想让一个人陪我一起去。”

瘦子脸色顿时就变了，咬牙瞪着边江，然后扭头对柴狗说：“柴哥，我这个人嘴皮子不利索，脑子也不灵光，说话特别爱得罪人，恐怕干不了谈判这种事，还是让我跟着芳姐去执行任务吧。”边江却马上接过来说：“瘦子，谈判的事你不用管，也不用你费脑子，我就想让你陪着我，到时候你都不用进去，就在车上等着我。再说，你打架也不行啊，跟着芳姐也不见得能帮上忙。”

“你……”瘦子急得直瞪眼。柴狗清了清嗓子，打断了他。瘦子不敢再吱声。柴狗就问边江，为什么非要瘦子陪着去。边江的理由倒是充分，他说身边有个熟人跟着，心里踏实，他知道柴哥指派别人的任务多半跟打打杀杀有关系，瘦子是这群人里功夫最差的，所以就想让瘦子跟着自己去谈判，两个人相互有个照应。柴狗思索片刻说道：“嗯，那就这样决定吧。瘦子，你跟着边江一起去谈判。”

瘦子皱着眉，绷着嘴，愤恨地看了边江一眼，最终还是无奈地点了点头，答应了。柴狗说：“边江，桌子上有一部手机，你带上。”边江走到桌边，拿起手机，稍微侧过身子，看向柴狗，可惜连侧脸都还没看见，就被田芳一把给拽了回来。边江心里着急，又不敢表现出来，只好忍着。

边江问这部手机是干什么的。柴狗说：“到黑龙地盘后，先原地待命。等时机成熟，我会打那部手机通知你，你再进去。见到黑龙后，你就跟田芳视频通话，然后把视频给黑龙看看就行了。”边江点点头：“就这么简单？”柴狗笑了：“简单吗？黑龙没那么好对付的，到时候还是要靠你随机应变。等你小子活着回来，想要什么尽管提，我一定可以满足你，怎么样？”边江顿时来了精神：“柴哥说话可要算数！”

“当然算数。”柴狗冷笑了两声。谁都知道，这种谈判，有极大的可能是有去无回，边江自己心里也清楚，但这次机会难得，是调查出黑龙底细的最佳时机。刚才柴狗也说了，他现在最需要担心的是警察，将来还想跟黑龙互相照应，因此，打击黑龙也势在必行。扳倒黑龙，下一个就是柴狗。

“芳儿，你和兄弟们从后面箱子里拿上装备，行动吧。司机正在楼下等着你们。”柴狗说完，田芳转身走到身后那个银质大箱子前面，打开箱盖，让光头、大嘴和二虎都过去。边江远远看了一眼，就知道那是一箱子枪支。光头、大嘴和二虎都很兴奋，开始挑选起自己中意的武器来，田芳快速挑了两把趁手的手枪就拽着边江出了门。两人站在走廊里，田芳压低声音，上来就是一句：“你是不是傻啊！怎么就答应了！”

边江无所谓地耸了下肩膀：“那还怎么着，拒绝他？你觉得我有得选吗？”田芳急得直跺脚：“没得选，你也该拒绝一下试试啊！你知道黑龙是什么性格吗？跟他谈判，那就是去送死！就算谈判成功了，黑龙也可能会因为心里不爽，把怒火发泄到你头上，你有几条命死？你死了，柴哥眼睛都不会眨一下。”

边江看着田芳为自己着急的样子，心里升起一阵暖意，忍不住伸出手揉了揉田芳的头发："放心吧！俗话说得好，炮灰当多了，只要死不了，早晚能当炮手！"这个亲昵的动作让田芳恍惚了一下，紧接着她回过神来，拧着眉头，一脸狐疑看着边江："你这是哪门子的俗话。"边江嘿嘿一笑："我自创的。真的，我死不了，小时候，我妈给我算过卦，说我是神龙转世，命巨硬无比！"

"那你自己小心，实在不行……"田芳抿起嘴唇，嘱咐道："实在不行，你就跑，保命要紧，死了就什么都没了，知道吗？"边江点点头，冲田芳笑笑："可别让柴哥知道你这样当'家长'啊！好了，放心吧，谈判的关键是筹码，你们干得漂亮点，没准儿就是帮我了……"这时瘦子突然从屋里走出来，边江和田芳连忙终止了谈话。

瘦子凑到田芳耳边，阴阳怪气地说："芳姐，我这也是要跟着他去送死的，怎么不见你这么担心我啊？"不等田芳回答，瘦子就坏笑着离开了。边江忍不住跟田芳嘀咕了句："哎，你以后可得小心点他，这家伙绝对有问题。"田芳笑笑："好了，快去吧，我们也要行动了。"

之后，他们兵分两路，田芳、大嘴、光头和二虎坐上了柴狗给他们准备的车，边江和瘦子则一起去了黑龙的老窝。

边江原本想从KTV出来就偷偷跟李刚联系，让李刚派人来盯住柴狗，但他被人直接送到了车上，又坐在副驾驶位置，做什么动作都会引起司机的注意，加上后面还有个瘦子盯着，没敢冒险。而且边江知道，柴狗没那么好对付，一旦警察败露或者行动失败，柴狗就会排查警方的卧底，那边江的处境就更难了。路上，瘦子问边江，为什么非要带上他，到底有什么目的。边江没给他好话，直截了当地说："因为我看你不顺眼，临死前想拉个垫背的，行不？"瘦子冷哼了一声："谁先死还不一定呢。"他的语气阴森森的，边江心里一阵发毛。

夜里三点钟，汽车停在了一处高档别墅群的甬道上，绝大部分房子都黑着灯，只有远处的一栋还亮着光，那就是黑龙的家。司机也紧张起来，一停车就关掉了车前灯，以防引起黑龙手下的注意。边江坐在车里，安静地等着柴狗的电话。

半个小时后，手机响起来。边江接听电话，柴狗在电话里告诉边江，可以去见黑龙了，同时要他见了面之后对黑龙说一句话。边江记下之后，对司机说：“师傅，现在送我过去吧。”司机面露难色：“要不，你自己走过去？”边江一下子就明白了，司机是担心有去无回，所以才不敢去。瘦子倒是假惺惺问了问边江，用不用他陪着过去。边江看出他根本就不会去，而且自己也没想让瘦子参与进来，所以只是淡淡说了句“不用了”，就独自朝着黑龙的别墅走去。

刚走到别墅大门外，就有黑衣保镖上来，一把扭住边江的胳膊，把他控制住了。边江没有反抗，第一时间自报家门，说是替柴哥来跟黑龙谈判的。一个黑衣人立即打了一通电话，挂断电话后，什么都没说，对边江进行了搜身，确定他没带任何武器后，才带着他进了别墅。

边江被带到了二楼一间卧室里，一个大腹便便的男人正穿着棕色丝质睡袍坐在卧室的沙发上，悠闲地喝着洋酒，怀里左拥右抱着两个美女。

“你就是黑龙？”边江直视满面油光的男人，拽了拽刚被黑衣人揪得皱巴巴的衣服。“哎哟，你就是柴狗的使节？哈哈，来来来，给咱们的‘荆轲’倒酒。”他说完，拍了下怀里女人的屁股，那美女立马端着酒杯，扭着腰肢，给边江送酒来了。边江接过去，一饮而尽，然后把酒杯放在了茶几上。

“哈哈！够爽快！”黑龙笑着说道，随即换上一副狠毒的模样，“既然柴狗老弟派你来谈判了，那你就先说说吧，让我看看你们有没有诚意。”边江大大方方地回答：“柴哥说，咱们双方的兄弟都死伤不少了，这么下去对谁都不好，不如联合起来，一致对外。”

黑龙听完点起一根大雪茄，慢悠悠地说：“可以啊，我举双手、双脚赞成。不过呢，我也有条件，汉都车站以后归我。另外，跟那个神龙老板的合作，我也要加入。收益我也不多要，咱们五五分，我出人出力，绝对不让柴狗老弟吃亏，怎么样？”

边江挑了下眉头，呼出一口气，面露难色，摇了摇头：“恐怕不行。”黑龙倒也没着急，吸了口雪茄：“那怎么着，四六分？”边江面不改色心不跳地说：“不，您误会了，柴哥的意思是，汉都车站还是我们的，那位神龙老板的生意也是，不分。另外，咱们停战，之前既往不咎，以后还是好朋友。”

黑龙听完，愣了两秒，随即爆发出一阵夸张的笑声，问身边的美女，是不是很搞笑，竟然有人敢来他地盘上撒野了。两位美女赶紧笑得花枝乱颤，脸都要僵了。黑龙擦了下眼角笑出来的眼泪问边江：“那你是来干吗的？打酱油，还是吃枪子？”边江就从兜里拿出手机，对黑龙说：“您先别生气，柴哥让我问问您，龙头还要不要？”

黑龙的脸色顿时就变了，他拍了拍怀里那两位美女的大腿，两个人赶紧识趣地离开，屋里就剩下黑龙、他的一名贴身保镖以及边江三个人。黑龙站起来，走到边江面前，又绕到他身后：“小子，我警告你，最好别蒙我，你们不可能知道龙头的事。”边江一撇嘴，“不如您看看这个怎么样。”说完，边江转过身面对黑龙，并拨通了视频通话，田芳很快接听，边江把手机屏幕朝向黑龙。黑龙看着视频里的一切，嘴唇开始颤抖，嘴里叼着的雪茄直接掉在了地毯上，保镖连忙帮着捡了起来。

·第十四章　斩获龙头·

视频里，田芳正举着手机，让黑龙挨个看了三个人。他们都穿着无菌服，此时正跪在地上，嘴里塞着破布，全身被绳子捆着，他们所在的地方看起来像个实验室。这时，边江挂断了手机的视频通话，黑龙却还瞪着眼睛死死盯着黑掉的屏幕，好像恨不得钻进视频，穿越到现场确认此事。

“柴哥说了，今晚的事情，他也不追究了，今后和您还是好兄弟，好些事情还要互相照应着才好。”边江把柴狗跟他说的话，全都重复给黑龙。黑龙咧着嘴，发型也乱了，沉默两秒后，突然拔出了保镖腰间的手枪，打开保险，抵在了边江的太阳穴上，黑龙呼哧呼哧喘着粗气。

“龙哥，你可想好，这一枪打下去，龙头可就没了。”边江无比冷静，直视黑龙的眼睛。

黑龙紧绷着嘴，黑着脸，怒视边江，冷哼一声：“哼，柴狗那老小子的做派，我还不了解吗？我杀死他那么多手下，他都可以一笔勾销，就你个青瓜蛋子，他会在乎？”黑龙嘴上这么说着，却并没有扣动扳机。边江猜想，他心里还是有所顾忌，只不过，被柴狗将了一军，心里实在不爽，想拿边江出气。边江也知道，柴狗之所以把自己派来，就是因为他入行最晚，知道得少，就算死在这儿，柴狗也不会在意。

边江嘿嘿一笑：“龙哥，您想错了。我说龙头没了，可不是说柴哥会为了我把你的龙头毁掉。”黑龙的眉头拧成了麻花：“你什么意思？给老子说清楚！”边江就说：“柴哥派去龙头那的人，有我一个好哥们儿，如果看不到我安全到家，他就把你的龙头给炸了。”

“哼，别想糊弄我，柴狗手下的人，个个忠诚地像条狗，柴狗的规矩也够严苛，你们才不敢胡来。”黑龙阴险地说。“再忠诚也是人，是人就有感情，有时候兄弟情可比你们想象的要坚定。而且有句话说得好，将在外军令有所不受，本来今天晚上被派出去执行任务，就已经把自己的命交出去了，所以我们现在都豁出去了。”边江说完，把脸又往黑龙那边凑了凑，“龙哥，您要是想好了，就开枪，我贱命一条，没了就没了，跟您的龙头比起来，恐怕太微不足道了吧？”

黑龙突然大笑起来，他把枪收了回去，放在茶几上，自己往沙发上一坐，整理了一下发型，示意边江也坐下。边江就挑了一个独立的沙发坐下：“龙哥，还有什么指示吗？”黑龙摆摆手：“哎，不急，既然来了，就是朋友，不如咱们聊聊，也认识认识。”黑龙腆着肚子，跷着二郎腿，若有所思地看着边江。边江不敢说个“不”字，只得点头说：“认识龙哥是我的荣幸。”黑龙哈哈大笑：“你叫什么名字？”“边江。”黑龙再度大笑：“哎哟，好名字啊，所以你是被柴狗老弟发配过来的嘛！”

边江尴尬地笑笑，并没有回答这句玩笑话。黑龙看着边江，神情逐渐严肃起来：“边江啊，虽然咱们认识还不到半个小时，但我十分欣赏你。既然柴狗老弟不在乎你的死活，不如你和你那位侠肝义胆的朋友一起来投奔我怎么样？跟我混，绝对比跟他要好，你也看见了，我这个人对手下是相当好的，至少不会埋没了你的才能。”

经过刚才的一番对峙，黑龙的确看到了边江身上的闪光点，他临危不乱，头脑清醒，而且边江一进屋，黑龙看他步伐矫健，就知道这小子身手也不会太差。边江抿了下嘴唇，短暂思考了一下，然后诚恳地看着黑龙：“吕布勇猛善战，可惜是三姓家奴。我不是吕布，也不想成为他那样的人，所以背叛老板的事，我不会做。我真心感谢龙哥赏识，还有您今天的不杀之恩。我边江算是欠您一条命，将来如果有机会，一定报答。”

黑龙听完，好像还想劝说两句，但最终笑着摇了摇头：“好！我在道上混了这么多年，已经很久没见过你这样懂规矩的了。回去吧，告诉柴狗老弟，龙头我还要，以后也不会再伤和气了。”边江起身，弯腰告辞。这时黑龙又在他身后说了句：“对了，你要是改变主意了，就来找我，我的话还作数，另外你要是怕柴狗老弟不放你，你也可以先跟我报个到，继续帮他干活儿，就算是个……那句话怎么说来着？”

“黑龙大哥是想说双面间谍吗？”边江问。黑龙连忙点头，冲边江竖起大拇指。边江看着黑龙，他知道自己要是把话说得太死，惹得黑龙恼羞成怒，很可能等走后，还会被使阴招，便对黑龙笑笑说道：“多谢黑龙大哥赏识，能不能让我考虑下？”黑龙点点头，这才放边江离开。边江走出别墅大门，才长长松了口气，一摸后背，早就湿透了。

边江回到夜上海KTV向柴狗交差，柴狗果然早已离开。一名服务员告诉他，柴狗留下口信，说自己答应边江的话还算数，等到下次见面就兑现。

瘦子留在了夜上海，说要放松放松。边江一个人回到了诊所，这时天已经蒙蒙亮了，但各个屋以及客厅都拉着窗帘，屋里还是黑乎乎的。边江寻思着，大家伙儿应该还没回来，翠花和老九可能还在睡觉，就蹑手蹑脚地朝自己的卧室走去，刚走两步，突然被什么绊了一下，低头一看，才发现一个人躺在地板上。边江连忙摸索墙上的开关，打开灯一看，那躺在地上的人竟然是田芳！

她的衣服上已经沾了血，脸色煞白，看起来很不好。“大嘴！光头！”边江立即大喊起来。翠花从屋里拎着根棒球棍就出来了：“咋了，咋了！砍人啦？”这时，田芳虚弱地发出一丝声音：“别喊了，他们不在。”边江赶紧把她架起来，搀扶到沙发上：“怎么回事？发生什么了，我之前看你跟我视频的时候不是还好好的吗？”

“嗯，我自己回来的时候，出了点意外。”田芳痛苦地说。边江又问：“别人呢，还好吗？”田芳摇摇头，虚弱地说：“他们都没事……”边江点点头：“好，没事就好。”边江说完看一眼翠花：“愣着干啥呢？来帮忙啊！”翠花这时候才反应过来是怎么回事，赶紧过去帮忙。翠花本来想等边江回来后，就第一时间给他说密室的事情，但看现在的样子，知道他根本没心思说别的，也就暂时没提。

边江先检查了一下田芳的伤口，发现正好在后背上，刀伤，要想处理伤口，就必须把她的上衣全脱掉，而且边江也不确定自己能不能处理好。边江拿出手机，拨通了诊所那名大夫的手机，问他什么时候能到诊所来，田芳受伤了，急需处理伤口。结果那医生说，他在老家呢，现在回去的话，也得中午才能到。边江又问另一位医生今天上不上班，没想到另一位医生昨天请了病假。偏偏所有事都赶到一起，边江别提多着急。

“要不我送你去大医院吧？”边江问。田芳痛苦地皱着眉头，不停摆手：“不行，千万别。今天晚上黑龙闹得动静大，惊动了警察。我要是这个节骨眼儿上去医院，肯定会引起怀疑。”边江犯了难，摸摸田芳的额头说：“你已经开始发烧了，而且伤口还在出血，我也不知道你的伤口有多深，伤到内脏没有。柴哥不是还有别的秘密诊所吗？你知道在哪儿吗？那个翠花，你先帮我在网上查查，看看有没有办法……”边江已经急出了一身汗，语无伦次地说着话。

翠花倒是出奇冷静，毕竟他和田芳之间并没有什么交情，旁观者清。他仔细看了看田芳后背上的伤口，告诉边江，伤口确实不浅，但应该没伤到内脏，不过还是应该先消毒止血。“嗯，对，消毒止血！”边江站起来，四处翻找医药箱，手足无措的他，慌乱之中什么都找不到。翠花随便往屋里扫了一眼：“医药箱不就在那儿嘛！我说边江，你先别急，越急越乱套。”翠花说着把医药箱递到了边江手里。边江拿过来药箱，说：“谢了。”

“说这干啥！兄弟，不是我说啊，真不用这么紧张，她这伤离心脏远着呢！”翠花说完，边江瞪了他一眼，然后凑到田芳耳边：“芳儿，你别睡着啊，振作起来，坚持住！”这是边江第一次这么叫田芳。她睁开眼睛，看着眼前这个为自己急昏了头的大男孩儿，迷迷糊糊地点了点头。翠花看边江那慌乱的样子，莫名其妙地挠挠头，就说田芳只是失血导致的头晕虚弱，不会出人命的。边江深吸一口气，让自己冷静下来：“嗯，对，你说得有道理。田芳，那个……我要给你处理伤口，得把你这衣服脱下来……”

田芳并不是一个不谙世事的羞涩小女生，她点点头，试着自己脱衣服，但浑身没有力气，急得气喘吁吁的。翠花就说：“哎，边江，人家毕竟是女孩子，你至少把人家扶到屋里，再处理伤口吧。我就不帮你了，我自己还是个病号呢，你一个人可以吧？”翠花边说边使眼色。边江连忙点头：“嗯，我一个人就行，你回去休息吧。”

因为田芳的伤口在后背，所以他不敢背或者横抱起田芳，就抱住田芳的肩膀，把她扶起来，朝着她的卧室走去。走到卧室门口，边江又回过头来，对翠花说：“哎，翠花，你先别回屋，就先在那儿休息一会儿，我怕一个人应付不来，还得让你帮忙。”翠花无奈地摇了摇头，挥挥手：“去吧，去吧，我早看出来你是个重色轻友的家伙了。”要放到平时，边江肯定要怼回去两句，不过眼下这情况，他可没有跟翠花斗嘴的心情。

边江先让田芳趴在床上，又出门去拿急救箱，一开门发现翠花已经把箱子送过来了，边江接过来，拍了下翠花的胳膊，重新回到屋里，也没顾上关门。“我恐怕得把你这件衣服剪了。”边江征求田芳的意见。田芳点点头，喃喃地说：“你看着办吧，我实在不想动了……”

边江看着她痛苦的样子，一阵心疼，便小心翼翼剪开田芳的 T 恤，解开她的内衣搭扣，边江到这时都并没有任何别的想法，直到他用毛巾一点点擦拭她身上的血渍，看着田芳白皙光滑的后背，才开始浑身发烫，仿佛发烧的是他，而不是田芳。

他连忙晃晃脑袋，赶走那些乱七八糟的想法，可偏偏这时候，田芳由于趴得时间太长，呼吸有些不畅，迷迷糊糊地翻了个身，边江整个人都看傻了。他的目光停留在田芳的胸前，微微皱了下眉头，因为在田芳的左胸口上，有一个非常明显的伤疤。伤疤是圆圈状的，正对心脏位置，边江猛然意识到，那其实是用烟烫出来的烟花。

当田芳终于也意识到边江的目光时，连忙重新趴好，脸直接红到了耳朵根儿。边江只得假装什么都没看见，连忙转移话题：“伤口好像已经不流血了，不过我要对伤口消下毒，你忍着点。”田芳咬紧牙关，“嗯”了一声。边江深吸一口气，小心翼翼用消毒药在伤口上擦拭。田芳的身体微微颤抖，但她愣是一滴眼泪没掉，一声也没叫，就那么咬牙强忍着。

边江把伤口包扎好，田芳依然咬着牙，皱着眉头。边江忍不住伸手帮她把挡在眼睛上的头发拨开：“好了，你可以放松点了。”田芳松了一口气，紧绷着的身体顿时软下来。边江擦了擦额头上的汗，忙着收拾凌乱的床铺，清洗带血的毛巾。当一切都弄完的时候，他已经筋疲力尽。

田芳断断续续地睡了一会儿，再次睁开眼睛的时候，边江正坐在她床边的椅子上，打着盹儿。田芳张张嘴，开始没发出声音，又尝试了一次，才发出声音：“你一直都没睡，在陪着我吗？”边江猛地清醒过来，揉揉眼睛：“嗯，我是第一次处理这么严重的伤口，怕自己做不好，你现在感觉怎么样？”田芳点点头，说自己好多了。边江给田芳递过去一瓶矿泉水，让她喝了两口，然后摸了摸她的额头，发现已经不烫了：“体温已经降下来了，挺好。你好好休息吧，我过两个小时再来看你。等中午的时候，医生就来了。”

“你不问问我，是怎么回事吗？”田芳突然问。边江摇摇头：“等你好了再说吧。”田芳的眼睛湿润了。当边江走到门口，她终于鼓足了勇气问：“能留下来吗？我不想一个人待着。”边江背对着田芳，听到这句话，微微一笑，他其实也不想走。转过身的时候，他已经收起笑容，恢复了正常的表情：“好。”田芳拍拍床，示意边江也躺过来。

边江走到床边，特别不好意思：“这样不好吧？”田芳无力地笑笑：“你想什么呢？我就是觉得有点冷，可能是失血太多了，你躺我边上，我还能暖和点。而且先说好，你是在帮我，咱们两个可没别的，你别瞎想。”边江的心跳很快，他极力克制住激动的心情：“嗯，不瞎想，不瞎想。”

这时田芳又说：“等等，你先别躺呢，枕头在柜子里，你再去拿一个枕头，然后帮我从衣柜第三个抽屉，最右边，拿出那件黑色吊带。”田芳十分冷静地说着，边江傻站在那愣了一下，然后才做出反应，走到了衣柜前面。拉开衣柜抽屉，一股衣物的清香扑鼻而来。他顾不上胡思乱想，赶紧找到那件黑色吊带递给了田芳。然后转过身，让田芳自己把衣服穿上，他则去把衣柜抽屉关上。

但就在他要关上抽屉的时候，突然发现在一叠衣服下面，有个黄色的木质相框。边江身子稍微挪了挪，好挡住自己的动作，他快速掀开衣服，看见了相框里的照片。那是田芳跟一个男人的照片，拍照的地点是海边沙滩上，太阳刚从地平线升起来，照片是逆光拍摄的，男人和田芳都侧着脸，两人正做出要接吻的动作，不过还没亲上。田芳穿着干净的白色裙子，男人穿着格子衬衫，两人看起来十分般配和甜蜜。男人的侧脸有大片阴影，年龄和长相都看不清楚，但看侧脸的轮廓，还是挺英俊的。

边江心里一阵酸涩，他没想到田芳还有过一段感情，虽然这也没什么不正常的。只是他以为，田芳很小就跟着柴狗，而柴狗喜欢田芳，她自然不可能有男朋友。可是当边江看见这张照片时，就确定了田芳不但曾经经历过一段感情，她还非常珍视那段感情，不想让别人知道，不然不会把照片放在装内衣的柜子里，这里不会被人发现，她还能经常看见。他很想问问田芳，那个男人是谁，两个人是怎么相识相爱的，在一起多久，又是为什么而分手的，心里竟然莫名涌上一阵苦涩和失落。

“你在看什么？”田芳的声音从背后传来。边江赶紧把抽屉合上：“没什么。”当他转过身面对田芳的时候，田芳已经坐起来，脸色苍白，盯着他。“那不是我。”田芳冷冷说了句，就像在极力掩饰一块伤疤。边江猜想，田芳这样否认，应该是怕事情传到柴狗的耳朵里，也许她是在保护那个男人。

边江走到床边，侧躺下，背对着田芳，她则环抱着他的腰。就这样，在六月的炎热夏天，两个人紧紧抱在一起。边江的心情已经不像之前那么兴奋了，他心情复杂，不停地想着，田芳左胸口的烟花伤疤是怎么来的，那个男人跟田芳有怎样的故事。没一会儿，边江就出了一身汗，田芳却还嚷着冷。他本想给田芳盖上棉被，但想了想，伤口不能被太多汗水浸湿，所以田芳不适合盖太厚的被子发汗退烧。

“跟我说说话吧。”田芳喃喃低语，口中呼出的热气吹在边江的脖子上。“说什么？”边江问。田芳停顿了下，说道：“就说说黑龙是怎么放过你的。”边江一五一十把见到黑龙后的事情告诉了田芳。说完后，田芳马上问边江是否真的要考虑黑龙的话。边江苦笑：“我要是不说我考虑考虑，他万一恼羞成怒，不放过我怎么办？他想让我当双面间谍，我才不干。”田芳又问为什么非要把瘦子带走。

边江考虑了一下，如实告诉田芳，他怀疑瘦子是黑龙的人，是他把柴狗各个家的地址透露给黑龙的，刚子只是个替罪羊，信息根本不是从刚子口中问出来的。田芳问他有没有事实依据。“没有，就是感觉。”边江反问，“你难道不觉得瘦子有问题吗？”田芳坦白告诉边江，她当然也怀疑瘦子，只是没有根据，她不会乱说，因为柴狗最讨厌别人无凭无据信口开河。

过了一会儿，田芳又问：“所以，你当时非要让瘦子跟你一起去见黑龙，是怕他跟着我们行动，给黑龙通风报信，那样龙头我们就拿不下来了，对吗？”边江就说，当时他并不知道龙头的事情，只知道一定是柴狗的一个重要筹码，所以就临时决定，想办法不让瘦子去。虽然现在还不能确定瘦子是叛徒，但边江希望田芳以后还是要多提防瘦子一点。“嗯，我一直都在观察他，但柴哥好像非常信任他，这让我很难办。”这是田芳第一次跟别人说这些。边江就说，柴狗也有看不透人的时候，瘦子为他立过不少功，赢得柴狗的信任是自然的，他认为柴狗对田芳手下这些人已经产生怀疑了。

·第十五章　死亡快递·

“柴哥怀疑我们，为什么这么说？”田芳不解地问。边江想了想说：“去拿下龙头的时候，柴狗是一步步指示你们的，你们甚至都不知道自己要去哪儿，去干什么，对吧？”田芳在边江身后默默点头。边江继续分析：“这就说明，柴狗怕有人给黑龙通风报信，一下子泄露了自己的秘密。”

田芳摇摇头：“不，我不这么认为，柴哥向来谨慎，这就是他的风格。我倒是想问你一件事，你如实告诉我。”田芳突然把边江抱得更紧了，不是更加亲昵，而是一种威胁。“什么事啊，这么郑重。”边江不安地问。“告诉我，你是不是黑龙的人？”田芳一问出口，边江顿时皱起眉头。“怎么不说话？”田芳又问，她的声音明显紧张起来，把边江抱得更紧了。“我不是。我跟黑龙半毛钱关系都没有。”边江说。田芳又问：“那为什么黑龙会放你回来？”边江叹口气，心里很憋闷，又无法发作：“我刚才不是都解释过了吗？你怎么还不相信？”田芳沉默了好一会儿才说：“柴哥为什么派你去，你想过没有？这么重要的任务，就因为你是个新手，对组织里的事情不甚了解，他就选中了你？并不是！”田芳说着忍不住咳嗽了两声。等她不咳了，边江说：“是因为柴哥在试探我，对吗？”

田芳点点头：“所以，你以后更要小心。”他抓住了田芳的手，田芳的手心里全是冷汗，边江笑着说：“芳姐，放心吧。”田芳把手抽出来，迟疑了一下问边江：“我还有一个问题想问你。”边江就说，现在该好好休息，还是不要说话了，有什么事不如等明天伤好些了再说。田芳却坚持说，一定要问清楚。“好吧，芳姐，你问吧。”边江说。

“你和翠花认识很久了吗？”田芳这一问，边江真的紧张了，就问为什么突然这么说。田芳说：“你先告诉我，你们到底是不是认识很久了。”边江回想自己之前所做的一切，自认为是滴水不漏，便告诉田芳，他和翠花不认识。田芳“嗯”了一声，说自己累了，没再聊下去。

边江越想越不踏实，仔细回想，自己有没有在人前跟翠花表现得像早已熟识。想着想着，他便陷入了恐慌之中，因为田芳刚才半昏迷的时候，他和翠花在客厅确实没有故意掩饰，对话已经暴露了他们之间是朋友的关系。边江当时看田芳半昏迷状态，还以为她根本没听到，现在也不确定，田芳是不是因为那段谈话才问了这个问题，只能继续忐忑着。

经过一夜的折腾，两个人其实早就又困又累，沉默之后就各自进入梦乡了，直到客厅传来说话声。边江一下子就辨认出来，跟翠花说话的人是瘦子，他睁开眼睛，发现屋门并没有完全关上，留了一条缝隙，只要有人从门口经过，就能清楚地看见他和田芳抱在一起，田芳只穿了一件黑色吊带，而边江甚至连一件上衣都没穿！要是被瘦子看见这一切就坏了！他猛地坐起来，田芳还迷迷糊糊地睡着，并没有被他惊醒。

就在边江刚把T恤套上，整理好准备走出屋子时，瘦子来到了屋门口，推开了虚掩的房门。“哎，边江你在这呢，我刚听那哥们儿说，芳姐受伤了？”瘦子一边关心地问，一边往田芳的床上看去。边江点点头，冷冷说道：“是，我昨天一回来就发现芳姐躺在地上，不知道别人都去哪儿了。她伤得不轻，我也没问太仔细，只知道别人都还好……”

边江解释着，瘦子却打断了他的话，忧虑又紧张地来到田芳床边，关心起田芳现在的状况。边江就说已经稳定住了，而且医生快到了，田芳不会有事的。瘦子松了口气，拍拍边江的肩膀，“那就好，边江你也辛苦了，既然芳姐没事，你也赶紧回屋休息吧，要不然万一柴哥再有别的任务分配下来，你的身体可要吃不消了。”

边江撇撇嘴，瘦子的关心让他很不自在。瘦子好像看穿了似的，笑着对边江说：“我之前老跟你较劲儿，那是我不对。昨天晚上，我见识了你的厉害，心服口服，再说你还保护了我，我更是惭愧得要命。以后咱们还是兄弟吧？”边江不咸不淡地来了一句：“我什么时候保护你了？”瘦子尴尬笑笑：“你去见黑龙，都没让我下车。昨天晚上，兄弟们在龙头又拼死拼活的，唯独我没有什么事，你这不是保护了我吗？”瘦子继续一本正经地道谢。边江早已起了一身鸡皮疙瘩，就半开玩笑半认真地说：“我说瘦子，还是恢复以前的态度吧，你突然这样，我还有点接受不了。”瘦子嘻嘻哈哈地敷衍着，两人一起走出了田芳的房间。不过边江心里轻松不少，他想瘦子应该并没看见田芳和自己抱在一起的情景，不然肯定要抓住好好说两句难听话。

就在瘦子走进自己房间，关门之前，边江突然叫住他，问道：“哎，瘦子，你怎么知道龙头的事？”瘦子一愣，抓了下头发：“啥意思啊？哥们儿，你这话听着像是怀疑我呢。”边江解释说，自己只是问问，因为大嘴、光头他们还没回来，知道龙头一事的，就田芳和边江。“就是大嘴告诉我的啊，我们俩通过电话了。”瘦子明显不悦，说完“砰”地关上了门。

翠花凑到边江身边：“哎，他就是你怀疑的那个……”边江确实跟翠花提过瘦子，不过翠花在这里提这件事，把边江吓了一跳。他连忙捂住了翠花的嘴巴，紧张地四下看看，然后带着翠花回到了自己房间，进屋后才压低声音说：“你想害死我啊，别老表现出咱们俩之前认识！”翠花一头雾水：“这不是就咱们俩嘛！”

“你确定就咱们俩？”边江反问，“从现在开始，咱们还是要表现成昨晚是第一次见面的样子，知道不？”翠花做出一个 OK 的手势，紧闭上嘴巴。边江眼睛一转，小声问翠花：“对了，昨天走的时候，我交代你的事情，怎么样了，有什么发现？”

翠花的脸色顿时就变了，他先走到门口，把门从里面反锁上，然后小声对边江说：“我找到你说的那扇门了，还进去了。”边江的眼睛一下子睁大了：“什么？你进去了？怎么进去的，里面有什么？”翠花紧张地咽了下口水：“别急，我慢慢给你说。其实我还挺走运的，瞎猫碰上死耗子的感觉。”边江很着急，就说别卖关子了，赶紧告诉他，到底怎么回事。

“那扇门上不是安着密码锁吗，在门最下面，有个反弹装置，打开以后输入密码就行了。我就刚好蒙对了密码！厉害不厉害？嘿嘿。”翠花兴奋地说。边江马上皱起眉头：“你知道密码？”翠花嘿嘿一笑：“我发现 2、5、9、7 这几个数字键比别的光滑，我就试了试这四个数字，要说也是挺逗的，

《唐伯虎点秋香》看过没？”边江点点头，说看过。翠花一拍手，说道：“密码就是里面出现的数字。”边江想了想，不可思议地看着翠花：“不会吧？密码是 9527？”翠花笑着说：“可不，就是唐伯虎在华府做奴隶时的代号。也不知道是谁设置的，反正我当时也是脑洞大开，突然想起这一串数字了。”翠花有点得意，沉浸在自己的机智中不能自拔。

边江笑着说，设置密码的肯定跟翠花一样，是个逗逼，不过他不关心这些细枝末节的事，让翠花快点说重点。翠花边拿出手机边说：“里面挺恐怖的，感觉是个地下牢笼，你自己看吧。”边江点开翠花用手机录制的视频，昏暗的镜头下，那间阴森地下室的面貌一点点展现在边江面前。地窖里没有人，不过有很多带血的刑具、生锈的铁链子、十字架木桩，还有各种针管药瓶，看起来凌乱又恐怖。

“你觉得……这是干吗用的？”边江小心问翠花。“折磨人的呗！”翠花说着打了个寒战，“谁要是被关在下面呀，啧啧，不敢想……”边江又重新看了一遍视频：“关键是，什么人曾经被关在这里。我之前听到过人的声音，那时候地窖里还有活人，那个人骂骂咧咧的，后来不知道怎么的，就再也没听到过了。”翠花立马瞪圆了眼睛问：“死了？”

“我也不知道。哎，这也要怪我，有一次没忍住说听到诊所里有动静，从那之后，我就再也没听到过动静了。”边江叹口气。“我去，没准儿就因为你一句话，把人家给害死了。”翠花说道。边江考虑了一下，摇摇头，说死的可能性不大，因为自己刚来诊所时，大嘴就提醒过他，不要到处乱走，尤其是某些房间，说明那时候地窖里还有怕边江看见的东西，目前已经可以确定是有人被关着。那么，什么人会被关这么久呢？用了各种刑罚，而那个人几乎已经疯癫。这说明，柴狗的人在审问那个人，但一直没有成功。翠花听完说，也可能要问的已经问出来了，就把那个人给灭口了，又或者那个人自己吃不消，死掉了。

边江点点头：“可能吧。不管怎样，总算是稍微弄明白点了，这下可以给凌哥交差了。”

翠花若有所思地发出一声“哦”，又问边江：“那你觉得，被关在里面的人，跟抓住柴狗有啥关系？”边江无奈摇摇头：“我也不知道，反正凌哥让我替他调查一下这件事，他说是以个人的名义请我帮忙的。”说着，边江也开始在心里盘算着，下次一定要亲自去看看，没准儿能有别的发现，至少能把血渍、指纹和头发什么的收集一些去做鉴定。

之后边江让翠花把视频和照片全都发给自己，就躺在床上睡去了。直到下午两点，医生终于来了，仔细处理了田芳的伤口，给她输了液，边江这才放心。等到晚饭的时候，田芳醒了过来，她把事情的前因后果告诉了边江。原来，在他们拿下龙头回来的路上，遇到了一伙人，田芳说一看就知道是黑龙派来的，他们的目标就是田芳，上来就要活捉她。后来她在光头、大嘴和二虎的掩护下逃脱了，大嘴、光头和二虎也分别逃到了另外三个家里，目前是安全的。

边江听完，想了想问：“那柴哥知道这件事吗？”田芳摇了摇头：“应该不知道，他可能也没想到，黑龙还敢有动作。”边江又问：“你难道没有把自己被偷袭的事情告诉柴哥吗？”田芳再次摇头：“没有，我也没有让别人汇报。”边江不解：“为什么不说啊！柴哥那么在乎你，肯定要为你讨回公道啊！再说昨天那种情况，你跟他说了，他肯定会给你请医生，你也少受点罪。”

田芳神情暗淡，叹口气，无所谓似的说：“算了，我拿不出证据说偷袭我的人是黑龙的手下。再说柴哥已经跟黑龙达成和解，总不能因我受伤让他再去找黑龙算账吧？柴哥不会那么做，我也不想让他为难。黑龙肯定也想到了，他偷袭我们，肯定就是气不过，想出出气。”边江听完忍不住把心里的困惑说了出来：“我有件事想不通。你说，为什么柴哥喜欢你，却舍得让你去执行昨天晚上那么危险的任务？”田芳说：“可能是因为柴哥这个人生性多疑，昨晚黑龙突袭了那么多‘家’之后，他不信任别人，就只能让我去了。”

第二天上午，边江照常去诊所那边看望田芳，但值班的医生却告诉他，田芳一大早就离开了。边江想到田芳的伤还没好，就问医生田芳去了哪儿。医生摇摇头：“我还真不太清楚，不过她走的时候特别匆忙。”边江立即回到田芳屋里，想看看她有没有留下纸条什么的。这时候，正好光头、大嘴和二虎也回来了。

“你们知道芳姐去哪儿了不？她身上还带着伤，我有点担心！”边江着急地说。光头叹了口气，神情间流露出明显的不满：“可不，芳姐还带着伤呢，柴哥又派她出去执行任务了，真是太没人情味了。”边江立即皱起了眉头：“柴哥不是喜欢芳姐吗，怎么舍得啊？”大嘴冷哼了一声：“谁知道呢，就算喜欢，如果真的是特别重要的任务，我觉得柴哥也不心疼。他可不是个儿女情长的人，要不是心够狠，绝对发展不到今天的程度……”二虎连忙给大嘴使眼色，让他说话注意点，别那么口无遮拦地议论柴哥。大嘴虽然愤愤不平，却也没再说什么。

边江又问了一些细节。光头告诉他，早上自己就接到田芳的电话，田芳说这段时间家里的大小事情就交给光头处理，她要赶着去一趟云南，帮柴哥谈一笔生意。边江还是不放心：“那……芳姐还说什么了吗？”光头眼神闪烁了一下：“没什么了。大家散了吧，这两天辛苦了，今天就休息一天，想出去干活儿也行，但别太贪心，适可而止啊。晚上呢，我请兄弟们吃烧烤！”光头说完，拍了拍边江的肩膀，示意边江跟自己来一下。

边江很聪明，没有声张，悄悄跟着光头出了门。光头递给边江一根烟，两个人站在大门外的巷子里。“咋了？光头哥，是不是芳姐……”边江话没说完，光头连忙示意他小点声，并对他说道：“其实也没什么，就是芳姐说，让我找机会单独告诉你，如果这期间你有什么事，可以去找老杜。”边江皱了下眉头，点点头。“不是我说，你小子可以啊，芳姐单独给你捎话，看来很在意你。”光头的语气酸溜溜的，吸一口烟，眯着眼睛看他。“哎，都一样，都一样的。”边江附和着。自从知道光头喜欢田芳之后，他看待光头时，倒是多了一份欣赏和同情。这几年，光头对田芳忠心耿耿，又默默保护她，单是这份深情，就值得尊重和钦佩。光头微微一笑：“说得不错，你先回去吧，自己也小心点，平时干什么都多留个心眼儿。”边江知道光头是在暗示他什么，就点了点头：“放心吧，哥。”

田芳离开后，柴狗重新召集人手，让翠花和老九加入了一个新“家”。边江在这两天，始终谨言慎行，既没有调查诊所里的密室，也没有跟李刚联系，总之一切有风险的事情都没做。在田芳离开后的第三天，上午十点，有人按了门铃，边江他们都是夜猫子，这个时间点大家都在睡觉，再加上前一天都喝了点酒，所以这会儿正睡得香呢。

门铃响了好几声，边江迷迷糊糊爬起来，问是谁。“送快递的。”门外的人答道。边江大声问了下其他人，最近有人买什么东西吗。这时，光头穿着人字拖从屋里走出来：“咱们就算网购也不会把东西寄到家里来。”边江稍微清醒了一点，警惕起来，隔着门问快递员收件人是谁，送的东西是什么。门外没有声音。边江通过猫眼往外看了看，发现门外根本就没人，他回头看看光头：“不大对劲儿。”

光头连忙走到门前，确定门外没人之后，悄悄打开了一道缝儿。门外放着一个方形的大纸箱子，纸箱子上印着某个品牌的洗衣机。“哎，谁买洗衣机了啊？还有这送快递的，怎么不让签收就走了。”光头纳闷儿，探出头左右看看，确实没人。边江看了一眼箱子，说先抬进来再说吧，两个人一抬进来就发现问题了，因为箱子一看就是旧箱子二次包装的，而且根本没有贴快递单。

“打开吗？”边江小心地问。光头“嗯”了一声，让边江先把其他人叫醒，都来客厅。

等所有人都出来后，光头才拿出小刀划开胶带，小心打开箱子，当他们看见箱子里的东西时，全都倒吸了一口冷气。光头的身体不由地趔趄了一下，脸色刷的就白了，嘴唇颤抖，竟一时说不出话来。箱子里是个年轻小伙子的尸体，全身都是伤，好像是被人活活打死的。

边江也非常震撼：“这……这是谁啊？”大嘴眼圈一下子就红了：“是刚子！”刚子上次被黑龙的人掳走，边江之前怀疑刚子可能早就死了，但今天收到刚子的尸体，震惊的同时，更感到疑惑不解。“黑龙这是什么意思啊？”二虎战战兢兢地问。瘦子就说，肯定是利用完刚子了，跟柴狗的矛盾也化解了，就把刚子送回来了。光头低沉着嗓音说道：“可问题是，如果矛盾化解，刚子也没有更多利用价值了，为什么还要把刚子杀死。刚子死亡的时间并不长。”

瘦子一耸肩膀，撇了下嘴：“那就不知道了，也可能是刚子自己没撑下去。”就在说话期间，边江注意到，刚子的上衣口袋里装着一张对折了两次的白纸。他弯腰探进纸箱子，从刚子的上衣口袋里抽出那张白纸，打开后发现里面还夹着一张纸条。白纸上是一封打印出来的信，纸条上写的是：请把这封信转交给你们老大。边江快速读了一遍，才知道了个大概。

·第十六章　陌生女孩儿·

柴狗老弟：

这是你属下的尸体。先解释下，我把尸体送还给你并没有别的意思。本来我想就地烧了，但考虑到你对手下很有情义，所以就把尸体送还了。之前伤害了你那么多兄弟，实在抱歉。那些情报都是我通过这小子知道的，现在都用不到了。我想你大概也不会再接受这么一个叛徒。为了避免你为难，我就替你下手了。要谢我的话，就请我喝酒吧。大家兄弟一场，别弄得每次接触都兵戎相见，那不就生分了嘛！就比如现在，我想跟你说句话，还得让死人捎口信。好了，不多说，哥随时欢迎柴狗老弟来家玩。

“原来是这样。”边江看完后喃喃地说了句。大嘴拿过去，跟光头和二虎一起看了一遍，他们也都恍然大悟，只不过，边江看见的远不止信上说的这些。这件事更印证了他之前的猜测，那些情报和线索肯定不是刚子透露给黑龙的，刚子只是个替死鬼，黑龙把刚子杀死并送回来，还附上这么一封信，只是为了不让柴狗怀疑内部有黑龙的奸细，黑龙是在保护那个人。在边江看来，这就是欲盖弥彰。

边江看向瘦子，刚子尸体送来后，瘦子的反应是最平常的。边江相信，自己的判断不会错，瘦子就是黑龙试图保护的那个线人，但是如何让柴狗相信自己，是最大的问题。而且现在田芳不在，他甚至根本没办法跟柴狗取得联系。

最终，这封信由光头暂时保管，他会转告田芳，让她告诉柴狗这封信的事情，到时候再找机会把信转交给柴狗。至于刚子的尸体，最终的处理方式是火化。

光头搞定了所有火化需要的手续。刚子没有家人，火化后的骨灰就被他们兄弟几人带到野外，随风撒了。撒完刚子的骨灰，光头摘下手套，看着远处的青山，对边江说："刚子加入的时候，我问他怕不怕死，怕死就不能干这一行。你猜刚子说什么？"边江看看光头："说了什么？"

光头深吸了一口气："他冲我嘿嘿一笑，说生死有命富贵在天，如果自己真的短命，就拜托兄弟们把他的骨灰撒了，他觉得这样最有尊严。没想到只不过是逞能的一句话，竟然成真了，哎……"边江沉默了片刻："我没接触过刚子，但觉得他是条汉子。出卖柴哥的事情，你真的觉得是他？"

光头意味深长地看了边江一眼："不管是不是，你最好只在心里想想，以后也不要再说出来了。好些事没你想得那么简单，你也根本对抗不了，改变不了什么。"边江诧异，没想到光头心里跟明镜似的，只是他更懂得保护自己才没表露出来。"总之，这件事已经翻篇了。你以后就少说多看，也许还能活得久一点。"光头说完拍拍边江的肩膀，独自走了。

处理完刚子后事的第二天，边江接到了一通电话。电话打到了诊所的座机上，对方说找边江。他一接听，马上就听出来，打电话的人是柴狗。"柴……柴哥？您怎怎怎……么突然给我打电话……"边江装出一副受宠若惊的样子，结结巴巴，语无伦次地跟柴狗问好。

柴狗依然用了变声器，他在电话那头笑起来，几秒后，笑声戛然而止："我给你打电话，是因为有一项特殊任务交给你。"

"好，好，柴哥请讲。对了，黑龙前两天送来了刚子的尸体，还有一封信给您……"边江话没说完就被柴狗打断了："嗯，我知道，田芳都跟我说了。"柴狗顿了下，继续说，"那件事我不想追究了，有更重要的事情要处理。我需要当面跟你说一下这个任务，后天早上八点半，去地铁站和我见面。具体是哪个地铁站，到了那天我会再联系你。"边江听完连忙答应："哦，好。我记住了。"柴狗又说："对了，之前我答应，如果完成了上次交给你的任务，就可以满足你一个要求，想好了吗？"边江受宠若惊，说："柴哥你太客气了，能给柴哥效力，是我的荣幸。"柴狗微微一笑："哎，话不是这么说的。

我说话要算数，你也确实立了功，是应得的，不要客气。”

“嗯，好。”边江正要说下去，柴狗却说：“既然你还没想好，那就等咱们见了面再说吧。”柴狗说完挂断了电话，根本没有给边江说下去的机会。边江的内心却久久不能平静，这次机会太难得，他恨不得第一时间把这个好消息告诉李刚。边江走出诊所，走进一家几乎没人的咖啡馆，找了个靠窗的位置，用上次李刚给他的手机，拨通了李刚的号。李刚很快就接听了。

“出什么事了？”李刚一接听电话，就立刻紧张起来。两人之前约定好了，一般情况下，由李刚联系边江，所以，既然边江先联系了李刚，就说明事情紧急。“柴狗要见我！”边江低声说道。李刚反应了两秒，斩钉截铁说道：“不可能。他谨慎得要命，为什么见你这样一个新人？”

“是真的！凌哥你听我说，上次我替他去跟黑龙谈判，化解了他们之间的矛盾，立了功，他答应可以满足我一个要求。这次跟我见面是要给我个特殊任务。”边江兴奋地说着。李刚听完先是沉默了片刻，然后告诉边江，柴狗是个老狐狸，绝对不会轻易露面的，就连跟他最信任的手下都是能不见面就不见面，所以无论如何他都不会见边江。

边江听完，自然非常失望，但他还是把这次会面的时间、地点等信息告诉了李刚，让他看着安排。李刚说，并不排除柴狗这次是真的遇到了特殊情况，要和边江见面，所以他这边会做充足的准备，暗中观察这次见面。同时也提醒边江，务必小心，因为这很可能是个陷阱。

“嗯，记住了。”边江说完突然想起密室的事情，连忙对李刚说：“哎，凌哥，先别挂电话！我还有个事要给你说，是关于诊所里那间密室的。”电话那头的李刚顿时紧张起来：“嗯？有什么发现？”边江把翠花在密室里的发现如实说出来，李刚让边江先把视频和照片发到他手机上，然后等他的电话。挂断电话，边江发完视频和照片，看着窗外，静静等着李刚回电。大约两分钟后，李刚重新打了回来，声音更加兴奋：“边江，你听好，我怀疑这间密室里关押的人，就是我一直想找的人！所以你先去那里，采集指纹和血渍，到时候带给我，我去做鉴定。有结果了再告诉你下一步该怎么做。这期间，你也尽力查查看，有没有被关押人的下落。”

“好。不过，凌哥，我能问一下，你在找谁？”边江问。李刚迟疑了一下：“是个很重要的人，具体的以后再给你慢慢说吧。我这边正准备抓捕老杜的事情呢，不多说了。”边江一愣：“什么？抓老杜，哪个老杜？”李刚就说还能是哪个，就是 KTV 里教诈骗的那家伙。边江又问：“那抓捕的理由是什么？”

“有可靠消息说，今天晚上，他会跟自己养的几个杀手见面。那些杀手平时行踪诡异，这次一下子都出现了，我们到时候一抓一个准儿。反正啊，这事你就别管了，该干什么就干什么去。像老杜这种劣迹斑斑的幕后黑手，早就该抓起来了，也算是咱们给柴狗一个下马威。”李刚兴致高昂地说。边江听完不由地张大了嘴巴：“那去哪儿抓，夜上海 KTV？”

李刚却说这些都是机密，不能说太多，总之这件事边江当作没听到就对了。没等边江再说什么，李刚就匆匆挂断了电话。边江叹口气，去柜台帮光头和大嘴买了两杯咖啡，正要出门的时候，正好碰到三个女孩儿有说有笑地往咖啡馆里走，她们穿着时尚得体，面容姣好，典型的白富美。其中一个女孩儿走得较快，没注意到边江，边江也正好心不在焉的，两个人一下子撞到了一起，边江手里的咖啡也洒在了女孩儿干净的裙子上。

“哎呀！”女孩儿惊慌失措，赶紧拿纸巾擦身上的咖啡。边江连忙道歉，关心地问有没有烫着。女孩儿倒也没有刻意刁难边江，看了他一眼，淡淡地说了句：“没事，没烫着。”边江松一口气说道：“那就好那就好，真的抱歉啊，弄脏了你的裙子……”边江还没说完，另一个女孩儿就凶巴巴地冲边江喊起来，问他是不是没长眼睛，这条裙子是刚买的，上万呢！

边江只需要看一眼这个冲他叫嚷的女孩儿，就知道她是什么样的人，根本不想理她，依然只向跟自己撞在一起的女孩儿道歉，还提出帮女孩儿清洗这件昂贵的裙子。女孩儿看了看边江，眼神突然柔和起来，对身边的朋友说：“算了，不用了。正好我还买了别的衣服，我去车上拿来，到咖啡厅洗手间换上就行了。”女孩儿的朋友依然愤愤不平，女孩儿看了朋友一眼：“算了亲爱的，别计较了。我都说了无所谓，再说他不是故意的，我也不差这件衣服，走吧。”

“真是不好意思。”边江再次道歉。“没事，走了。”女孩儿跟两个朋友转身朝门口停着的一辆保时捷卡宴走去。边江扔掉剩下的那两半杯咖啡，郁闷地徒步往诊所方向走。大概五六分钟后，一辆车突然放慢速度，跟他一起沿着马路边缓慢地往前走。边江忍不住扭头看了一眼，副驾驶位置的车窗缓缓落下来，竟然是刚才那个被边江弄脏衣服的女孩儿，此时她正自己开着车，而且已经换上了新衣服。她把墨镜取下来，停下车，对边江招了招手：“嘿！”

边江停下脚步，有些忐忑地走到车窗边，不解地看着女孩儿：“有什么事吗？”女孩儿笑笑：“我想了想，觉得你的建议挺好的，既然你的咖啡弄脏了我的衣服，确实应该让你帮我洗干净。”说着她探过身子，把副驾驶位置的一个牛皮纸袋子拿起来，伸胳膊递给边江。

边江完全搞不明白女孩儿为什么出尔反尔，不过他还是把手伸进车窗，接过了袋子：“好。那你把地址给我，洗好后，我给你送去。”女孩儿却说，不用说地址了，就一个礼拜后的这个时候送到咖啡馆好了。边江看了一眼手机上的日期，跟女孩儿确认了一下那天的日期。“对，没错。好了，我朋友还等着我呢！对了，要干洗啊！”边江点点头，女孩儿升起车窗，掉头朝咖啡馆方向驶去。

边江回到诊所里，把那袋衣服放在茶几上，自己往沙发上一靠，闭上眼睛考虑着李刚说的话。这时，光头从外面回来了，一进屋就招呼起边江来：“哎，你小子去哪儿了？然姐正到处找你呢！”边江心里咯噔一下，想着坏了，难道是U盘造假的事被安然发现了？

“然姐有没有说找我干吗？”边江小心地问。光头摇头说道：“没有啊，说打你电话你也不接，就打到我手机上了。”边江就说手机调成静音了，一直没注意，现在就马上给然姐回过去。他拿出手机一看，果然有五个未接来电，还有两条短信，都是让边江马上回电话的。边江回到自己屋里，给安然打了回去。手机那头刚响了一声，安然就接了，气势汹汹地问：“喂！我说你干吗呢，打那么多电话你都没回！”边江赶紧解释。没等他说完，安然就说：“得了，别说那些没用的，晚上有空儿不，来我这一下。”

“有……有有空儿。”边江结巴起来，故意开玩笑地说，“什么事啊，然姐，还非得晚上去？”安然也跟他开玩笑，神秘地说来了就知道了。边江害怕是安然要问他U盘的事情，本来想找个借口，说去不了之类的，但听起来安然的情绪挺好，不像是因为什么不好的事情生气了，也就答应了，说晚上七点钟准时到。刚挂断电话，边江就听到光头在客厅里叫自己。

“喂，边江，茶几上这衣服是你的？”光头问。边江赶忙走出去：“别提了，今天我从咖啡馆出来，拿着两杯咖啡，本来是给你和大嘴买的，结果不小心跟一女孩儿撞一起，把人家衣服弄脏了，这不还得帮人家把衣服洗干净。哎！”光头瞪大了眼睛：“人家当时就把衣服脱给你了？”边江无奈地叹口气：“哈，我想那么做，人家都不会那么做的！是人家刚买了新衣服，就替换下来，把脏衣服给我了。”光头意味深长地“哦”了一声，嘿嘿一笑，拍了拍边江的肩膀：“干咱们这行，其实没有女人是最轻松的，不过一切都要看缘分。”

“哥，你真心想多了，人家……”边江没说完，光头就摇摇手，让边江不用解释了，他只是随口说说。正好这时候光头的手机响了，他便去接电话了。边江看着那袋衣服，想着光头说的话，心里不是滋味。边江突然想到了田芳。做他们这行的，没有女人最轻松，光头或许指的是他们作为柴狗的手下，做这种非法的勾当，无法像平常人一样谈恋爱。边江作为一名卧底，整日戴着面具和谎言生活，身上又肩负着责任，他不知道这样的日子什么时候是个头，像他这样的人，根本没有资格谈感情。最终他下定了决心，自己作为卧底期间，绝不谈感情。

傍晚时分，边江走出诊所，先把衣服送去干洗店，然后赶去夜上海KTV。晚上七点，边江准时到了KTV，一进大门，就注意到KTV大厅里坐着两个年轻男人，面孔熟悉。边江忍不住多看了一眼，猛然想起来，李刚曾经给他看过这两个人的照片，他们都是警察，此时身着便衣，一边喝着汽水，一边聊天儿，好像在等人。边江还注意到他们耳朵里都插着耳机，十分隐蔽。联想起李刚说要抓捕老杜的事情，边江知道这两位警察绝对是来执行任务的。边江想起，田芳让光头给他传话说，如果遇到困难了，可以去找老杜。对边江来说，老杜是柴狗团伙里，除了田芳以外，唯一可以寻求帮助的人，如果老杜真的被捕，从长远来看，边江觉得得不偿失，但劝说李刚取消行动已经不可能。

这时安然从前台走过来，乐呵呵地说自己都等他好久了，然后热情地挽住了边江的胳膊，往电梯口走。边江回头看一眼那两人，问安然怎么亲自在前台盯着。安然眼睛一转，说是老杜让她务必在前台盯着，一会儿会有些老杜的朋友过来。安然说得很隐晦。边江结合李刚之前说的，就知道老杜的朋友其实就是那些杀手。

“那你现在离开前台没事吗？你不得一直盯着啊？”边江问。安然摇摇手，说不要紧，不差这一会儿，老杜的朋友现在到不了，怎么也得两个小时以后才到。这时电梯门打开了。边江知道楼上是豪华包间，干什么的都有，再往上是酒店，吃饭住宿也齐全，于是赶紧停下脚步，装作一副难为情的样子说：“然姐，然姐，你这是要带我干吗去啊？你看我这也没个心理准备，不好吧？”

“准备什么啊，我准备好了不就行了？”安然说完冲他妩媚地一笑。边江抓着电梯口的墙角，说什么也不往里走：“然姐，你别吓我，你是柴哥的女人，我可不敢碰你！”安然哈哈大笑起来：“你想什么呢！我就是请你吃顿饭，楼上已经都准备好了，看把你吓得！”边江突然松了一口气：“早说啊，然姐！不过，为啥突然请我吃饭啊？”安然解释说请边江吃饭是要答谢他，两人说着话进了电梯。电梯停在了五楼。边江走出电梯，就闻到走廊里弥漫的菜香，肚子也不由地咕噜叫了起来。

安然听到后不禁轻笑起来：“你的肚子倒是挺诚实。对了，我也没问你想去哪儿吃，就直接定在这儿了，你可别介意啊。主要是最近店里事情比较多，我也走不开。”边江反倒觉得不好意思起来，连忙说：“不介意，不介意，不过，然姐，你到底要谢我什么啊？”安然神秘地冲他笑笑：“猜。”

边江挠挠头，跟着安然走进了一间豪华包房，桌子上摆了几份凉菜，安然招呼着边江落座，并跟服务员说可以上热菜了。边江瞅了一眼桌子上放的红酒，拿起来看了看，又看看安然，不自然地笑了笑：“嚯，八二年的大拉菲，这一瓶怎么也得好几万吧？”

“嗨，都小钱！” 安然特别豪爽地让服务员把酒给开了。边江却更加忐忑：“姐，我这是做了什么好事？你要是不跟我说说，我可不敢吃啊，毕竟无功不受禄嘛！”安然瞥他一眼：“心虚什么？再说了，就一瓶酒而已，姐还多呢！”边江赶紧摆摆手：“没，没心虚！”安然瞅着他，看了两秒，扑哧笑了：“哈哈，我跟你开玩笑的。我请你吃饭，就是感谢你上次帮我出主意整田芳，还找到那么多田芳那小贱人的把柄，可是帮了我大忙了！”

边江听完，整个人都僵住了，仿佛石化了一般，不过他很快就恢复过来，更加小心地问：“上次送去的U盘难道真的见成效了？”安然点点头：“嗯嗯，自从我把那U盘给柴哥送去之后，柴哥对小贱人的态度立马就变了！”边江心提了起来，但仍故作好奇状，问安然怎么个转变法。

安然一脸诧异：“你这不是明知故问嘛！你在田芳手下，没看出来？自从U盘被送过去后，柴哥就派田芳去执行了一个特别危险的任务，听说回来的时候那小贱人还受伤了，我没说错吧？”边江连忙点头说：“是，但也不能说明就和U盘有关系吧。”“哎，这你就不知道了。”然姐示意服务员先出去一下，然后身体往桌子前凑了凑，小声地告诉边江，“这还不算完呢。田芳伤都没好，就被柴哥给发配到别的城市了，显然是不想再看见她了呀！我听说田芳去的那地方特别偏僻，想跟外界联系都难。哈哈哈！”

安然说完亲手给边江倒上酒，然后笑盈盈地举杯：“所以，姐就是为了这个事特地谢谢你！”边江抿嘴笑了一下，喝了口大拉菲，什么滋味没品出来，心不在焉地想着安然说的这番话。安然这番话让边江这饭吃得没滋没味的。他当然知道，安然说柴狗因为看了U盘就改变了对田芳的态度，完全是个误会。

最后边江心里实在不踏实，就以上厕所为由，去给光头打了个电话，问他最近有没有田芳的消息。“找芳姐有事？”光头问。边江心急如焚，又不敢表现太明显，就说：“没，就是问问，你就告诉我，芳姐最近跟你联系没？”光头叹了口气：“哎，别提了，我也联系不上芳姐。不过她倒是跟我说过，这段时间可能会联系不到她，因为要去的地方比较偏僻……”

·第十七章　兵不由将·

“那她现在到底在哪儿，什么情况，你知道吗？”边江问。光头叹口气，也很苦恼，说田芳在电话里什么都没说，就是听着挺累的。“嗯，我知道了，没事了，就先这样吧。”边江忧心忡忡地挂断电话，回到了包间里。边江一直想着怎么跟安然问一些田芳的事情，但他发现她也几乎什么都不知道，也就没再拐着弯问她，只想赶紧回去。

快吃完的时候，安然送给边江一件礼物，是一款黑色劳力士腕表。边江虽然不懂手表的价格，但也知道这个牌子不会太便宜。“然姐，这十几万的手表要真戴我身上，恐怕走路都不会摆胳膊了！”边江诚惶诚恐，也是真的不想收。收人钱财，与人消灾，这个道理他还是懂的。安然要是单纯因为U盘的事情感谢他，只需要一顿饭就够了，这手表肯定还有别的用意。

“哈哈！你可真逗，瞎戴着玩儿吧，没那么贵，还不如这瓶大拉菲呢！”安然说着把边江的手拽过去，把手表硬是给他戴上去，然后满意地点点头，“还挺合适，你就戴着吧！不用那么不踏实。这是你应得的。怎么不喜欢啊？”安然笑着站起身来。边江赶紧摇头。

安然指着他，摇摇头：“我知道了，你呀，准是怕我又威胁你干什么事吧？放心，姐就是单纯想送你点东西，别想那么多了。哎，你是属什么的啊？”边江就说自己属狗的，安然哈哈一笑，说那正好，她比边江大两岁，以后边江就是她弟弟了，不要再那么客气。

边江收下了，明明骗了安然，却还被这般重谢，心里有点过意不去。他们走出电梯，来到了一楼大厅，边江看见那两名便衣警察还在，就对安然说：

“然姐，我有话要对你说……”边江的声音越来越小了。安然笑着碰了下他胳膊：“什么话呀，你倒是说啊，跟姐还这么吞吞吐吐的？”边江的心怦怦地猛跳：“老杜这会儿在吗？”安然担心地看了一眼边江：“没事吧？这是咋了，见鬼啦？”

“老杜在不在？”边江又问了一遍，他神情异常紧张。安然眨眨眼，点点头，说老杜应该在他房间里。边江听完，二话不说，转身快步朝着老杜房间走去，身后传来安然的自言自语：“这小子才喝了两杯怎么就跟疯了似的……”边江走到老杜的门外，已经紧张到了极点。犹豫片刻，边江终于定下了心神，敲响了老杜的房门。

老杜划着轮椅亲自来开门，看见边江后，明显流露出诧异的神情，随即变得严肃起来：“边江啊，有什么事吗？”边江表情凝重，点了点头。老杜面露难色：“边江啊，不管是什么事情，现在我不太方便，你明天再来，好吧？”老杜说完就要关门，边江却伸手抵住了门。老杜皱起眉头，“你干什么？没听懂我刚才说的话？”边江心里退缩了一下，很大原因是老杜语气严厉，面容冷峻吓人，那不怒自威的气质，有那么一瞬间，让边江仿佛看到了李刚，觉得他只凭一个眼神就能把人震慑住。“有雷子。”边江说。

这三个字，仿佛是他发动了全身的力气，以及所有的勇气和决心才说出来的。老杜愣了两秒，冷静从门口退回到屋里，并示意边江进来。边江朝走廊左右两边看看，然后迅速钻进了屋里。

这是他第一次来老杜的房间，之前都是在KTV的包房里接受培训，边江发现这里就像个作战指挥部。一张普通胡桃木办公桌，桌面上凌乱地放着许多文件和档案，一个台式电脑嗡嗡地运转着，一部座机电话，看起来像是内线电话，还有一个布满茶渍的玻璃杯，几把折叠椅随意地放在屋里，墙角放着一台饮水机，除此之外再没别的家具。边江注意到，这屋子里没有睡觉的地方，也就是说，这只是老杜的办公室。

“你怎么知道？”老杜还没有完全相信边江。边江小声快速说道：“我看见了，有警察在大厅，他们假装成了普通顾客。”他说完点点头，好像是在肯定自己的做法，因为边江自知这是背叛组织、违反上级命令的行为。但他也非常清楚，自己非这么做不可。

“这些警察的鼻子还真够灵的，我今天召开的是一次非常重要的会议，如果真让他们抓个正着，后果真是……”老杜没有说下去。他微微眯起眼睛，仔细端详着边江，上半身慢慢地前倾，狐疑地问边江：“你说，是不是咱们内部有了叛徒？”边江直视着老杜的眼睛，神情坦然，用一种更加严肃的语气回应老杜：“你有怀疑的人吗？”

“我正在想，你有没有发现可疑的人？”老杜就像个老狐狸，好像是在询问边江的意见，又好像是在试探边江。边江傻乎乎地摇摇头，说自己统共才认识那么几个人，大家对柴哥都挺忠心的。说这些话的时候，他始终直视着老杜那双鹰一般犀利的眼睛。老杜轻笑一声，看起来好像不太相信他。边江虽然不安，但也没太担心，老杜不会把怀疑对象指向他，因为如果边江是警方的人，就不会跑来提醒了。

“把桌子上的电话递给我。”老杜看了一眼桌子上的座机电话。边江赶紧去拿，他背对老杜，面朝办公桌，拿固定电话的时候，扫了一眼桌上凌乱的文件，在一叠纸张的下面，他看见一个人的照片露出来一个小角，而那个小角上刚好有那个人的半张脸。有那么两秒钟，他感觉自己石化了。边江已经知道老杜养着一些类似杀手的人，所以出现在老杜桌子上的，极可能就是他要做掉的人。而那半张脸，就是边江自己的。

边江用最快的速度调整好自己的情绪，只当没有看见那照片，他默默地把电话线拽长一些，这样就能给老杜递过去。老杜拿过座机，拨了三个数字：666——内部号码。电话接通后，老杜说：“通知大家，会议改到六楼616。”

老杜说完放下电话，把座机重新递给了边江。“好了！这下没事了。”老杜轻描淡写地说着，又示意边江把水杯递给他。边江照做了。老杜接过水杯，看了一下边江的手，然后拿着水杯，去接了一杯热水，定睛看着边江：“你很冷静，这很难得。”边江挠挠头：“啊，我也挺紧张的，不过能帮到你就行。”边江说完马上意识到不太对劲儿，因为老杜根本就没有取消会议，而是转移到了六楼，这跟之前有什么区别呢！警察只要去六楼就能抓住他和那些神秘的杀手。边江忙问：“不过……警察都到家门口了，咱不避避？怎么会议还照常进行呢！”

“你先坐下吧。其实，我就是好奇，你是怎么看出谁是警察的？”老杜吹了吹浮在水面的茶叶，呷了一口茶，也没看边江。边江忐忑地坐在沙发上，告诉老杜，他上次执行任务被抓，对那几个警察有印象，刚才看见了其中的一个，所以就确定了。老杜点点头，抿了下嘴唇，手一拍轮椅扶手，长出一口气，好像他之前也在做某种思想斗争，现在终于想通了。

“这样，你一会儿跟我一起去开会吧。”老杜说。“啊？这……不合适吧？你们开会，我也听不懂，就不去了，正好我也该回去了。”边江说着摆摆手，很识趣地要往外走。他担心的是，如果去了现场，那李刚马上就能知道，是他擅自做主，掺和进这次抓捕行动，干扰了警方做事。

“会议跟你有关系，结束后我也有话要跟你说。”老杜的语气中带着一种不容拒绝的气势。今晚这件事的严重性，也已经不言而喻。边江想到了桌子上那张自己的照片，他退回来，没再纠结，问老杜会议什么时候开始。“现在就去六楼等我吧，616房间，我五分钟后上去。”老杜驱动轮椅到了桌子前面，乱中有序地挑选着自己需要的资料。边江看见自己那张照片，也被老杜收进了一个档案袋里。

边江乘坐电梯来到了616房间，房间没锁，他推门走进去，屋里布置得确实很像会议室，一张大椭圆桌，主座位后面是一面投影用的幕布。在靠近门口的位置，坐着两个年轻男人，边江不认识。他猜想，这两位恐怕也是老杜养的杀手，于是谨慎地冲两人点了下头，两人也淡淡回应了他。边江坐到远处以避免不必要的尴尬。很快，他就发现，这两个人彼此并不交流，十分冷漠，边江觉得可能杀手都这样吧。又过了两三分钟，陆续有人进屋，无论是发型、穿着还是神态，这些人都和普通人无异，每个人都带着一个本子，好像是来听课似的。

边江还带有一些偏见，他觉得文身该是杀手的标配，但到目前为止，没有看见一位文身大汉。最终屋里坐满了人，只剩下主座位给老杜留着。所有到会场的人，全都不说话，相互之间好像也不认识。边江好奇地观察着，试图记住每个人的面孔。这时，老杜坐着轮椅进来了，手里端着一杯茶水，腿上放着一个资料册。

其他人都站了起来，像学生见了老师一样，个个毕恭毕敬。

"好了，大家落座吧。今天我们来讲笔迹分析，也就是如何通过一个人的笔迹，分析出其某一段时间的心理。"老杜说完，大家纷纷打开笔记本。边江整个人都傻掉了。老杜看向边江，冲他点头示意，脸上挂着一抹神秘的微笑。边江想，难道老杜是要伪装成给学生上课的样子？可是警察就是要抓住在这些学生当中的部分嫌疑犯，有的嫌疑犯还需要证据，但有的则只差抓人了。

边江在心里替老杜捏了一把汗，不理解老杜为什么不干脆取消这次会议。就在这时，走廊里传来了腾腾的脚步声，还没等边江反应，门已经被踹开了，一队持枪的全副武装的武警迅速冲进来。除了老杜和边江，几乎所有人都陷入了恐慌，有的人甚至被这阵仗吓得尖叫了起来。"警察。所有人不许动，举起手来！"冲在最前面的人喊了一声。屋里的人都把手举起来，头低下去，吓得不敢吱声。"各位警察同志，你们这是干什么呢？"老杜不悦，但声音平稳。

那个领队的就说，怀疑这里有人涉嫌杀人，要带回去协助调查，然而他话说到这里，却突然停住了，眼瞅着满屋子的人，摘下头盔，仔细地看了一圈。身边的人跟他嘀咕了两句什么，领头的队长脸色一下子就变了，又气又不敢发作。最后他挨个查看了屋里这些学生的笔记本，又核对了他们的身份信息。当然老杜手里的资料册也被检查了一遍，最后一无所获，得出了一个令警察们沮丧、令边江松一口气的结论：这是一堂夜校的心理学课程，老杜是被聘请而来的老师。夜校有办校资格证，老杜也有教学资质。

当警察和所有学生都离开后，边江整个人都还蒙着，无法理解刚才看见的一切。老杜让边江去把门关好，说自己有话要对他说。边江关上门，来到老杜旁边。老杜喝一口茶水，淡淡地说："坐下吧。"边江拉出一把椅子，坐在老杜对面。老杜微微一笑："你心里是不是有很多疑惑？"边江点点头。

老杜笑得更愉快了："哈哈，刚才我不过是将了那些警察一军，他们以为可以大获全胜，把我抓起来，我就是让他们看看，我只用一根手指就能把他们耍得团团转。"边江不自然地也跟着笑了笑，问老杜："那刚才那些人都是……"老杜笑眯眯看着边江："你觉得呢？"边江说："总不会真的是学生吧。"老杜点点头："他们就是这里的学生啊，我跟警察说的那些，都是事实。"

边江不禁睁大了眼睛：“可这里是KTV，怎么可能有学生？！”老杜说：“一楼、二楼是KTV，但是这栋楼又不全是KTV。你小子看着挺机灵，怎么脑子这么不会转弯。”老杜无奈地摇了摇头，继续说，“我刚打电话说把会议改到六楼，他们就已经知道了，这次会议取消，因为六楼是我上课的地方。我知道警方肯定已经监听了我的电话，所以故意打电话说给他们听。你走后，我又拿一部安全手机给夜校校长打了个电话，跟他说我要替一位老师上课，这才有了刚才你看见的一幕。”

边江又问老杜，那怎么上课的人个个表情凝重，看上去很不正常。老杜指了指边江：“你呀，就是想太多了。他们上了一天班，都很累了，上完课就各自回家，彼此之间也没什么别的交集。而且他们是一群想考犯罪心理学专业的学生，所以喜欢安静地观察，就这么简单。你之所以觉得怪异，是因为你一开始就觉得他们不是普通人，才会觉得他们做什么都怪，这就是先入为主。”

老杜点醒了边江，使他不再纠结刚才这场闹剧。边江想起老杜之前说，有话要跟他讲，就问是什么。老杜轻轻点点头，又喝一口茶水：“后天柴哥要见你，对吧？”边江有些意外：“是，你……怎么知道？”老杜看一眼边江，神色凝重：“柴狗告诉我的，我要跟你说的就是，不要去。”边江疑惑地看着老杜问：“可是这样做就意味着违抗了柴哥的命令，拒绝接受柴哥的任务，那我将来就没法在柴哥手下混了……”老杜冷冰冰地回了一句：“你以为，你去见了柴狗，就能混下去了吗？”

边江皱起眉头，一脸不解地看着老杜。“怎么，不明白啊？那就是鸿门宴，去了，你就别想再回来，柴狗是要做掉你。”老杜愤怒地瞪着边江，说着从兜里拿出一张照片，放在了桌子上。边江看了一眼，正是他刚才在老杜桌子上看见的自己的照片。老杜说，这是柴狗给他的，让他后天派人到南山地铁站，去把边江干掉。具体的细节老杜没多说，只说自己看见照片后也大吃了一惊。边江想象着自己被推下站台，又或者在混乱的人群中突然挨了一刀的情景，突然后背发凉。

“柴哥为什么要杀我？”边江问。老杜看他一眼：“你觉得呢？”边江想了想，说可能柴哥怀疑自己跟黑龙有关系，怀疑自己是黑龙派来的奸细。

老杜皱着眉头，摇摇头："不只跟黑龙有关系，应该还跟田芳丫头有关。"这让边江大吃了一惊："跟田芳有什么关系？"

老杜看着边江，也不吭声，最后无奈叹了口气："哎，我也年轻过，你就别隐瞒了。既然柴狗发现了你们两个人的事情，我劝你还是离开吧，这样至少能保住自己一条命。"

边江眨了眨眼睛，反应过来，说道："不是，不是，你的意思是，柴哥在怀疑我和田芳有私情，然后他吃醋了，要把我杀了？"老杜撇撇嘴，摇摇头："他可不是吃醋，他也用不着吃任何人的醋，只是单纯不想让自己看上的女人属于任何人而已。"边江知道自己再怎么解释也没用了，就问老杜，这次田芳被派到云南，是不是因为这件事。

老杜皱着眉头，点点头："算是吧。柴狗就是不想让田芳知道这些事情，才把她支走。等你死了，柴狗会对田芳说，你是在执行任务的时候死的。就算田芳不信也无所谓，反正一切已成定局。"边江默默点头，沉默了片刻对老杜说："所以，至少田芳是安全的。对吧？"老杜叹了口气，把水杯往桌子上一放，茶水溅了一桌子："哎，我说你怎么还在纠结这些呢？我是说，你死到临头了。你明白吗？赶紧逃命去吧！"

边江低头考虑了一会儿，抬头看着老杜："老杜，你为什么帮我？万一柴哥知道了，怪罪你怎么办？"老杜微微一笑："只要你不说，他当然不会知道是我说的。我帮你呢，是经过前几次跟你的接触，感觉你这小伙子不错。我也理解你们年轻人的感情，这次是柴狗太过分了。我想田芳也不想让你死，所以我就算是帮她了。再说了，你刚才不是也救了我一次吗？好了，赶紧走吧，你没必要非在这一棵树上吊死，不是么？"

边江皱着眉头，绷着嘴唇，沉默片刻，摇了摇头："我好不容易走到今天，我不会走。不管你信不信，我跟田芳什么都没有。这件事很显然是有人在陷害我，我一定会把那人找出来。"

·第十八章 **燕巢幕上**·

“陷害？莫非，你跟田芳丫头真的没有……”老杜不禁皱起眉头。边江急得叹口气：“哎，我怎么说你才信啊，没有！真的没有！我是被冤枉的。”老杜严肃起来，说如果真是这样，那事情就不简单了。但为了边江考虑，老杜还是劝他离开，因为距离柴狗要求杀死边江的时间还有一天。一天之内，边江如何证明自己？他甚至连柴狗的面都见不上，与其死磕较劲儿，不如识时务一走了之。

边江沉吟片刻，问道：“如果我不去地铁站见柴哥，是不是可以暂时保住一命？”老杜撇下嘴，摇摇头：“知道什么叫跑得了和尚，跑不了庙吗？你只要还在汉都，柴狗杀你是早晚的事。”边江深吸一口气，又长长地呼出。他低沉着嗓音，坚定地说：“我知道了。不是还有一天时间吗，我会尽力还自己一个清白。”

老杜叹口气：“得，反正我怎么说你都不听，那没办法了，自求多福吧！”边江把自己的照片推到老杜面前：“这照片你还拿着，该怎么做就怎么做。我已经连累了田芳，不想再连累你了。”老杜叹了口气，收起照片：“好吧，这两天，如果改变了主意，记得告诉我一声。”边江点点头，大步走出门去，他没有坐电梯，顺着楼梯往下走，焦虑又愤怒，迫切想把这件事理出个头绪来。

边江想来想去，脑海里浮现出一个人的面孔。走到一楼后，他没有离开，一转身，朝着安然的办公室走去。边江敲了三下门，里面传来安然疲惫的声音：“有什么事明天再说吧。”

“是我，然姐。”边江说完，里面沉默了两秒：“进来吧。”边江进去的时候，看见安然正把腿放在桌子上。看见边江后，她便懒洋洋把腿放下去了。边江本来想上来就说自己的事情，但一看安然的样子，犹豫了下说道："打扰你了，然姐，我……然姐，你怎么了，不舒服吗？刚才还好好的啊。"

"刚才不是来了一群警察嘛，麻烦死了，净应付他们了。"安然有气无力的，说着说着眼泪就扑簌扑簌地掉了下来。边江只好赶紧问安然到底怎么了，是不是遇到了什么难事。安然感激地看了一眼边江，擦一把眼泪，从桌上拿起烟盒，刚拿出一根烟，还没点上，就愣住了，看着那根烟，皱了皱眉头，突然把烟掰断，连同烟盒和打火机一起扔进了垃圾桶里，然后双手抓着头发，抽泣起来。

边江有点手足无措，只好坐在距离安然最近的沙发上，默默陪着她。等安然哭了一会儿，情绪稍微好些了，边江递给她一张纸巾。然姐低着头把眼泪、鼻涕擦掉，然后眼神空洞地盯着前方，一副失魂落魄的样子。"然姐，你这到底是怎么了？"边江问。安然红着眼睛看向边江："你说，对柴哥来说，我到底算什么？我以为，柴哥把我留在身边，是因为对我有旧情，可我今天才知道，他到底喜欢我什么！"

边江点点头："哦，是因为柴哥啊。哎，你就别胡思乱想了，他心里肯定有你啊，不然怎么让你经营这么大的产业，别胡思乱想了。"安然摇摇头，苦涩地笑了笑："这算什么？这小小 KTV 对柴哥来说，简直就是九牛一毛。他之所以让我经营这里，确实是对我有些旧情，但你知道吗？他从来都不是喜欢我这个人，他……他喜欢的是我的名字！"安然说完又流下两行眼泪。

"喜欢你的名字？"边江有点不理解，"怎么可能会因为名字喜欢一个人啊？然姐，你肯定是想多了啊。"然姐叹了口气，"唉，这就要从我和柴哥认识的时候说起了。我爸好赌，把家里能输的都输光了，后来他承受不了巨额的债务，就跳楼了。我妈也紧跟着疯了。我爸死的时候，我刚从一个三流大学毕业。有一天柴哥的人来催债，我跟他们说，我爸跳楼了，我们家一分钱都没有。那些跑腿催债的，不知道怎么交差，看我长得还不错，就把我带走了，然后我就见到了柴哥。"说这些的时候，安然面无表情，心如死灰，仿佛早就看透了一切。

"啊？然姐，你这不是现实版白毛女的故事嘛！不过柴哥不是一向很神秘吗？他真的见你了？”边江好奇地问道。安然苦笑：“我爸真的欠了柴哥不少钱，他会亲自见我也正常。不过柴哥见我的主要原因是他的手下在汇报这件事的时候，无意说了我的名字，柴哥当即决定见我。当然，这也是我后来才知道的，我知道以后倒是也没想太多。哎，直到今天……”

边江整理了下思路，不可思议地看着安然：“你的意思是，柴哥因为听说了你的名字，就突然想见你？”安然点点头：“你能猜到是怎么回事了吗？”边江皱着眉头看安然：“是不是因为你跟柴哥的某个朋友同名？”安然再次点头，她的眼神有些空洞：“对，我今天才知道，自己不过是个替代品，难怪柴哥并不把我赶走，他只是希望有个叫安然的女人留在他身边罢了。”安然说到这，眼泪又开始扑簌扑簌地往下掉，她抽泣地说：“我现在都不知道……不知道什么是真的……什么是假的了。也不知道自己活了这么多年，到底……到底有什么意思！”

边江手足无措地看着安然，心里同情她，也想宽慰宽慰她，但边江想，做柴狗这样的人的女人，也许就注定了她的爱无法得到同样的回报。“然姐，你何必让自己这么难受呢，谁没了谁不是都能过嘛！”边江试着安慰她。这些话却犹如雪上加霜，更多眼泪从安然的眼眶中涌出。她悲伤地看着边江：“你说得这么轻松，是因为你根本就不知道发生了什么，也理解不了我。你知道吗？就在跟你吃饭的时候，我还觉得自己是最幸福的女人，可是现在我却不知道了……我真的不知道了……”安然趴在桌子上，痛哭起来，肩膀一耸一耸的，往日那股跋扈的模样全然不见了。安然哭花了脸，两道泪痕使她看起来格外憔悴，就像一下子老了十岁，仿佛岁月不曾在她姣好的面容留下的痕迹，在这一刻，全都冒出来了。

边江也突然有些心疼眼前这个心碎的女人，是出于弟弟对姐姐的那种心疼。他对安然说：“哎呀，然姐，到底发生什么事了？你不说出来，我就算想帮，就算能帮，也帮不了你啊！”边江别提多急。安然摇着头，就是不肯跟边江说，她说这件事不能透露给任何人，因为那样会让柴哥陷入极其危险的境地。她刚才本来想亲口对柴哥说的，但电话刚一打过去，柴哥就醉醺醺地说了一番让她伤心的话，说他看上安然不过是因为她的名字之类的。

“原来是这样啊，然姐，先不管你到底要跟柴哥说什么吧，反正以我的经验，男人酒后吐真言是一种，还有一种，酒后说的话都是冲动不经大脑的，并不代表什么所谓的事实，全是夸张后的结果。事实呢，压根儿不是那样的。”边江发现安然突然睁着大大的眼睛看着自己，他有点尴尬，就问安然明不明白自己的意思。

安然僵硬地点了点头：“你的意思是，柴哥说的话，不见得是真的，有可能是胡话，对吗？”边江一拍手，说道：“对啊！男人嘛，偶尔喝点小酒，怀怀旧都很正常的。他对你说了那么伤人的话，是他知道你怎么都不会走。人不都是这样的吗？越亲近的人越去伤害，因为知道对方不会离开自己。”

这一次安然连连点头，她的眼中重新闪耀着希望的光芒，对边江说：“你说得很对，是我刚才糊涂了！”她说着摸摸自己的脸，慌慌张张拿出镜子照了一眼，发现自己很狼狈，一时间懊恼不已，连忙用纸巾擦去泪痕和花了的妆。

“然姐，其实你这样心碎的样子还挺让人心疼的，而且你人漂亮，怎么都不丑的。”边江说的是实话，安然也被他逗乐了，又连忙收起笑容，那样子倒像个小女孩儿。“你知道不，柴哥也这么说过我，他说我哭起来好看。”安然破涕而笑。边江也松了一口气，嘿嘿一笑：“看吧，你在柴哥眼中其实是独一无二的，以后可别这么胡思乱想了。”安然点点头：“嗯，你说得有道理，毕竟我现在……”安然没说下去，露出一抹微笑。

“哎，然姐，你能给我说说，柴哥是个什么样的人吗？你怎么爱他爱得死去活来的？”边江好奇地问。安然眼睛往上看，好像在想象柴狗的样子似的：“嗯，柴哥啊，他非常有魅力，是个有情有义的男人。虽然我知道他做过很多坏事，手段也狠辣，但对我们女人来说，一旦爱上一个人，那些就都不重要了。”边江点点头：“哦，那柴哥到底多大年纪了啊？”安然却有点尴尬地说，她没问过，问了柴狗也不会说的。“哦……”边江若有所思地点点头，“那他大概几十岁，总能看出来吧？”安然皱起眉头，看了他一眼：“柴哥应该四十多了，不过看起来很年轻。你怎么突然对柴哥的年龄这么感兴趣？我爱他，并没考虑这么多。”边江连忙解释说，自己只是好奇，并没别的意思。安然点点头：“对了，净让你听我说了，你来找我到底什么事啊？”

边江看着安然，低声说道：“柴哥要杀我，就在后天。”安然眨巴眨巴眼睛，有点没反应过来：“啊？”边江再次点头。安然似乎并不相信：“你确定吗，为什么啊？柴哥干吗杀你？还有，他要杀你，你怎么还能知道呢？”

“然姐，这就是我为什么来找你。我怀疑有小人在背后使坏，我得证明我自己，但我又不知道柴哥到底误会了我什么，所以……你能不能帮我去打探？”边江眉头紧锁，等着安然的答复。安然面露难色：“边江啊，不是姐不肯帮你，而是这事确实不好办。你也看见了，其实我在柴哥那儿也是人微言轻……”边江叹口气，诚恳地看着安然：“然姐，我知道你的难处，其实我也不用你帮我说好话，就旁敲侧击地问问就行，哪怕是问问柴哥身边的人呢。”

安然抿了下嘴唇，有些许动摇：“那你想知道些什么？”边江一听，身子往前挪了挪：“姐，我就是想知道，我对柴哥是忠心耿耿的，他为什么突然要杀我呢？再说我充其量就是个无名小卒，我实在是想不通啊！我怎么想都觉得是有人在害我，你就帮我打听打听这件事的来龙去脉。”安然双手交叉握在一起，考虑了片刻，最终点头答应了：“好吧。哎，其实柴哥愿不愿意见我，我都不知道……”

“可能……等他酒醒了，就没事了。到时候你再问问看，拜托你了然姐！”边江哀求道。“好了好了，我既然答应你了，肯定尽力。”安然疲倦的脸上挤出一点微笑，算是对边江的鼓励。边江看安然精神不好，原想着这就走了，但临走的时候，又想起一件事：“对了，然姐，柴哥很爱喝酒吗？”

安然想了想，说在她的印象中，柴哥倒是很喜欢藏酒，因为他的酒架子上摆了不少好酒，大多是红酒，但他从没喝醉过，也不知道这次是怎么了。边江点点头，看了一眼表，起身告辞：“然姐，我就不打扰你了，你也早点休息。柴哥那边有消息了，还请你第一时间告诉我。留给我的时间不多了。”安然把边江送到屋门口：“好，你先回去，我再休息一下，你回去安心等我的消息吧。”

离开KTV之后，边江立刻拿出手机，给田芳打了个电话，跟预料的一样，提示对方无法接通，这让边江越发不安。田芳意外失踪，柴狗突然醉酒，安然情绪失控，以及老杜透露给边江的信息，这一切串联起来，仿佛一张巨大的蛛网，把边江牢牢地困在了里面。万般无奈之下，边江给李刚打了个电话，没想到，李刚也关机了。

边江既不知道李刚的工作地址，也不知道他的家庭地址；和李刚有过接触的地方就两处，一个是上次自己被抓进去的派出所，另一个是他和翠花接受培训的地方，然而这两个地方一个不能去，另一个去了也不一定能找到李刚。边江只好又拨通了翠花的手机号，两个人约在城西的天主教堂见面。

一碰面，翠花上下打量了一番边江："这是咋了，这么没精神，天要塌啦？"边江有些焦虑地看了翠花一眼："不是天要塌了，是我快死了。"翠花听完眨巴眨巴眼，扑哧一笑，好像不太相信，然后一本正经地摸着肚皮说："既然这样，那咱们可得先找个地方好好吃一顿，我这还饿着肚子呢！"

边江白了他一眼："靠，我都要死了，你还要吃饭庆祝！"翠花就说："不是庆祝，兄弟，我是真的饿了，没吃晚饭呢！"边江无奈叹口气："都火烧眉毛了，我没心情吃！哎，算了算了，就听你的，吃吃吃，反正我现在也不知道该干什么，走吧。"他们在附近找了个小饭店，点了一盘爆肚，一盘老醋花生，两瓶啤酒。边江吃不下去，就跟翠花说起自己的情况来。翠花皱着眉头，边吃边听。一勺老醋花生吃下去，他看着边江说："放心吧，凌哥肯定有办法，明天你再联系他试试。"

"我现在就怕到时候来不及。安然帮我打探，最快也要明天下午才能有消息。后天就是柴狗杀我的日子。我得在这之前，弄清楚他为什么杀我。如果是有人陷害我，那个人是谁，为什么要这么做。"

翠花眼珠子一转，往前凑了凑："哎，我倒是有些想法。"边江赶紧凑过去："什么想法？"翠花把筷子往桌子上一放："你看，田芳失联，你要被杀，然后你怀疑是瘦子陷害你，对吧？"边江点点头。翠花想了想说："那简单啊。现在凌哥不是联系不上吗？那个 KTV 的妈妈桑，叫什么然的那个，我看她也指不上，所以就只能靠咱们自己了。最简单的一个办法就是把那瘦子给绑架了，逼他说出实情，全程录像，到时候直接把录像交给妈妈桑，让妈妈桑给柴狗，怎么样？"

边江考虑着翠花的建议，这似乎是目前最好的解决方式，但风险也很大。沉吟良久，边江对翠花说："虽然现在情况紧急，但咱们也不能冒险，还是要把事情考虑周全。"翠花皱皱眉头："我已经替你考虑周全了啊！还有什么好考虑的？"一瓶啤酒下肚，翠花脸微微有些发红，情绪也越发高涨起来。

边江想了想，对翠花说：“赶紧吃，吃完咱就撤了。”翠花又跟老板点了一份肉丝炒饼，吃一口炒饼，他对边江说：“无论如何，都得把瘦子抓住。到底是什么情况，一问他就知道了。如果他是清白的，放了他就行了呗。”边江迟疑着，看看翠花：“我总觉得瘦子不简单，再说这事不给凌哥说一声，咱们就自作主张，我觉得不行。”

“哎，你就别婆婆妈妈了，咱们现在没有别的选择了。你有更好的办法吗？”翠花问。边江抿了下嘴唇，摇摇头。“那还是啊！别犹豫了，就这么办！凌哥这不是联系不上嘛。眼下情况，咱们只能随机应变了。”翠花说完半杯啤酒灌下肚去。原本边江在犹豫要不要绑架瘦子，让翠花这一劝说，也觉得自己别无选择。

“那咱们把他绑架到哪儿去？我暂时想不到合适的地点。”边江说。在酒精的作用下，翠花的脸微微发红，他想了想说：“诊所里不是有个密室吗？把他绑架到那怎么样？”边江立马摇头：“别搞笑了，那可不行，不能让别人知道咱们已经发现那个地方了。再说，我还要去那里面提取一些重要的证据，就是一直没顾上。”翠花吧唧吧唧嘴：“好吧，那你说去哪儿啊。最好是很隐蔽，不会被人发现的地方，就像咱们原来训练的废工厂似的……”翠花说着突然停下来，一打响指，双眼放光地说，“哈哈，我想到了！”

·第十九章　绑架瘦子·

边江往前凑了凑，问翠花想到什么地方了。翠花就说，前段时间他一个哥们儿家拆迁，现在那小区里的住户应该都搬完了，他们可以把瘦子绑到那边的破楼里。边江点点头：“嗯，可以。那你现在就弄清楚两件事，第一，那里确实已经搬完了，第二，具体在什么位置。”边江话音刚落，翠花点着头，立即拿出手机拨通了一个号码——是他那位朋友的。翠花在电话里已经确定，住户全都搬走了，楼房也还没被推倒，具体地址已经发送到了翠花的手机上，在地图上查一下就能找到。接下来就只剩下一个问题了，那就是怎么绑架瘦子。

两人吃完夜宵，翠花先跟着边江回了诊所，因为一般这个时候瘦子都会在诊所里。可惜今天诊所里空无一人，边江打电话给大嘴，得知瘦子去了一家酒吧，并没有和他们在一起。那酒吧，边江他们常去光顾，就在酒吧一条街上。当边江和翠花赶到酒吧街的时候，已经是夜里一点钟。

翠花在酒吧外等着，边江则独自走进灯光昏暗的酒吧，一眼就看见瘦子坐在最角落的沙发座里，跟他一起的还有一个年轻的男人、两个女孩儿。边江看看就走出了酒吧，翠花着急地问怎么样，见到瘦子没有。“嗯，他就在里面。”边江说着点了根烟，但并没抽，只是为了缓解紧张的心情。边江小声跟翠花说：“待会儿我打电话把他叫出来，咱们俩把他打晕了，然后把他搀扶到车上，假装成他已经喝醉的样子。行吧？”

翠花却犯了难，他左右看看，虽然现在时间已经不早了，但是酒吧街上还是有不少人：“边江，这么多人，咱们俩就这样把他打晕，不会被发现吧？”边江的眼神越发坚定，点点头：“放心，我心里有数，待会儿见机行事。”

说完他掐灭了烟，拿出手机，拨通了瘦子的号码。

“哎哟，边江？”瘦子的声音让边江生厌。他低声回答了句：“嗯，我有事找你……”没有等边江说完，瘦子就懒洋洋地说：“都这么晚了，有什么事明天再说吧，我这忙着呢！”瘦子的语气里带着轻蔑的笑意，说完就要挂电话。“是关于你的。”边江调整情绪，紧张地说，“我得到了一个确切消息，说柴哥要对你下手。虽然我以前看你不顺眼，但大家毕竟兄弟一场，如果不告诉你，我心有不安。”边江的声音压得很低，瘦子在电话那头先是沉默了片刻，紧接着爆发出一阵狂笑：“开什么玩笑？柴哥就算有什么打算，你也不会知道的好吗？”边江认真回答：“我的消息来源很可靠。”瘦子清清嗓子，笑着说：“行了，别逗了，赶紧回去洗洗睡吧啊！”瘦子要挂电话了，边江赶紧说：“柴哥要怎么对付你，说实话跟我没关系。既然你也懒得知道，那就算了。反正我话说到这儿了，你爱信不信。”

瘦子最终没有挂断电话，他反问边江，太阳是不是从西边出来了，为什么要好心提醒他，两人明明没有那么要好。边江无奈叹了口气：“哎，我之前是看你不爽，但毕竟关系到生死，所以看在大家兄弟一场的份儿上，才来告诉你这些。”瘦子半开玩笑似的问：“好啊，那你说说，我听听，柴哥到底要怎么做？”

“电话里说不清楚，我现在在酒吧街呢，光头说你也在这儿，给我说一下你的具体位置，见面详细说吧。”边江说。瘦子把酒吧名字告诉边江，边江说五分钟后在那家酒吧外面见。边江说完，电话那头沉默了两秒，随即传来结束通话的忙音。

“怎么样，他出来了吗？”翠花紧张又心急地问。边江摇摇头：“不知道，把我电话挂了，我觉得他应该会出来……”果然，五分钟后，瘦子双手插在裤兜里，耸着半个肩膀一脸悻悻地出来了，一看见边江就趾高气扬地说：“说吧。你从谁那听说的柴哥要对我下手。”瘦子说完看了一眼翠花：“呦，你也在呢，胖子！”

翠花最烦别人说自己胖，气得直翻白眼。边江看了翠花一眼，示意他别急。“是这样，老杜跟我说了……”边江压低了声音，边说边左右观察着，路上总是有人经过，这让边江很难下手。瘦子着急地说：“哎，你大点声，哥们儿，这又没别人！”边江表现得更加紧张小心，扶着瘦子肩膀往酒吧一侧的阴影里走了两步，瘦子却站住脚跟，不动地方。

边江就低声对瘦子说：“你真以为没别人？柴哥的手腕你肯定比我清楚，他要做掉谁，一定是秘密筹划，滴水不漏，你死了都没人能查出来是他杀还是自杀。”边江一边说，一边紧张地留意四周动静。瘦子的最后一道心理防线终于被击垮，他变得恐惧起来。要不是心里有鬼，能这么害怕吗，边江不禁暗想。

边江把瘦子带到酒吧一侧的阴暗角落，搭着瘦子的肩膀：“你说柴哥为什么想要做掉你啊？”瘦子一愣，刚觉察出一丝异常，边江已经一拳打在他的后脖子上。瘦子身子一软，晕了过去。“翠花！”边江小声叫着，翠花赶忙过去帮忙。两人就这么一左一右架着瘦子，仿佛喝醉的样子，边走边说笑，乍一看确实发现不了问题。把瘦子放到了翠花开来的车上，边江也跟着上车坐在了后排座位上，用事先准备好的麻绳把瘦子给捆了起来。

大概开了一个小时，翠花把车停在了一片荒凉的小区外，边江下车看了一眼，不禁打了个哆嗦。那是四五十年前的旧小区，三栋楼房，各五层高。原本住在楼里的人家早已搬走，只剩下在夜风中啪嗒作响的窗户，一个个黑洞洞的窗口让边江不禁联想到恐怖片里的鬼楼。

边江跟翠花一起架着瘦子，朝着小区里走去。两个人都很紧张，谁也不说话，他们最终选择了最中间的一栋楼，中间单元，五楼西门，门是敞开着的，推门进去，屋里散发着一股老鼠屎的臭味儿。几只躲在墙角的灰色老鼠被突然出现的人类吓了一跳，纷纷逃走。瘦子被扔在脏兮兮的地上，翠花拿出事先装在兜里的矿泉水瓶，拧开瓶盖就要往瘦子的头上浇。

“等等。”边江连忙制止翠花，“这事要是把你牵扯进来，会不会太冒险了？”翠花愣了一下：“哦对啊，真麻烦。可是刚才瘦子已经看见我了啊！”边江想了想，说现在还不晚，如果翠花不出现，这件事还能圆过去，一旦翠花跟边江一起出现在这里，那就没有回旋的余地了。“那……那干脆就说，咱们俩是发小，我见你有困难，所以想出手帮你。怎么样？”翠花问。“可以是可以，但发小还是不太合适。因为发小太熟悉对方，小时候的事情也得知道得一清二楚。干脆就说咱们俩是不打不相识，在一煎饼摊儿上认识的，时间就定在今年四月中旬的一天早上。只要有人问，为什么咱们俩会一起冒险干绑架的事，就这么说。你觉得呢？”

“好，那你准备好录像吧，咱们开工！”翠花兴奋地说，边说边往瘦子脸上浇水。边江突然发现，翠花真的很适合干这一行，难怪他一打入柴狗组织，很快就取得了对方信任，比边江要顺利得多。等一瓶冰凉的矿泉水浇完，瘦子依然没有醒的意思。翠花就用力拍了拍瘦子的脸：“嘿，哥们儿，醒醒了！”

在等着瘦子醒来的时候，边江越发紧张不安，若是让李刚知道了他们今天的事情，不知道会怎样，但事到如今已经没有退路了。瘦子终于被翠花打醒了，他一睁眼，就惊恐地大叫救命，翠花一拳打在他的眼眶上，恶狠狠地说：“老实点！再叫把你舌头拔出来。”瘦子这才认出绑架自己的人，定了定神，依然很硬气：“边江，你小子敢抓我，要是让柴哥知道了，你就死定了！”

“哼。”边江不屑地看了瘦子一眼：“你以为柴哥现在不打算弄死我吗？这都是拜你所赐吧！”瘦子的眼睛滴溜溜地转着，一副做贼心虚的样子：“我怎么你了？”边江一把抓住瘦子的衣领：“你少在这装蒜。”瘦子一只眼睛已经肿得睁不开了，但他依然一脸淡定：“哦，我明白了，柴哥要杀你，你就以为是我诬陷你，对吧？”边江拿着一把匕首，用手指试了一下刀刃，漫不经心地说：“说吧，为什么要害我？”

瘦子却矢口否认，说自己什么都没做，更没有诬陷边江。审问陷入僵局。一直到天亮，瘦子挨了不少拳头，但始终没有吐露一个字。一无所获的边江和翠花着急的同时，也有些慌了，一来留给他们的时间越来越少，二来边江也开始怀疑自己是不是真的误会了瘦子。看着瘦子阴险的笑意，边江越发觉得瘦子是在故意耗着他们的时间，如果不能找到瘦子的重要把柄，是没办法从他嘴里撬出半个字的。

就在这时，边江的手机响了，来电话的是安然，此时已是早上七点钟。边江走出门去，谨慎地下到四楼，走进一户开着门的房子里接听了电话：“然姐，有消息了吗？”

“嗯，我昨天连夜帮你打听，终于问出来一些了。”安然的声音带着倦意。边江激动地让安然快说到底问出什么了。“因为你抢了他的女人，还怀疑你跟黑龙有关系，这在柴哥那儿可是两项死罪。”安然冷冰冰地说。没等边江回答，安然的声音突然提高了两度：“边江啊边江，你小子可以啊！我安然是真心把你当成小弟，你倒好，背着我干了这么多事！既然你喜欢田芳，干吗还要假装跟我一条战线呢？”

“然姐，你听我说，田芳并不是你说得那样，我也没有假装跟你一条战线啊……”边江解释道，电话那头传来安然愤怒的喘息声：“放屁！你上次给我的U盘里的照片是假的！”边江心一沉：“姐，你先别急，听我解释。”安然冷哼一声：“好啊，你说，我看你还怎么编！”

“U盘的事情，确实是我不对，但当时我只是想保护田芳，本来也不想骗你的，再说你看现在我和田芳的处境已经这样了，就算是已经遭到报应了啊。”边江可怜巴巴地说。“我就是气不过，你把我当傻子！”安然喊道。边江连忙赔不是，说好话，哀求安然，说自己还不想死，如果他死了，田芳怎么办。

“哼，都到这时候了，还想着那丫头！”安然一听到田芳的名字就来气。边江连忙说：“然姐，你没明白我意思。第一，我将来肯定是要带田芳离开柴哥的。第二，我还可以保证，田芳对柴哥没有感情，她不会对你造成任何威胁。但一切的一切，都是以我这次平安度过为前提，不然柴哥杀了我，继续把田芳留在身边，对然姐你岂不是更加不利？”

电话那头沉默良久，边江听到安然长出一口气说道：“我就再信你这一次。”边江也松了口气：“姐，你放心，我不是在跟你说大话，因为我做这些都是为了我自己。”安然深吸一口气，语调低沉而平稳地说：“好，那你听好了，我就说一遍，能不能自救，就看你自己了。柴哥手里现在有一份录音，几张照片，还有一份录像。我不知道是谁提供给他的，但肯定是田芳手下的人，不然也不可能拍到那些你和田芳在一起腻歪的照片。柴哥看完大发雷霆，原本就怀疑你是黑龙的人，结果你还抢他喜欢的女人，这下他更生气了，所以他就把田芳派到云南去了，还切断了她和你们的联系。等到把你杀死，一切都成定局了，柴哥就会把田芳接回来，然后编一个理由，让田芳相信你死于意外，这样田芳就不会记恨他。”

“然姐，那些录音什么的，你都听到了吗？能不能具体说说。”边江问。安然不屑地“切”了一声：“当然听到了。我可是费了好大力气，才说服柴哥让我听那些东西的。录音是田芳亲口说，她说就是喜欢你又怎样，啧啧，那语气可真是够嚣张，也够霸气的。照片呢，就是你们两个在床上抱在一起的样子，还有视频，是你们两个单独在屋里亲热。还有，你知道真正让柴哥生气的是什么吗？”

边江正想着，突然被安然一问，也懵了：“是什么？”安然的声音突然变得有些愉快，咯咯笑了两声，说道：“这些证据都显示，是她先勾引你的。哈哈哈！”对于安然来说，真相如何并不重要，只知道田芳让柴狗生气了，就够了。边江诚恳地说：“然姐，我现在也没有太多时间跟你解释了，不管怎样，谢谢你帮我。”安然在电话那头轻声笑了笑：“不用着急谢我。我只有一个想法，就是赢回柴哥的心。只要你能帮我这个忙，别的我不在乎。”

“好。”挂断电话，边江深吸一口气，重新回到五楼。没想到回去的时候，翠花却没有在屋里，瘦子要死不活地躺在地上。“翠花呢？”边江问。“哈哈，上酸菜去了吧！”瘦子鼻青脸肿，笑嘻嘻地回答。边江没搭理瘦子，给翠花打了个电话，手机却在屋子里响了起来。

“这家伙，怎么出去也不带手机……”边江不禁皱起眉头。

“他去买早饭去了，我还让他给我带一屉包子回来。”瘦子语气轻松，就像平常在诊所里一样。边江走过去蹲在瘦子身边：“瘦子，你这么嚣张，是不是觉得我们拿你没办法？”

瘦子不屑地看着边江：“没错，你不敢杀我，也拿我没办法。你想让我说的话，我永远都不会告诉你。”

“没想到你还是个硬骨头！算了，既然我也不能把你怎么着，那就放了你吧……”边江说着用刀把捆着瘦子手腕的绳子割断了。瘦子愣了一下，更加得意，从地上爬起来就往外走，边江一把抓住他的肩膀，一手抓住手腕，用力向后一扭，瘦子的右胳膊顿时发出咔吧咔吧的响声，与此同时，他痛苦地叫出声来。边江松开瘦子，拍了拍手上的土，一脸冷漠。

瘦子捂着自己的右胳膊：“我，我胳膊好像断了！你到底要干吗？”边江冷冷看着他：“没错，是断了。我可以明确告诉你，如果你不说出自己是怎么诬陷我的，我是不会放你离开的。如果耽误了治疗时间，你这条胳膊就不用要了。”边江说完又补充一句：“啊对了，我已经知道了，是你把那些所谓的我跟田芳在一起的证据给了柴哥。你不用再狡辩了。”

“你！”疼痛和愤怒使得瘦子的脸都白了。边江冷冷看着瘦子，咬牙切齿说道：“我怎么了？你不是觉得自己挺牛吗？继续牛啊，我倒要看看，你是不是真的不在乎这条胳膊。”瘦子呼哧呼哧地喘着粗气，脸色煞白，瞪着边江看了几秒钟，终于认输了。边江打开了录音笔，瘦子乖乖说：“好吧，我承认，我是故意陷害你的，我让柴哥以为你是黑龙的人。”

“哎呀，不行啊，你说得这么委屈，搞得好像屈打成招似的。”边江看着瘦子凶狠地说，“动机，我要知道你害我的动机，一五一十给我交代清楚！”瘦子抿了下嘴唇，无可奈何地说：“因为我嫉妒你比我强。”

边江叹口气，摇摇头，抓着瘦子的肩膀，虽然只是轻轻抓着，但瘦子已经疼得龇牙咧嘴了。“我再给你一次机会，重新说。”边江说。瘦子终于坚持不住了，对边江说：“因为……因为黑龙想拉拢你过去，当他的手下，我气不过！他原本答应我的！”在边江和黑龙的那次谈判中，黑龙确实提出邀请，希望边江当自己的手下，但边江拒绝了。不过他怎么都没想到，黑龙会利用瘦子从中作梗。

“这么说来，你是黑龙派到柴哥手下的？”边江问。“我可以跟你说出实情，但是你得答应我一个要求。”瘦子声音都开始颤抖了。

“你现在好像没有什么资格跟我谈条件吧？”

“我知道自己没有，只求你放我一条生路。”瘦子用哀求的眼神看着边江：“我希望你带我去找黑龙。因为一旦说出这些事情，我就别想继续在柴哥手下混了。”边江本来就不是个杀人不眨眼的魔鬼，他答应了：“好，那就原原本本地，把一切告诉我。”

·第二十章　另一个卧底·

瘦子点点头，对边江说了起来："我原本是柴哥手下的，一次偶然的机会认识了龙哥，后来我和黑龙达成协议：他帮我立功，我给他柴哥的情报。原以为这样我就能在柴哥手下混得不错，没想到柴哥一直不肯提拔我，我就渐渐地开始帮黑龙做更多事，盼着将来有一天，能得到他的重用。"

瘦子怨恨地看了边江一眼，继续说，"可惜你的出现，打破了我的计划。我不知道你到底有什么本事，只见了黑龙一面，就得到了他的赏识。他希望我拉拢你到他手下，所以我就想了个办法，让柴哥以为你是叛徒，借柴哥的手害死你。我在柴哥那立了功，黑龙也会重用我，岂不是一举两得？"边江无奈摇头，按下录音笔的暂停按钮："那你有没有想过，黑龙会因此怪罪你，更不会重用你。还有，一会儿我把你送到他那儿，他就会把你当忠臣吗？"瘦子紧抿着嘴唇，瞪着布满血丝的双眼："我顾不了那么多了，现在我回不了头，也不想回头了。"

"其实我到了黑龙手下，也不影响你的前途吧？"边江不解。瘦子看他的目光变得格外厌烦："行了，别说教了，你凭什么轻而易举就得到这些？我就是看不惯你那副目中无人的样子。"边江点点头："好吧。就算黑龙会接纳你……"

"不是就算，而是龙哥肯定会接纳我的。你以为就你看得清楚？哼！"瘦子不屑地瞄了边江一眼："我对黑龙还有用，他自然会留着我的命。"边江无言以对。在黑道里，他确实是个新手，还看不懂这其中的利害。

边江重新打开录音笔，继续问瘦子："把刚子的事情告诉我。"瘦子眉头皱起来，没有说话，显然是不想承认。边江皱着眉头，看了看他的左手。瘦子吧唧一下嘴，考虑片刻，还是坦白了：“刚子是个替死鬼，他并不知道各个家的地址。整个计划都是黑龙秘密筹划的。刚子的尸体被送回来，也是为了保护我。”边江满意地点点头：“这么说，上次刚子被抓，也是你从中作梗？”瘦子痛苦地点点头：“确实是我通知黑龙的人到巷子的，从那时候开始，黑龙就一步步展开计划了，可惜他还是斗不过柴哥。”

“好了，现在咱们来说说重点吧。我和田芳是清白的，那些照片、录音和视频都是怎么回事？”边江问。瘦子舔了舔嘴唇，头上冒着虚汗：“能不能先给我口水喝。”边江拧开一瓶矿泉水，递给他，瘦子用那只还没废掉的胳膊颤抖着拿着水瓶，猛喝了几口，把实情说了出来。

原来，那份录音是在诊所里录的。瘦子把手机充着电，其实是在录音，他原本只是想碰碰运气，没想到田芳那天一生气，竟然说出了一句“我喜欢他又怎样”，瘦子就把它截了下来。照片则是边江和田芳躺在床上的照片，当时田芳受伤，边江为了照顾她躺在她身边，瘦子通过门缝儿看到了，就顺手拍了下来。瘦子其实也知道两个人什么都没发生。另外那段视频，是田芳和边江一起出双入对的，并没有太多暧昧。但两个人有说有笑的，再结合录音和照片，柴狗看完自然生气。

录完“口供”，边江终于松了一口气。不过，边江认为光是这些还不够，最好能有一些实打实的证据，来证明瘦子就是黑龙的内应。想到这，边江从瘦子的兜里翻出手机，打开了通话记录，发现瘦子删得干干净净，短信、微信、QQ、邮箱等所有联系方式里，都没有他和黑龙的联系记录。

“你不用找了，我都已经处理干净了。”瘦子虚弱地看着边江，有那么一丝得意。这时翠花回来了，手里拎着早饭：“这小子招了？”边江点点头：“不是我说你啊翠花，啥时候了，还老想着吃，万一被人发现了怎么办？”

“不会吧！吃煎饼不？不吃啊，那算了，我自己吃。”翠花大大咧咧地往屋里的一个塑料凳子上一坐，吃起煎饼来。“你还真吃的下去。你想想，这地方都没人住了，你买了早饭过来，要是被人看见，引起了怀疑，怎么办？”边江问。翠花无所谓地说：“谁会闲得关注我啊！”边江拿翠花没办法，也懒得再说什么了。上午十点钟，他们带着瘦子离开了废弃的小区，边江答应过瘦子，要送他去见黑龙，自然没有食言。

边江把瘦子送到了一个红酒庄外，通过逼问瘦子得知，酒庄就是专门给黑龙洗钱的。这些信息，边江全都一一记住了。之后，翠花打着哈欠说既然事情办成了，他也放心回去睡觉了，还劝边江该吃吃该喝喝。等翠花走后，边江坐在公园的长凳上，再次尝试给李刚拨电话。通话一接通，边江就求助般叫了声："凌哥！"

"咋了，这么个调调，跟报丧似的。你小子不是惹什么祸了吧？"李刚粗声粗气地说着，仿佛天塌了也不怕。对于边江来说，李刚就是他最后的救命稻草，没有什么比李刚的训斥更让他踏实了。话到嘴边，边江却不知道该如何说起了。想了想，还是用最简单直接的方式告诉李刚："柴狗要杀我，明天他不会出现了，还有田芳也失踪了。不过，我已经弄清楚怎么回事了。想让凌哥再帮我个忙，就相当于临门一脚了。"电话那头陷入沉默，边江的心也提到了嗓子眼儿。

"你先给我说说，柴狗为什么要杀你，田芳怎么就失踪了？还有你弄清楚什么了。"李刚凶巴巴地问。边江一五一十地交代完，李刚问了一句："说完了？"边江一愣："嗯，事情就是这样。"李刚爆发了："边江啊边江，我就一天没看着你们，你们就敢捅出这么大的篓子？"边江深吸一口气，没敢吱声，继续等着李刚狂风暴雨似的训斥。

不过李刚那头倒是冷静了一些，他强压着心中的怒火，问边江："你和翠花还对那瘦子严刑逼供，以为自己是谁？啊？知不知道这样很可能已经暴露了你们的身份！"边江依然不吭声，听着李刚的数落。"说话啊？"李刚叫嚷着。"凌哥，我是被人算计了啊……"边江心里委屈，因为这件事不怨他，可是李刚却像点燃的火药桶一般。

李刚深吸了一口气："你觉得冤枉？我问你，人家为什么要算计你？还有那些把柄，先别说是不是误会，如果不是你一打入组织，就跟那田芳不清不楚的，会被人抓住把柄吗？"边江无言以对。"怎么，不服？"李刚问道。边江倔强地说："对！不服！我没有谈恋爱，没有碰任何女人。而且按凌哥您的意思，我要是遇了小人，还得自我检讨一下，自己有什么优点可以让人嫉妒，将来必须改掉这些优点，是吗？"李刚冷笑两声："好小子，还学会偷换概念了。跟我整这一套。你不服啊？”

“请凌哥告诉我，我错在哪儿了。”边江倔得像头驴子。“哼，你遭人嫉妒，你优秀，确实不是你的错，但你错在锋芒毕露。做卧底，首先要记住的就是：绝对不能过分崭露头角。尤其是你刚打入内部，必须稳妥着来，慢慢往上爬，否则马上就会被人盯上，不是被同级的人陷害，就是被老大怀疑。你以为自己身在什么安全的环境里吗？”李刚的这番话点醒了边江，也令他感到无地自容。

“凌哥，事到如今，说这些都晚了，我该怎么做？”边江焦急地说。“怎么做？你都已经把事情办完了，还来问我？”李刚喊完，沉默了好一会儿，终于长出一口气，继续对边江说，“你不是还差一些实质性的证据吗？”边江一听，连忙回答：“是，如果能证明瘦子确实是黑龙安插的奸细，事情就板上钉钉了。”李刚闷声说道：“行了，我知道了，最晚下午六点，我给你点东西，保持手机通畅吧。”

“好，谢……”感谢的话还没有说出口，李刚硬生生打断了边江：“先别急着谢我，有些事情，我还要跟你小子好好掰扯掰扯。”边江一阵心虚，忐忑起来，从刚才开始，他就隐约感觉到，李刚生气还有别的原因。“凌哥，出什么事了吗？”边江小心地问。

“哼哼！我问你，抓捕老杜行动失败，是不是你给他通风报信了？”边江的手心里冒出了汗，但他没想逃避，也自认为做了正确的选择，唯一的错误就是他擅自行动，破坏了警方的行动，甚至连个招呼都没打。“是我告诉他的，但我可以解释。”边江说。李刚冷哼了一声：“好，你说，我听听。”

“田芳曾经留下口信，说如果我遇到了问题，可以去找老杜。老杜是个厉害人物。如果我能赢取他的信任，对我们的行动只会有好处。而且，如果不是我帮了他，我也不知道柴狗要对我下手。”

“然后用警方要批捕他的情报，换取了他对你的信任？”李刚凶巴巴地问。边江心里委屈，但没有表现出丝毫的软弱：“凌哥，你知道，我不是单纯为了自己。老杜是我找出柴狗的关键，他的身份很不一般，他每次都敢直呼柴狗名字。如果太早把他抓捕归案，对我们并没有太多用处。”李刚在电话那头沉默着。边江继续说：“我现在跟柴狗的老情人安然混熟了，也跟柴狗的左右手老杜混熟了，接下来才是咱们的重点，我要顺着竿子往上爬，就要抓住柴狗了！”

边江说完，电话里沉默良久，李刚终于说了句：“废话，你以为我不知道这些吗？我们也是有压力、有任务的，抓老杜是会破坏卧底计划，我也不想，但我们必须对上级有个交代。”边江天真地问：“那您直接告诉上级，还有个更加重要的卧底计划，不就行了？”

“你想得太简单了，我一句话两句话跟你说不清楚。”李刚叹口气，继续说道，“这次行动失败，上头开始怀疑警方内部有叛徒，其实是你从中作梗。总之，以后再有任何行动，必须提前告诉我，知道吗？”李刚的语气已经缓和多了。边江默默点头：“嗯，知道了。”

“干什么呢！打起精神来！你小子都敢绑架柴狗和黑龙的人，还有什么好怕的？”李刚虽然凶巴巴的，但在边江听起来，却像是表扬自己。之后李刚说自己还有事，先挂了，晚上再联系。“等等，凌哥，先别挂电话，我还发现，柴狗喜欢藏酒，这算不算一条有用的信息？”边江赶在李刚挂电话之前问道。李刚马上表现出了浓厚的兴趣：“对了，你说黑龙也有个私人酒庄？”边江点点头。李刚说，这个信息还是很有用的，他会深入调查一下，至于边江，也不用管这些，只需要顾好自己的事情。

李刚说完挂了电话。边江脑子乱哄哄的。他坐在长凳上，眯起眼睛，仰头看天，彻底意识到，抓不住柴狗，他自己永远也别想做回一个正常人。这样漫无尽头的日子到底要过到什么时候，他也不知道。边江又想到了接下来的考验，无论如何，也要先过了这一关再说。边江打起精神，朝着夜上海KTV走去，他需要把瘦子的那份录音通过老杜转交给柴狗。

白天的夜上海KTV，只有两个值班的保安和一名服务生在前台，他们早就认识了边江，所以直接让他进去了。边江来到老杜门外，敲了三下门，里面传来老杜的声音：“门没锁，进来吧。”边江推门进去，发现老杜正坐在办公桌前，低头看着什么文件。“老杜。我……”没等边江说完，老杜点点头：“嗯，先坐那儿等我一下。”老杜甚至都没抬头看他一眼，好像早就料到了边江会来找自己似的。边江没有吭声，默默走到沙发那里坐下了。

“对了，摩斯密码你会不会？”老杜抬起头。边江点点头：“嗯，会。”

老杜重新又低下头："好，那你把茶几上那份资料给我翻译一下吧。"边江发现老杜始终皱着眉头，而他面前铺着的是一张汉都市地图，上面布满了红色记号笔画的标记，除此之外，还有两部屏幕常亮着的手机，以及一个厚厚的本子。

"好。"边江拿起茶几上打印出来的两页白纸，看着上面密密麻麻的符号，马上投入了翻译之中。很快，边江的手心开始冒汗，整颗心都揪在了一起。因为通过翻译这些摩斯密码，他发现了一件相当可怕的事情。在这两张纸上，记录着柴狗和一个叫"神龙"的人的来往记录。上面详细记录了两人之间的交易次数、地点、交易货物的详情，以及柴狗仓库的位置，那是一个坐标点。其中还有一段，是说老杜昨晚召开了一次秘密会议，时间、地点都说明白了。

边江偷偷瞥了一眼老杜，发现老杜已经抬起头来，也正在看着他。"知道这是什么吗？"老杜冷冷地问。边江先是点点头，然后又摇摇头："我是说，我能看懂摩斯密码的内容，但不知道这份资料是做什么的。"老杜拉开抽屉，拿出一部手机，并示意边江走过去："这是我从这部手机里找到并记录下来的。"边江走到桌子前面，老杜打开手机，屏幕壁纸是一对男女的合影，男人穿着警服。

边江看着照片上那个人，越发觉得眼熟，皱着眉头看看老杜。老杜微微一笑："这是昨晚来抓我的那个警察头头的手机。"边江眨巴眨巴眼睛："啊？那怎么会在你的手上？"

"偷的。"老杜说。边江更加疑惑："怎么可能？"

"有什么不可能，警察就不能招贼了？这是我早上拿到的。"老杜一副得意的样子。边江就问，偷他的手机干什么。老杜哼了一声，指了指边江："你小子猴精，能不知道为什么？"边江挠挠头："我真的不知道啊。再说，你偷过来有什么用啊，人家远程就能把手机锁住。"

老杜摇了摇头："你要知道，咱们不止有神偷，还有黑客。偷他的手机原因很简单，这个家伙昨天带人来砸咱们场子，必定是因为有人给他通风报信，也就是说咱们内部出现了奸细。而通过他的手机，我就可以追查到那个奸细的蛛丝马迹。"边江听着老杜的话，皱着眉头。老杜看一眼边江："你好像很惊讶？不相信？"

“嗯，您这方法有点……”边江歪歪头，“我觉得风险很大。”老杜得意地微笑起来：“那个警察一看就不是小心谨慎的人，他是不会用专门的手机跟我们的人联系的，所以一切秘密就在他这部手机里。反正我得到自己想要的东西了。”老杜说着，得意地晃了晃手机，然后他打开了微信，在聊天儿记录里，挑选出其中一个名为“白桦树”的联系人，边江看见上面保存着大量的语音信息。老杜随便点开了一条语音信息，那是一串摩斯密码的嘟嘟声。“这就是我刚才翻译的那些？”边江不可思议地问。“对。”老杜阴险地笑着，“也就是说，在咱们内部，有一个人长期跟那警察对接。”

“你需要我做什么？”边江直截了当地问。他知道，老杜不是平白无故让自己翻译那些摩斯密码的，这是老杜对边江的信任，也意味着，边江打入了团伙内部更高的一层。老杜微微一笑，指了指边江：“你小子啊，就是太聪明了，才招人嫉妒的。”老杜顿了顿，继续说，“我需要你把白桦树给我找出来。”边江慎重地考虑着，这任务其实是让他找出自己真正的战友，这是他最不愿意做的。

“好。不过，我还有一个问题。”边江说。

·第二十一章　追查“白桦树”·

老杜喝一口茶水，淡定地看着边江：“什么问题。”边江说：“柴哥要你杀了我，你却这样重用我，难道柴哥改变心意，又不杀我了？”老杜神秘地笑笑：“我相信你能渡过难关，所以我才敢委派你任务的。”边江却更加疑惑：“对我这么有信心？老杜，跟你说实话吧，我自己都不知道能不能顺利躲过这一劫。”老杜继续笑着：“你今天来找我，不就是你已经找到证明自己清白的证据了吗？从你一进门，看你的表情我就知道，所以我还担心什么呢？”

边江钦佩地看着老杜，嘿嘿一笑：“还真瞒不过你。”说着他把录音笔拿出来，按了播放键，里面传来瘦子的声音。“他把一切都坦白了。”边江说。老杜皱着眉头，他一会儿摇头，一会儿又深吸一口气，似乎对瘦子所招的事情有很多疑问。等录音全部播放完，边江就问老杜是不是有什么问题。

老杜不动声色地看了边江一眼：“我可以帮你转交，但是……”老杜停顿了下，看看边江，没说下去。边江就问：“如果我能为你做点什么，也请你尽管开口。”老杜一瞪眼：“你以为我会为了这个跟你讲条件？我是那种人吗？我现在担心的是，你提供的证据还不够，如果我帮你送过去，可能没帮了你，还把我自己搭进去。”

“不是吧！这样的证据还不够？那要什么样的才算啊！”边江问。老杜想了想：“嗯，这个嘛，瘦子固然有问题，但关于你和田芳如何如何，说服力还是不够。”边江想到了李刚会帮自己找到更多证据，于是对老杜说，那就再给他点时间，等他有更多有力证据的时候，再送去给柴狗。老杜皱了皱眉头：“你还有别的办法？”边江点了点头。

“好，那就明天早上六点之前，把所有证明你清白的证据交给我。”说到这儿，老杜停顿了一下，“当然，你自己也留一份复件。”边江一听，愣了下说：“老杜，我相信你。”老杜摆摆手：“哎，话不是这么说的。你凡事呢，都得留个心眼儿，就算对最信任的人，也不能毫无保留。不然啊，你将来可要吃大亏！”边江感激地点了点头：“嗯，我知道了，谢谢你老杜。”

“哎，说这个不就远了嘛！好了，你也先回去，抓紧时间啊。”老杜说完低头拿起其中一部手机，开始处理手头的工作。边江走到门口，又停下脚步：“我还有个问题。”老杜重新抬起头：“还有问题？”边江犹豫了下问：“我该怎么找出那个给警察通风报信的人？有没有具体的方向？”老杜就说，先从身边认识的人找起吧，他也让别人在其他家里留意了。边江一想，身边的人，那不就是自己家里这几个人吗！田芳、瘦子、光头、大嘴、二虎和老杜，这六个人其中有一个在给警察通风报信。边江首先排除了老杜，其次排除田芳，因为就算她了解很多内幕，有可能向警方提供线索，但这次肯定不是她，毕竟她去了云南，不了解这边的情况，所以可以排除。再次排除的是瘦子，他的身份边江已经了解了。那就只剩下光头、大嘴和二虎了。光头来的时间最长，是田芳信任的人，所以也不会是他，大嘴口无遮拦，没有城府，而且并不知道那么多情报，也不大可能。至于二虎，虽然机灵，却和大嘴一样，也不可能知道那么多重要情报。边江陷入困境。

“快去调查吧，光站在这想，可是想不出来的。”老杜提醒道。边江回过神来：“哦，好。老杜，你好像不只是我们一家的成员，对吗？”老杜听完先是一愣，随即哈哈大笑：“嗯，这么说吧，如果咱们是一个公司，从某种意义上说，我算是公司的人事主管。”边江不禁惊讶地张大了嘴巴：“那警察要是把你带走了，岂不是……”

老杜不屑地哼了声：“那些警察以为，把我抓走了，就可以把所有人一网打尽？其实他们错了。因为我一旦进了监狱，马上就有人要我的命。你以为咱们的老大会等着我把大家出卖吗？所以你昨天算是救了我一命。”边江原本还想问问老杜和柴狗的关系，老杜却开始催促他了：“赶紧去干活儿吧。白桦树的事，还有你自己的事情，可都到了火烧眉毛的地步了。”边江连忙点头，退出了房间，来到 KTV 外面。头昏脑涨的他，一时不知道该怎么办了。

边江肯定是要保护白桦树的，但第一步是弄清楚谁是白桦树。他想李刚或许可以帮他调查出白桦树的真实身份，到时候他们再一起想办法。没想到李刚的电话再次打不通了，这次是关机，边江想反正晚上李刚也会联系自己，就没再多想，正要把手机放回兜里，手机短信提示音响起来。

边江打开短信，看见内容的那一瞬间，他整颗心都悬了起来。陌生的号码，简单的一句话：我是白桦树，我需要你的帮助。或许是心虚，或许单纯凭着直觉，边江第一反应是，这短信是老杜发来的，目的是试探他。因为除非那个叫白桦树的人是鬼，否则不可能知道边江和老杜刚才谈了什么，还在这么短的时间内做出反应，把短信发过来。

边江立即拨打过去，对方挂断了。于是边江回了一条短信：我可以帮你，先见个面吧。

边江这样回复没有任何问题。如果老杜真的冒充白桦树试探边江，边江也可以说，自己为了确认对方身份，只是假装答应了他，无可厚非。短信发送出去后，边江便重新回到了 KTV 里，快步来到老杜门前，敲了敲门，老杜在里面答应了一声，边江走了进去。

“怎么又回来了？”老杜问。边江随口编了些理由，说自己想到了身边这些人的可疑之处，让老杜帮自己拿个主意。老杜眉头紧锁，双手交叉握在一起放在桌子上，端详着边江：“小子，你搞什么鬼？”边江挠挠头，说没搞鬼啊，自己刚才一出门就想到了一些事情，是真的拿不定主意了，所以才回来请老杜帮忙的。说话间，边江一不做二不休，以很隐蔽的动作拿着手机，按下了重拨。屋里很安静，就算是震动模式，也完全能听得到，但没有任何声音。电话那头，对方再次挂断了边江的电话。紧接着边江的手机响起一声短信铃声，在安静的屋子里显得格外刺耳。

短信内容是：我现在不方便接电话，明天在新世纪商场的星巴克见吧。看完这条短信，边江的手心已经冒出了汗。老杜挑了下眉毛，看了眼边江的手机：“怎么了？”边江这才意识到，自己刚才这一连串的举动有多冲动和危险，连忙说：“哦，没事，一个朋友。”所幸老杜并没有怀疑什么，说自己现在实在太忙，就把边江打发走了，在无意间给了边江一个台阶。

走出 KTV 后许久，边江的心情才稍微平静下来，为自己刚才的行为感到后怕。老杜怎么可能用这么低级、这么容易被看出来的方法试探我！要是让凌哥知道了，肯定又要训斥自己一顿了，边江心里想着。心情平复下来，边江开始好好考虑白桦树的事。也许白桦树算不上真正意义的卧底，甚至可能不是警察出身，但他和边江所做的事情是一样的，而且现在他们都遇到了困难。所以边江要帮助白桦树，因为从某个层面来说，他们是一条战线的。

不过边江也没完全信任白桦树，他担心这是一个圈套，会把他的卧底身份牵扯出来，万一白桦树是老杜有意安排的，那老杜的目的一定是想通过白桦树，确定边江的身份，然后牵连出更多内鬼。当然，这一切的前提是，老杜已经发现边江身份可疑。

不知不觉，边江走回了诊所，他坐在客厅里心不在焉地看着电视。一直到中午，大家陆陆续续从外面回来。光头和二虎今天的心情不错，看样子上午捞了不少。边江悄悄观察着每个人，他们看起来都很正常，谁也不像白桦树。这让边江不禁想，也许白桦树根本就不是他们家里的人。

“哎，边江，你昨天问瘦子去哪儿了，找到他了吗？”大嘴吃着冰棍儿，也坐在了沙发上。

边江摇摇头：“没。咋了？”大嘴吸溜一口冰棍儿，不满地说：“妈的，本来我们俩今天搭档，他不在，我一上午都浪费了。你发现没，瘦子越来越不靠谱了。”边江点点头，不咸不淡地说了句：“我本来也没觉得他多靠谱……”大嘴撇下嘴，点点头。“我这两天也没怎么干活儿，净让你们辛苦了，要不中午我请客！”边江在客厅里喊了句。

“行啊！吃啥？”大嘴一下子来了精神，“要不吃大盘鸡吧！”

二虎从屋里走出来，拿棒球帽拍了下大嘴肩膀，叹了口气说：“不是我说你啊大嘴，人家边江请客，你就说吃大盘鸡，就不能吃个稍微贵点的？是吧，边江？”边江笑着说，自己无所谓，主要还是看大家想吃什么。

“要不咱们吃烤鱼得了。”光头说。二虎和大嘴也都同意，于是边江找出那家常去的烤鱼店的电话，订了餐。边江觉得这倒是个不错的提议，因为那家烤鱼店刚好有卡座，相对安静，正好利于他试探其他人。到了吃饭时，边江拿出手机，悄悄拨打了那串号码，通话接通了，而在坐的任何一个人都没有动静，大家的手都在桌面上，因此边江排除了光头、二虎和大嘴。他连忙起身，离开卡座去接电话，只听见手机听筒里传来一个稚嫩的童声：“喂？”

“你是白桦树？”边江问。那边“嗯”了一声，马上又用稚嫩的声音说：“你不要再打电话了，明天就见面了，你再打电话，会被人发现的。”孩子用幼稚的口气对边江说。他只能听出来那是个小男孩儿，应该还没上初中。白桦树不可能是个孩子，因为柴狗组织里没有小孩儿。边江忍不住想，会不会是白桦树料到边江会再次打电话过去，就找了个孩子帮忙，那说明白桦树了解边江的性格，如果是这样，就不能排除身边这三人了。

“是白桦树让你拿着手机，跟我说这些的，对不对？”边江问。“不是！”小男孩儿挂断了电话，是典型的小孩子被揭穿后，忍不住发脾气的表现。边江回到卡座，三个人正在有一句没一句地聊着天。他观察着三个人，陷入了纠结。他想，二虎最不可能是白桦树，因为他虽然够机灵，但没什么心眼儿，也不善观察，不是当卧底的料。光头这个人爱冲动，锋芒毕露，也不会是警察的内应。

剩的就是大嘴了。边江刚进入团伙的时候，只有大嘴对他最友善，当时还提醒他很多事情，就连诊所里的密室，也是大嘴先提起的。会不会是大嘴故意让自己知道的？边江忍不住想。但大嘴看起来傻乎乎的，真的是做卧底的料吗？边江马上又想到了翠花。翠花看起来就不像个卧底，但他偏偏就是。所以，还是不能妄作判断，边江决定观察观察再说。

饭后回到诊所家里，边江以闹肚子为由，独自留在了家里。等所有人都走了，边江穿过小门，到了诊所那边，趁着值班医生小刘在自己办公室里睡午觉的工夫，他悄悄进入了那道暗门。如果边江这次不能重新取得柴狗信任，这很有可能是他留在团伙的最后一个下午。因此，他必须做最坏的打算，抓紧时间，帮李刚收集密室里的线索。

空气中弥漫着灰尘和发霉的味道，边江感到一阵压抑，他不禁做了两次深呼吸，才重新迈开脚步。此时正是六月的炎热天气，而这地下密室里，却透着一股坟墓般的阴凉气。边江不禁打了个寒战。他打开手电，慢慢走下了吱呀作响的楼梯。当他来到地下室中间，用手电往四周一照，果然一切都和翠花给他的照片和视频上一样。

正对着边江的，是一个木十字架刑具，他想象这里曾经关押过的人过着怎样暗无天日的日子，便觉得心惊肉跳，头皮发麻。但他没有给自己太多时间害怕，拿出事先准备好的证物袋、镊子、一次性手套等，很快，他就收集到了一块带有干涸血渍的破布、一撮短发，以及一个脏兮兮的玻璃杯。

就在他走上楼梯，准备离开的时候，楼梯后面突然传来一阵怪异的叫声，嗒嗒嗒嗒嘟……哈哈哈哈哈啊……那声音不像是老鼠发出来的，到像是个疯子的怪叫。是老鼠吧，边江安慰着自己，然而头皮已经开始发麻，他只想快点离开这里。他继续往楼上走，那不时传来的怪异声却听起来更加真切了。边江忍不住朝下面看去，穿过楼梯间的缝隙，他只看见一团黑乎乎的毛发，有点像人的头发。他克服心中的恐惧，缓缓走下楼梯，绕到楼梯下面，用手电照向那团东西。

那是一个被拴着脖子吊起来的大布娃娃，大概一米长，乱蓬蓬的黑色头发遮住了半张脸，露在外面的半张脸上，眼珠子已经被挖出去了，只留下一个黑洞洞的眼眶。娃娃身上的裙子乱糟糟的，布满了血迹，而声音就是从布娃娃嘴里发出来的。边江站在原地，愣了好几秒，才缓过神来。

边江定了定神，念叨了句："世界上没有鬼，没有鬼……肯定是有什么装置在娃娃的身体里。"豆大的汗珠顺着边江的脸颊滚落下来，他紧张得口干舌燥，不禁舔了舔嘴唇，然后大着胆子又往前走了两步，想伸手去捏一下布娃娃。就在这时，怪异的声音戛然而止，那个黑洞洞的眼眶仿佛能看见边江似的，就那么死死地盯着他。

边江停在原地，一动也不敢动，等了几秒钟，终于，他一咬牙，从兜里拿出弹簧刀，一手抓住绳子下端，一手拿刀，快速割断了布娃娃脖子上的绳索，布娃娃"咚"的一声掉在地上，扬起一片灰尘。边江摇手扇了扇灰尘，轻咳两声，蹲了下来，把那娃娃翻过来。布娃娃的脸是用塑料做成的，脸上全是一道道的划痕。接着，他摸了摸布娃娃的后背位置，一下子就摸到了一个方形的硬硬的板子。边江把手电咬在嘴里，用手将布娃娃的衣服掀起来，他看见一个电池盒，盒子外面有一个开关，现在显示是"关"的位置。刚一碰到那个开关，还没有拨动，布娃娃再次鬼叫起来，边江吓得差点把手电摔在地上。他快速打开电池盒的盖子，看见里面放着四个电池。边江把电池取下来，娃娃就不叫了。这次不管他怎么拍这个娃娃，也不会叫了。边江松了口气："原来是开关接触不良了……"

刚说完这句话，他突然感觉有什么东西在一旁盯着自己，全身的神经再度紧绷起来。他慢慢扭过头，看见墙上有一双血红色的眼睛。那双眼睛是画在墙上的，在眼睛的下方，是用血写的字："前路不明，长恨无期。"边江想了半天，也没明白这句话的意思，更不知道这个布娃娃和墙上的字有什么关系，但他隐隐感觉到这血字中的绝望，而且布置这一切的人，一定已经心理极度扭曲。

他屏住呼吸，小心地用刀从墙上刮下来一些血渍，收集起来，装进了另一个小证物袋。

边江又拿出手机，对着娃娃和墙壁进行了拍照。弄完这一切之后，他才蹑手蹑脚地走上了楼梯。诊所里静悄悄的，值班医生小刘还在屋里睡觉，边江观察清楚，确定安全之后，才从窗帘后面走了出来。

来到诊所后面的家里，边江松一口气，擦了把额头上的汗珠子，一抬头却发现大嘴正坐在客厅沙发上，头歪着好像睡着了似的，电视机还开着，正在放肥皂剧。大嘴不是跟光头和二虎一起出去了吗？怎么会在这看电视，还是他最烦的电视剧？边江不禁皱起眉头。

"大嘴，你怎么回来了？"边江问。大嘴没有吭声，边江越发觉得诡异，快速走过去，这才发现大嘴已经满脸是血，不省人事。边江迅速检查了一下大嘴的脉搏和鼻息，确定他还活着。伤口在额头上，大嘴是被人打晕的。边江又快速观察了一下四周，大门是关着的，茶几上的烟灰缸里很干净，但是桌面上有落下的烟灰，棒球棒被随意地丢在地板上，球棒的一头有血迹。

·第二十二章　瘦子的报复·

边江将眼前的一切牢牢记在脑子里，这是他擅长的事情。他本想拍照，但拿出手机又放了回去。接着，他拽起大嘴的胳膊搭在自己肩膀上，把大嘴送到了诊所那边。医生小刘立即帮大嘴检查伤势。边江则借这个机会给光头打了个电话，简单说了下大嘴的事情。二十分钟后，光头火急火燎地回到了诊所。

“什么情况？大嘴怎么在家里被人打了！现在怎么样？”光头问。边江皱着眉，摇摇头：“伤得不轻，我也不知道怎么回事。刚才就离开了一下，回来后就看见大嘴坐在客厅里，被人打晕了。他为什么突然回来了啊？”光头脸色越发沉重：“我哪知道，这小子今天没跟我们一起。”边江想了想，对光头说：“你说，打伤大嘴的人会不会……”他还没说完，医生小刘慌慌张走出来，他的脸都白了：“大嘴伤得不轻，必须转移到大医院，而且要快！”

“行，那就这样，咱先送大嘴去医院，别的以后再说。”光头当即说道。边江也马上把后半句话咽回去，点点头：“好，我去开车。”医院离诊所不远，开车只用了十分钟左右。等把大嘴送进了抢救室里，光头和边江坐在门外的等候椅上，情绪才稍稍稳定下来一些。

光头问边江，有没有对现场拍照。边江一愣，摇摇头：“当时我吓蒙了，根本没想到拍照，不过你这么一问，我倒是能回想一下现场的样子。”光头点点头：“也是，你不是警察，怎么可能第一反应是拍照。说说吧，你觉得大嘴是怎么回事？”

边江想了想说：“正面遭到袭击，没有打斗痕迹，说明大嘴认识那个人。

桌子上有烟灰，但没有烟蒂，说明那个人抽着烟进屋，烟没抽完，把大嘴打晕，然后随手扔了球棒，又抽着烟离开了。从球棒的方向和位置来看，再结合大嘴受伤的位置，对方用的肯定是左手。”边江冷静地分析着，光头也不作声，只是皱着眉头听。边江又从兜里拿出一个黑色皮夹，打开给光头看：“这是大嘴的钱包，钱都在，对方不是图钱。而且门锁没坏，说明那人要么是跟着大嘴一起回来的，要么是大嘴给他开了门。”

“也有可能是那家伙自己开的门。”光头幽幽地说了句。边江点点头，和光头交换了一下眼神。光头张张嘴，想说什么，但是又摇摇头，没说出来。边江就说：“你说吧，看咱们俩想的一样不一样。”光头看他一眼：“我怀疑是瘦子。”边江点点头：“嗯，我也想不出别人。如果我没记错，他就是左撇子。”光头沉吟片刻，疑惑地摇了摇头：“关键是，瘦子为什么要这么做？他这人是不地道，但也不至于对兄弟们下这么狠的手吧。”

边江想了想问光头：“那你刚才想到是他，怎么推测的？”光头就说，因为大嘴之前一直在抱怨瘦子，他们两个人关系不是很融洽，所以就怀疑他们两人可能拌嘴了，结果瘦子突然脾气上来，打了大嘴。

边江听完，想起自己之前绑架瘦子，又把他送到黑龙那里的事情，对于瘦子打人的动机，他还有别的猜测，但不方便跟光头说出来，就点了点头：“嗯，有这种可能，不过也有可能是别人打的大嘴。算了，咱们也别猜了，反正等大嘴醒了就什么都知道了。”

“希望这小子能挺过去。”光头担心地说。过了一会儿，光头看似漫不经心地说了句：“你刚才那一串分析，挺牛逼的，学过刑侦啊？”边江马上说：“哪儿啊，我就是福尔摩斯那种类型的书看多了。你当时要在，肯定也能看出来。”光头依然没有表情，淡淡地说：“你分析得头头是道，我还以为你是警察呢。”边江皱了下眉头，心里稍微有些慌，仿佛光头是故意说给他听的，他刚想解释，光头站起身来，说自己出去抽根烟，顺便跟田芳和二虎说一下大嘴的事情。

“你还能联系到田芳吗？”边江马上问。光头背对着边江，声音低沉地说：“试试看吧，我也不知道。你好像比我还紧张她？”边江连忙说：“当然紧张，她是咱们的头啊，而且芳姐待我也不错。”光头抿嘴挤出一个笑容，走开了。

等光头离开后，边江马上给李刚打了个电话，这次电话接通了。

“凌哥，我收集到证据了，关于……”边江还没说完，就被李刚打断了。他吼道：“卖什么房子！你看我像能在汉都买得起房子的人吗？别再给我打电话了，再打我就举报你这号码！”李刚一通怒吼，吼完就挂断了。边江马上反应过来，李刚身边应该是有人，不方便接电话。边江看了眼手机，发现自己的QQ邮箱有一封未读邮件，是一个小时之前收到的。

边江点进去，通过内容马上判断出来，是李刚发来的，内容是：“我正在接受调查，这段时间请不要主动联系我。你要的证据，我已经找到了，详见附件。”

边江又读了两遍，发现语气和说话方式都不是李刚的风格，因为李刚不会对边江用“请”字，所以边江猜想这是李刚让人替他发的。至于李刚被调查的原因，边江只猜到了一种，那就是抓捕老杜行动失败，组织怀疑是李刚泄了密，除此之外的事情，边江不了解也想不到。

边江有点担心，只能安慰自己，李刚本事那么大，这点困难肯定难不倒他。这么想着，他点开了附件，通过手机预览模式，看见附件中是一些照片，照片的内容是从营业厅打印出来的通话记录单。边江赶紧翻出瘦子的手机号码，再对照着一看，果然是瘦子的手机。他固定和一个尾号5566的手机联系，时间都在半夜，边江一下子就反应过来，这些通话记录、短信记录，很可能是瘦子和黑龙的联系记录。

这时，光头从外面走了回来，眉头紧锁，看着手机，走路也心不在焉，充满疑惑。边江把手机装进兜里，起身问光头：“怎么了，是不是芳姐的事？”光头看他一眼，表情更加凝重，点了点头：“嗯，联系不上，听她最后入住的那家酒店的人说，她两天前离开的时候，让人帮自己定了一张后天飞回来的机票，既然快要回来了，应该是任务完成了，那怎么还联系不上呢……”

“可能是因为芳姐的任务比较特殊，必须绝对保密吧。”边江说。光头看他一眼，没再说话，眉心出现一道深色的线条。之后两人坐在急救室外面的椅子上，各自怀着心事，一言不发。

半个小时过去了，大嘴躺在轮床上，被推了出来，边江和光头连忙迎了上去。“怎么样，大夫？”光头问。医生不悲不喜，用十分平稳的声调对边江和光头说：“轻微脑震荡，没有生命危险，但得留院观察一段时间，家属可以去办理住院手续了。”大嘴还在昏睡，光头和边江帮他办理完住院手续后，商定由他们三人轮流值班照顾大嘴，光头第一天，第二天是二虎，第三天才是边江。

边江决定去找老杜，临走前，大嘴醒了，他迷迷糊糊地说了句：“他妈的，瘦子……”光头和边江互相看看对方。光头脸色越发阴郁，咬牙切齿地说：“还真是瘦子！大嘴，他为什么打你？”大嘴张张嘴，然后痛苦地皱起眉头，嘴里发出嘶嘶声，他指了指边江。光头顺着大嘴的目光，看向边江，问道：“到底怎么回事？”

“瘦子找边江，我说边江不在，问他这两天干吗去了，他不说，我就骂了他两句。他吃了火药似的，把我打了。哎哟……我的头……”大嘴说完，光头更加不解，问边江怎么回事，瘦子为什么气呼呼地找他。边江紧绷着嘴唇，对大嘴点点头：“兄弟，你好好休息，我会给你报仇！”说完，边江又看看光头：“这件事交给我吧。”光头张张嘴，想问，终究什么都没多说，只是点了点头。

从医院出来，边江立即打车赶回老杜那里，他还是想先去把手里的证据交给老杜，这样最保险。可刚来到夜上海 KTV 门口，边江就收到了一条新的微信消息，屏幕上弹出的提示是瘦子给他发了一张图片。边江立即打开微信，点开那照片的时候，仿佛一记重锤砸在了他的胸口。照片上，翠花被人打得面目全非，要不是他身材够胖，辨识度高，加上那一身醒目的蓝色阿迪运动衣，边江根本辨认不出躺在地上的人是自己的好兄弟。照片的背景是一个废弃仓库，看不出来是哪里。边江恨不得立即冲到瘦子面前，揪着他的衣领狠狠给他一拳。可惜，事到如今，拳头已经没有用了。他马上打电话过去，瘦子很快接听了。边江上来就问：“你想干吗？”

“哼，我想干吗？你小子不是能躲吗，那我只好拿你朋友开刀喽！说真的，我本来不想打大嘴的，谁知道那家伙跟你一个德行，我就把他打了。至于这胖子吗，嘿嘿，还真禁打呀！”电话那头随即传来瘦子“哼哧”一声，他好像发力踢在了什么东西上面，紧接着就是翠花痛苦的呻吟，声音已经很微弱了。

边江握紧拳头，浑身都在颤抖。瘦子得意地说：“边江啊，你要是再不来，恐怕这胖子就要挂喽！”他说完狂笑起来。边江竭力控制着自己，问他现在在哪儿，到底想怎么样。瘦子咯咯笑着说：“哎，别急啊，光你来也没用，把昨天录的音，还有乱七八糟的那些证据，都给我送来，别耍花样，除非你不想让这胖子活了。这样吧，一个小时以后见，不来的话就别怪我不客气了。”

边江咬着牙：“可以。”瘦子当即爆发出疯狂的笑声，叫嚣着：“哈哈哈！你不是牛逼吗？再牛啊！”边江强压心中怒火：“你少废话。告诉我地址。”瘦子冷哼两声，告诉给边江一个地址，那是位于城市外环上的一家车行。瘦子说完又补充了一句：“啊，对了，我知道你的靠山是老杜，你要是想让他帮你传话，那就是把老杜和这胖子往死路上推，别怪我没警告你。”

边江深吸了一口气，犹豫着，没吭声。瘦子就说：“边江，我不会为难你和你的朋友，但从此以后，你要彻底消失。”最终，边江答应了，他没得选。瘦子已经丧心病狂，什么都做得出来。边江不敢拿翠花的生命开玩笑。

看着夜上海 KTV 的大门，边江想，如果把这些证据交给老杜，然后告诉他所有的一切，让他想想办法呢？但边江很快打消了这个念头。一旦老杜介入，而柴狗也相信了边江，瘦子那边知道以后狗急跳墙，肯定要把翠花撕票。瘦子也说了，如果边江这么做，还会威胁到老杜的安全。思虑片刻，边江终于下定了决心，转身朝着路边走去，准备打车去瘦子说的那个车行。

这时，一辆白色保时捷卡宴开进了夜上海门前的停车场，边江往旁边让了让，无意扫了一眼车牌号，觉得很熟悉，抬头一看，正和驾车的人四目相对。边江一眼就认出了对方，车里的漂亮女孩儿正是自己在咖啡馆遇到的那位，这姑娘的裙子还被自己弄脏了。女孩儿把车窗降下来，把墨镜往下拉了拉：“嗨！是你呀！”

“是啊，好巧。你来这儿玩吗？”边江往车里看了一眼，没发现别人。女孩儿是一个人过来的。女孩儿摇摇头，似笑非笑地看着边江：“啊，不是。你呢？怎么在这儿？”边江回头看看 KTV 大门：“我就是路过。”

“哦，这样啊。”女孩儿若有所思，眉眼带笑地看着他，“你看起来精神不太好，怎么，昨晚没睡觉啊？”边江不想再聊下去了，因为心里乱糟糟的，想赶快去救翠花，就说：“我没事，那个，你的衣服，我送去干洗了，不过还没洗好，要到后天才能取衣服，到时候我会拿到咖啡馆去，你去那里拿就行了。”

女孩儿挑了下眉头，摇着头笑了笑，俏皮地对边江说：“帅哥，我对你就这么没吸引力吗？”

边江皱了下眉头：“没，没有啊，我确实有事要走了。”女孩儿又盯着他看了两秒，把墨镜戴好，升起车窗，一脚油门踩下去，从边江身边开了过去，汽车引擎的咆哮声仿佛女孩儿对边江的一腔怒火。边江没有心思跟这个漂亮女孩儿搭讪聊天，更没有心情应付这样的小脾气。他走到路边，准备打车，可惜一辆空车都没有。他打开了打车软件，加了小费，仍然没有出租车应答。眼看着时间一分一秒过去，边江急得直跺脚。

就在这时，身后传来两声短促的汽车鸣笛声，边江闻声看去，只见白色卡宴带着那一腔怒气，再次停到了边江的身边。“愣着干吗，上车啊！”女孩儿有点没好气地看着边江。边江一头雾水问道：“干什么？”

“我送你一程啊，你在这都打了半天车了，可别跟我说你不着急。”女孩儿有些霸道地说。

边江却迟疑着，不是他不想接受女孩儿的帮助，而是担心这趟浑水会把这无辜的女孩儿卷进来，瘦子可是正瞅着自己身边的朋友下手呢。“不用了，我再等等，现在这点不该打不到车的……”边江把目光转移到远处。

这时，一辆空出租车驶过来，边江赶紧招了招手，司机停下车子。女孩儿也下了车，她速度很快，抢在边江前面来到了出租车门前。还没等边江拦住女孩儿，她已经对司机说了句：“不好意思师傅，他不打车。”

“不打车还招手，有病吧！”司机嘀咕了一句，瞪边江一眼，气愤地离开了。面对这个大小姐脾气的女孩子，边江有点头疼，也有点生气。第一次见面时女孩儿留给他的美好印象，全没了，她的善解人意变成了刁蛮任性。边江无奈地说：“别闹了，行吗？我真的有事。”女孩儿双手一摊，无辜地说：“我没有闹啊。就是不明白，我好心帮你，你为什么不能好好接受呢？”

烈日下，女孩儿白皙的面庞上泛着一层红晕。边江看着她的样子，又有些不忍心，叹了口气：“大小姐，我感谢你的好意，但没有那么多为什么，我只是单纯不想让你搅和进来。行吗？”女孩儿皱起眉头：“搅和进来，什么意思啊？”她顿了一下，“你遇到什么麻烦了吗？”

边江又急又气，也顾不上自己的态度了，不耐烦地说：“我是说，这是我自己的事情，我想自己处理，可以吗？”女孩儿看着边江，倔强地噘着嘴。两人对视。女孩儿皱着眉头，任性地说：“No！不可以。”说完，她拉起边江的手，把他拽到了车门前面。边江甩开女孩儿的手：“别胡闹了，行吗？我真的很着急！”女孩儿被他一吼，身体退缩了一下。边江看她那委屈的样子，突然有些不忍心。

“你不是着急吗？那我开车送你去啊！我长这么大，还没有哪个男人这么对我！”她抿着嘴唇，眼圈红红的。边江朝路上看看，没有出租车，又看看打车软件，还没有回应，只好取消打车，做出投降状：“好了，好了，姑奶奶，我上车，行了吧？”边江说完拉开车门坐了上去。

女孩儿扬起下巴，抿嘴一笑，欢快地绕到了驾驶位那边，上车，快速系上安全带，看着边江问：“去哪儿？”边江把车行的地址说了出来。他看向车窗外，有些焦虑，想不通这姑娘到底要干什么。难道真的是看上他这个傻小子了？边江从右后视镜里看见自己那张死人一般灰暗的脸，再配上这件带着褶皱的黑色T恤，实在没有任何魅力可言。但无论如何，他都下定决心，绝对不把这个女孩子牵连进来。

“我还不知道你叫什么名字呢。”女孩儿看了眼边江问。边江如实回答。“哦，边江。”“这个姓还挺少见的，我叫可心。”

“嗯。”边江心不在焉，不过出于礼貌，他还是对可心点了下头：“不管怎样，谢谢你。”

他甚至没有问女孩儿的姓氏，因为在他心里，这段连友谊都算不上的交情会随着那件洗干净的裙子重新回到女孩儿手里而结束。“你好像遇到了一些麻烦事。”可心主动跟边江说话。“嗯，是有点麻烦。”边江敷衍道。可心继续追问：“跟我说说？”边江摇摇头：“算了，一个人麻烦就行了，何必多一个人心烦。”可心笑着摇摇头：“喂，话不是这么说的，好吗？你跟别人说说，尤其是我这样的局外人，也许我看得更清楚，能帮你把麻烦解开了呢。”

边江看看可心，从她的眼睛里就能看出来，她是个被幸福环绕的女孩儿，没有一丝烦恼，又怎么可能帮自己解决这么棘手的问题。可心却坚持地看着他，边江只好说："我有一个朋友，因为我被人打了。我现在要去救他。"可心点点头："哦，这样啊。"她没有太惊讶，想了想，继续问，"那你要怎么救？跟对方拼命吗？还是你有他们的什么把柄，去交换？"可心一语中的，而且语气平稳，这不禁让边江刮目相看。

"你竟然不劝我报警？"边江问。可心笑起来："你真当我是不谙世事的小女孩儿，一遇到事情，就找警察？"可心摇着头，"拜托，我还不至于那么无知。我是看你这么为难，又要独自去见他们，大概不是警察能解决的事情。"

边江歪了歪头，重新审视着可心："嗯，的确。"可心就问，他手里真的有他们的把柄吗？边江再次点头。可心想了想说："要是用这把柄换你朋友，他们以后就能放过你们吗？"边江摇摇头："我不知道，但我没得选。"

"不如，你就多跟我说点吧。反正你下车以后，我们还是不相干的人，无所谓嘛。没准儿我听完还能帮你支支招呢！我跟你说啊，我朋友都说，我鬼主意最多了。"边江看看可心，有些无奈，摇摇头，说道："真是服了你了。好吧，他们使了些把戏，害我在公司失去了上司的信任，上司要把我开除。现在我手里有证明自己清白、他们才是公司叛徒的证据。他们就抓住了我的朋友。我必须把这些证据交给他们，然后从公司滚蛋，否则他们就把我朋友打死。"

可心皱了下眉头，不可思议地说："这也太好办了吧？你现在把证据给你上司看看，然后让你上司配合你，假装没看过，然后你再把证据交给那些人，这样至少能把你朋友救出来啊。而且，你这事，我觉得警察能解决啊，真的不报警？"

边江摇头道："不能报警，我说的公司和老板，都是打个比方。你刚说的那些建议，我也都想过，但问题是，一来，对方很狡猾，我如果把证据上交，他们肯定会知道，然后就会不择手段地对付我朋友。二来，就算我想把证据交给上司，我也找不到他，他很神秘，不是我想见就能见到的。"

可心就问，那不能让别人帮着转交吗，总得有一个人跟他的上司有联系吧。边江再次摇头："如果我让别人替我转交，就会连累那个人。"可心若有所思地点点头："这样啊。那要是你让我看看那些证据呢？反正我也不怕被连累啊。”

“不是你想的那么简单。”这样的对话让边江有些疲倦了。可心却无所谓地说：“有什么啊，我又不是你们公司的人。你让我看看那些证据，然后我就是你的人证，我记性很好的，过目不忘哦。”可心扭头冲他眨了下眼睛。“不是，你不明白，这不是游戏，是会出人命的！”边江厉声说道。

“哇，这么刺激啊，那你更要告诉我了！”可心眼睛里闪烁着异彩。“别开玩笑了，我不是为了吓唬你才那么说的。”边江越认真，可心越激动，她神秘地看着边江笑笑：“我也没开玩笑啊，也不是我不怕死，而是一般人伤不了我。”边江快速打量了她一眼：“就你这细胳膊、细腿的……”

·第二十三章　孤身犯险·

“切，瞧不起人不是，不信咱们俩下车比试比试，你要是能近身攻击我，算我输。”可心昂着下巴，挑衅似的看着边江。边江并没有心情跟她玩儿，就说还是好好开车吧，自己就一个小时的时间，这都过去二十分钟了。可心却打了个右转灯，一把方向将车停到了路边的停车位上。

边江心里抓狂，几乎崩溃，心想自己从一开始就不该上这姑娘的车。她一心想玩儿，完全没有意识到边江的处境。“我现在真的没有时间……”还没等边江说完，可心已经下了车，她拉开边江那边的车门，任性地说：“下车。”

边江长出一口气，下了车，扭头往车后方走，要去打车，可心一把拽住了他：“哎！我可是在帮你。对我就那么没信心吗？”可心眼神坚定，一改之前嘻嘻哈哈的样子。边江愣了一下：“那你想怎么样？”可心挑了下嘴角：“来，打我或者随便怎么样，看看你能不能伤到我。”

边江站在原地，他很清楚，自己一旦出手，哪怕只是跟眼前这女孩儿切磋切磋，也够她受的：“我不打女人。”可心却不耐烦地摆摆手：“得了吧，你就是看不起我。不管怎样，我后果自负好吧。你就动真格的过来。”边江也没有那么多时间可以耗下去，他就很敷衍地推了一下可心，谁知可心顺势往右侧一躲，两只手分别抓住边江的右肩和右手腕，用力向边江的后背方向一扭，同时右膝盖猛地顶在边江的下腹部。边江感觉到手臂和腹部一阵剧痛，弯下腰的同时，可心用手肘猛地砸在他的后脖子上，然后用力一推。边江向后一趔趄，险些摔在地上。

“哈哈，还要试试吗？”可心得意地看着边江。边江满脸疑惑，好像还没从刚才那一连串的动作中回过神来，他摆摆手：“没想到，你还真有两下子，不用试了。”可心满意地冲他摆了下头：“那走了，别傻站着啦。”边江回到车上，忍不住回想可心刚才那一气呵成的动作。那可不是女孩子随便练练的结果，不论速度还是力度，都像是经过特殊训练的。

“你学过女子防身术吗？”边江觉得女孩子学点防身术，倒也正常，只是他总觉得可心学的东西没那么简单。可心笑笑：“那叫克拉夫玛迦，是一种以色列自卫防身术，一般人我都能应付得来。”边江皱皱眉头，越发对身旁的女孩儿刮目相看：“我还是第一次听说。”

可心说：“那是以色列国防军的必修格斗术，也是美国 FBI 必修课。反正就是一种特别牛的防身术。练好了，基本不会被人近身攻击到。”边江更加好奇：“你怎么会学那个？”

可心微微一笑：“防身护体呗！现在你相信了吗？我真的不是你以为的软妹子，你可以放心地把那份证据告诉我，我保证替你保守秘密，还能在你需要的时候，给你当人证。”可心说得十分诚恳，边江却更加疑惑：“你为什么肯这么帮我，还冒这么大的险。”

可心听完有点哭笑不得：“首先，我没冒什么险。其次，我愿意帮你，是因为觉得你人不错。”边江心想，事到如今，大局已定，算了，就给她看看吧，反正也不会有用。他拿出了录音笔：“证据就在这里面，你确定要听吗？”

“原来是一段录音啊！那简单了。”可心趁着等红灯的时候，拿出手机，打开了录音功能。边江马上问她要干什么。可心轻松地说：“当然是录下来啊，要不是时间紧，其实咱们应该找一台电脑把录音倒出来的，好了，别说话了，先录音。”边江一手拿着录音笔，一手拿着可心的手机，录音在车里响起来。

录音播完，可心的表情就有些不自然了。“是不是吓到你了？”边江问。可心愣了下，摇摇头，恢复了正常的神情，打趣地说：“还好，听起来，你们公司挺复杂的。”边江知道任谁都能听出来，这段录音谈论的内容都是黑道上的事情，他不禁有些佩服这女孩儿的承受力了。

“还有别的证据吗？”可心问。边江眨巴眨巴眼睛，点点头：“哦，有。我还有一些照片，是拍下来的通讯记录单。不过这个叫瘦子的人，并不知道这份证据的存在。所以我也没打算给他。”可心想了想，说道：“那你也转发给我吧。万一他翻你手机，发现了不就坏了。你转给我以后，就删掉。”边江考虑了下，同意了。

“我加你微信，然后发给你？”边江问。可心却突然很紧张似的：“啊，别，还是直接发彩信吧。”可心念出自己的电话号码，边江把照片发给了她。“对了，你是做什么的？”边江好奇地问。“我啊，还在读研呢，学的是法律。我家就在汉都，所以平时我也不住校。”她抿了下嘴唇，补充了一句，“不过我对法律一点都不感兴趣，是家人逼我学的。”

“这样啊，没想到，你这样的大小姐，活得也挺无奈的。”边江附和了句。她对边江笑笑：“哎呀，也没那么惨啦，我家人顾不上管我，所以我还是可以做自己喜欢的事情。”边江就问，那她喜欢做什么。

“我喜欢跳舞，从小就喜欢，我一直跳，也没间断过，说起来我也是拿过大奖的。可惜家人虽然也挺支持的，但他们不希望我以舞蹈为事业，非让我将来当律师，哎！”可心在边江心里的印象有些改观了，本来以为她是个徒有光鲜的外表、内心空洞无物、整日无所事事、游手好闲的富二代，没想到她也有自己的理想。

到达车行的时候，距离约定的时间只差五分钟。“就这儿了，是吧？”可心落下车窗看了看。边江紧张起来，点点头：“嗯，谢谢你送我过来。”可心摇摇手：“哎，别说这些了，赶紧去救你朋友吧，对了，如果需要我报警什么的，进去后看清形势就赶紧打我电话震我一下，反正你也知道我号码了。到时候我帮你报警。”

“嗯，应该不需要报警。”边江下车后，可心也没停留就开车离开了。他看可心安全离开，也没被人发现，稍稍放心，然后独自一人走进了车行。店里正常营业，边江环顾一周，没有看见瘦子。他正要拿出手机给瘦子打电话，一个穿着满是油污的蓝色工作服的中年男人走了过来，看来是这里的维修工人。

“跟我来吧。”中年男人阴沉着脸说。边江愣了下，没多问，跟着这名男子来到了车行后面，穿过后门，走进一个破车库里，里面充斥着刺鼻的机油味儿，地上也布满了油泥。边江一走进去，一旁响起了稀稀落落的掌声：“哎呀不容易，总算把您给等来了！”

这阴阳怪气说话的人就是瘦子，他拍着手，从暗处走了出来。边江冷冷看了他一眼：“你的手看来是不疼了。”瘦子大笑：“哈哈，托你的福，只是脱臼，已经让正骨师接好了。哎，早知道我当时就不用那么担心了。”瘦子往前又走了两步，来到边江面前，手里把玩着一把沾血的弹簧刀。

边江看看左右，看见在这昏暗肮脏的车库里，除了他们两个人还有五六个壮汉。“翠花在哪？”边江问。“我要的东西在哪？”瘦子紧接着问。边江拿出了录音笔，准备丢给瘦子，瘦子一抬手正要接，边江却把手收了回来。他说：“看不到翠花，我是不会给你的。”瘦子咧嘴笑了：“你来了我的地盘，还想讲条件？”瘦子说着看了一眼一旁的壮汉。

那几个壮汉立马往前站了站，鼻孔朝上，好像示威似的瞪着边江。边江并不害怕，他一个人单挑过更多人。“不是跟你讲条件，这是最起码的规矩，一手交人，一手交录音。”边江态度不卑不亢，语气也平稳。瘦子想了下：“好，也对。把那个翠花带过来吧。”

旁边一名壮汉立马走到车库最里头，那还有一扇小门，他掀开门帘，钻进小门，很快就拖着翠花出来了。翠花已经被打得站不起来了，身上的伤比照片上看起来还要严重，而且整张脸都肿了起来，神智早已不清。翠花被带到边江的面前，边江心里一阵难受，蹲下来晃了晃翠花的肩膀：“兄弟，委屈你了，我来救你了。”

翠花睁开眼睛，咧开干裂的嘴唇，露出沾着血的牙齿：“嘿嘿，我就知道你肯定会来，以前我被凌哥训……”边江连忙接过翠花的话说：“是啊，我来接你了，你现在需要休息，不要说话了。”

边江瞥了一眼瘦子，发现他并没有听到翠花刚才的话，而是在跟身边的人说着什么。边江心里稍微松一口气，同时感到后怕，要是翠花刚才被打迷糊了，说出他们是卧底的事情，就真坏了。

“录音笔给我。”瘦子催促道。边江给他扔过去，瘦子抬手接住了，打开录音笔听了听，确认没有问题后，挑了下嘴角，很满意，但他马上又斜着眼睛看向边江：“没有别的了？”

边江不耐烦地问：“你还想要什么？”瘦子微微一笑：“你手里，恐怕不止抓着这一张王牌吧？”

边江摇摇头，叹口气："我不知道你还想要什么，我确实没有别的了。"瘦子逼近边江，蹲下来直视边江的眼睛，仿佛要通过这样的近距离对视看穿边江的内心。边江紧绷着脸，没搭理瘦子，他将翠花的胳膊搭在自己的肩膀上，一咬牙，把翠花架了起来。他转身正要往门外走，瘦子却快步挡在了他面前："哎呀，兄弟，真是抱歉，你现在还不能走。"

"你要的我已经给你了，你还想干吗？"边江怒视着他。瘦子笑着拍了拍边江的肩膀，快速用眼神示意左右两边的人。没等边江反应过来，只觉得眼前一片漆黑，脑后一阵剧痛，再之后，便什么都不知道了。

当他再醒来的时候，后脑勺儿还隐隐作痛，睁眼看向四周，一团漆黑，但浓重的机油味儿让边江马上判断出来，他依然在那个破车库里，而且被五花大绑，完全动弹不得了。边江试着往旁边挪了挪，碰到了翠花，翠花痛苦地哼唧了一声。

"翠花，翠花！兄弟，醒醒了。"边江小声叫着翠花。但翠花迷迷糊糊的，根本没醒。边江只好慢慢在地上蹭着，想找点锋利的东西，把身上这绳子割开。他费了好大力气，挪了半天，连三米都没爬出去，他气喘吁吁地躺在地上，看着车库卷帘门的地缝儿，一缕清冷的微光照进来。

天还没亮，也不知道现在几点了，更不知道瘦子把他和翠花关在这里要干什么，边江急得心里直发慌。"翠花啊，这时候你要是醒过来，咱们俩逃出去的概率还能大点……"边江有气无力地说。"不用想着逃出去了。"瘦子的声音像幽灵一般突然出现了。随即车库里亮起刺眼的大灯，瘦子直接从里屋走了出来。边江闻声看过去："你一直都在……"

"那可不，我瘦子办事的风格你不是不知道，我要确保一切万无一失。不亲自盯着你们，我可睡不着。"瘦子一瘸一拐来到边江面前，那还是之前被翠花和边江打的。边江怎么都没想到，仅过了一天，两人的角色就互换了。

"你到底想干什么？不是说了，我从此消失，咱们就互不相干了吗？"边江问。瘦子撇撇嘴，点点头："话是这么说，但谁知道你会不会真的消失呢？我必须确保你真的消失，不会再妨碍我。"边江闭上眼睛，仰面躺在地上："瘦子，我真搞不明白，我到底怎么妨碍你了。"瘦子一脚踩在边江的胸口，边江顿时胸口发闷，想咳又咳不出来。瘦子居高临下看着他："你知道我在柴哥手下混了多少年吗？可一直没有出头的日子。后来跟着黑龙，我豁出命去帮他做事，结果我还是什么都没得到。这种日子真他妈受够了！”

边江艰难地说：“瘦子，哎，我还是不明白，柴哥和黑龙不重用你，你从自己身上找找原因不行吗？干吗总揪着我不放呢？”瘦子脚下的力道更大了，边江觉得自己快喘不过气了。瘦子冷哼一声：“哼。别说得什么都跟你没关系似的。”边江就让他说，自己到底怎么得罪他了。

“少说得自己那么无辜，你发现了我给黑龙办事的秘密，一旦你揭穿了我，你觉得柴哥能放过我吗？更可气的是，你就见了黑龙一面，他就很赏识你，凭什么啊！啊？”瘦子抬脚离开边江身边，愤恨地踢翻了一个空油桶。

边江喘了两口气，问他：“那你到底想要什么？”瘦子眼睛向上看，憧憬着：“我要的真不多，就想手底下有几个自己的小弟，腰包里总是鼓鼓的，而且不再跟你们挤在那个破诊所里。”边江忍不住嘀咕了一句：“你要的还真不‘多’。”瘦子听到了，愤恨地朝着边江的肚子上踢了一脚。边江疼得几乎喘不上气，缓了好半天才说出话来：“好吧，那你现在把我和翠花绑在这儿，又有什么用呢？这也不能帮你实现你的心愿啊！”瘦子的脸上流露出阴险的笑意：“哼哼，那可未必。”

边江感到事情不妙，快速看向车库四周，想找出自救的方法，可惜车库里根本没有任何锋利的东西，而他原本随身携带的刀子也早就被瘦子收走了。再说，他也没办法动弹。边江躺在地上，觉得自己简直就是在等死。

这时，瘦子拉过一把木椅子，坐在离边江较远的地方。他跷起二郎腿，从衬衣上面的口袋里拿出了边江的手机，以及两个塑料袋。“反正你已经死到临头了，不如跟我说说，你随身携带的这些都是什么吧？”边江定睛一看，心里一惊，忘了把白天从密室里取得的证据放在家里了，顿时后悔自己考虑不周，心想着，哪怕是交给可心，让她保管也行啊，可惜现在一切都晚了。他想起自己的手机里还存有密室的照片，若是也被瘦子看到了，自己的处境就更麻烦了。瘦子肯定要怀疑他加入团伙的目的，一旦把这件事上报，那边江就没有什么可回头的了。

“你自己看不出来吗？就是几根头发和干掉的血而已。”边江说。瘦子皱眉，撇了撇嘴，把塑料袋举在灯下，看了看，疑惑地问边江：“我知道啊，我的问题是，你收集这些干吗？”边江眼睛一转，随口说道：“亲子鉴定。本来要送去做亲子鉴定的！”

瘦子“扑哧”一声笑出来：“啊，鉴定谁啊？”边江眨了眨眼，坦然说道：“其实我平时也会干点别的，挣点外快，比如说私家侦探。”边江小心地编织着谎言，“有个客户怀疑一个孩子是自己的，但那孩子母亲否认，他就让我去偷亲子鉴定需要的东西，那袋子里的头发是他本人的，我没机会拿到孩子的头发，但无意得到了孩子的血。”瘦子将信将疑：“这血都干了，还能用？”

“我不知道，应该可以吧。如果不行，我可以再想办法。”边江看一眼瘦子，发现他已经相信了。瘦子拎着那两个证物袋，又看了看，最终无所谓地丢在了地上：“算了，我才懒得管这些。”边江赶紧说：“哎，你别扔啊，我好不容易才……”瘦子挑了下嘴角，怪异地看了边江一眼，语气里透着一股阴狠和得意：“对你来说，已经没什么是重要的了。”边江一愣，心一沉，知道自己今天凶多吉少。

“哎，你手机的开机密码多少？”瘦子问。边江绷着嘴，不回答。因为手机里有太多东西不能被看见。瘦子看了他一眼：“哈哈，果然让我猜对了，你这手机里有问题！”说着他兴奋地站起来，走到了翠花的身边，解开了翠花的裤腰带。边江心一惊，问瘦子要干什么。

“哈哈，放心，我就是想用他身上的一样东西，换你这开机密码。”瘦子说完，拿出弹簧刀来，笑嘻嘻地看着边江：“我记得男人被割了也不会死的，只要我给他及时止血就行，对吧？哎，刚好我这边有止血粉。”

“你敢碰他一根毫毛……”

“怎样啊，你还能拿我怎么样？”瘦子哈哈大笑，“哎，算了，我也不喜欢做这种血腥的事情，你告诉我开机密码不就好了？”边江说出了密码，然后仰面躺着，使出浑身解数，想立刻挣脱绳子。瘦子得意地看他一眼：“啧啧，哎呀，你就别费力气了，我绑的绳子，你解不开。”瘦子说完翻看起边江的手机。

“哎，这是哪儿啊？”瘦子来到边江面前，把手机转过来对着边江。他问的正是边江在密室里拍的照片。边江眨巴眨巴眼睛，看着瘦子愣了一下，他没想到瘦子是不知道密室的。

“一个鬼屋。”边江说。瘦子皱皱眉头：“干吗的？”边江确定他不知道密室的事情，便放心撒起慌来："密室逃脱的游戏场所。"

瘦子看着照片，疑惑地摇摇头："不对啊，照片是中午拍的，就是我去诊所找你的时候，你可别告诉我，你去玩密室逃脱了。"边江坦然地看着瘦子的眼睛："我中午没事干，想着你的把柄也有了，心情挺好，就去玩了一会儿。不行吗？"瘦子显然不相信边江的话，又问他："那游戏地址在哪儿？"

边江眼看就要编不下去了。而就在这时，瘦子的手机响了，他只简单回答了"嗯，好"两个字，就挂断了。瘦子关掉了边江的手机，走到边江面前，一只手扶着他的肩膀，带着一种看将死之人的眼神，故作哀伤地说："哎，你那些小秘密，我也懒得问了。反正今天就是你的死期，到了那边可能也会用得着手机，你就随身带着吧，还可以跟刚子联系联系。对了，我会给你们烧纸的。"说完，他把手机放进了边江裤兜里。

边江紧紧盯着瘦子的眼睛，暗骂了句："别废话了。"瘦子起身，走到车库门口，按下卷帘门的开关，待卷帘门升起来，门外进来两个壮汉，瘦子指示其中一个壮汉往翠花嘴里塞了块破布，把翠花拖到了后面小屋里，又让另一个人把边江带走。那人把边江扛在肩膀上，走出车库，把他塞进了一辆SUV车里，此时天已蒙蒙亮。

上车后，那名壮汉开车，瘦子也跟着上了车，跟边江一起坐在后座上。"咱们这是要去哪儿？"边江问。瘦子阴沉着脸说了句："送你去死。"边江更加认真地问："既然我都要死了，你就让我死个明白吧。告诉我，到底要去哪儿？"

"哈哈，我说边江，可真有你的，都这时候了，还心平气和的。是不是觉得我跟你开玩笑呢？"瘦子阴冷的笑声里，带着一种残忍和不耐烦。边江摇摇头："我没觉得。"瘦子看他一眼："送你去地铁站啊。"边江明白了，瘦子知道柴狗要在地铁站杀了自己。从一开始，瘦子就要借柴狗的手杀死边江，这个目标始终没变过。瘦子所做的一切都是为了让这次暗杀顺利进行。

"你们就这么把我五花大绑送到车站？这大庭广众的，你真以为没王法了？而且柴哥都没说要在哪个地铁站见我，你怎么知道见面的地点？"边江说话时充满了对瘦子的不屑。瘦子阴险地笑笑："当然不会就这样把你送去，别急。好玩的还在后面呢！"

·第二十四章　有惊无险·

快到地点的时候，瘦子从车内的收纳箱里拿出一个文具盒大小的白色盒子。边江看着他打开盒子，里面放着一支药剂和一支一次性注射器。瘦子把针头安在注射器上，又熟练地敲碎药剂的玻璃尖头，抽出药剂，排出注射器里的空气，对着边江微微一笑。边江知道事情不妙，下意识往后躲："你要干什么？"

"就是让你听话一点。"瘦子说完，把针头扎进了边江的右胳膊，快速推完注射器里的药剂，然后轻松地呼出一口气："好了！"边江只感到胳膊上轻微的胀疼，除此之外，并没有别的感觉。约十分钟后，边江的身体开始出现反应，就像注射麻醉剂后的感觉，舌头发麻，浑身无力，四肢不受控制。

他想说话，但张不开嘴，身体也终于完全失去了知觉，唯有脑子是清醒的。瘦子看了下表，又扒开边江的眼皮看了看，满意地点点头，假惺惺地说："好了。兄弟，我这就给你解开绳子啊，你马上就彻底自由，可以升天了。"

他用小刀割断了边江身上的绳索，边江好不容易恢复了自由，身体却僵硬得就像个死人，别提多着急。汽车停在了路边，瘦子下车，从后备厢里拿出一台轮椅，跟开车的壮汉一起把边江抬到了轮椅上。为了盖住边江胳膊上被绳子勒出的瘀伤，他给边江穿了件轻薄的外套，然后又往边江手里塞了一份报纸，往下按了按边江的头，使他看起来就像在读报纸。

"辛苦了，哥们儿，把他送下去吧，不用进站，想找他的人会看见他的。"瘦子对壮汉说道。壮汉点点头："好，放心吧，哥。"之后瘦子上车，壮汉把边江送到地铁站里检票口外侧一个人少的地方，壮汉拍了下边江的肩膀，好似临终告别，对他叹了口气，转身离开了。

边江一开始还拼了命地想叫人帮忙，想动一动，但很快就连意识也不清楚了，眼前报纸上的小字变得模糊起来。他只觉得自己像喝醉了一般，天旋地转，头昏脑涨。边江绝望地想，自己这一次是真的要完了。也不知道过了多久，边江用余光感觉有两个穿黑衣服的人朝着自己走来，与此同时他发现头部可以动了，便立刻僵硬地扭头看向那两人。

边江看不清他们的脸，只知道一定是柴狗派来杀他的。再之后，他用仅存的意识感觉到，有人推着他的轮椅朝着地铁站外走去。边江被带到了车上，车上的人都不说话，但车里有一股熟悉的香水味儿，说不清在哪儿闻到过。边江终于昏昏沉沉地睡去了。

当边江再醒来的时候，发现自己还活着，而且就躺在诊所后面的家里，躺在他自己的床上！

边江坐起身来，揉了揉酸痛的肩膀，发现自己浑身都被汗水湿透了，衣服黏巴巴地贴在身上，但总算又可以活动了，这感觉让他犹如重获新生，之前发生的一切都像一场噩梦。就在这时，屋门开了，田芳端着一盆清水走了进来，手里还拿着一块白毛巾。

“田芳？你回来了！”边江惊讶不已。田芳点点头：“嗯，上午到的。”她比之前又削瘦了一圈，她看着边江，眼睛红红的，然后赶紧把目光挪开了。边江看了看床头柜上的数字时钟的日期，发现距离自己被送到地铁站已经过去一天了。他反应了一下，按照之前光头得到的消息，田芳确实该在今天坐飞机回来。“是你把我接回来的吗？”边江问。

田芳摇摇头：“当然不是。我是今天上午才到的。”边江有些疑惑，但也没再仔细想。他看着田芳憔悴的样子，关心地问：“这些天，你还好吗？”田芳点点头：“我挺好，但害惨了你，真对不起。”

“说什么呢！跟你没有关系。”边江故作轻松地笑笑。田芳没有理会他的话，把水盆和毛巾放下，默默地把毛巾在清水里浸泡湿透，然后拧干递给他：“你一直在出汗，擦把脸吧。”边江拿过毛巾，随便擦了擦，然后把毛巾拿在手里。有田芳在身边，他觉得心里很踏实，也暖暖的。

“我没事了，你不用担心。”边江看着她，田芳抿嘴冲着他淡淡一笑。

边江回想之前的事情问田芳："我现在还有点搞不清楚状况。我为什么会在这儿？ 谁把我带来的？你知道吗？"

田芳摇摇头："我回来的时候，你就躺在床上，一直做噩梦。后来光头回来了，他也不知道你出了什么事。直到我问了老杜，才知道你险些被柴哥害死。"

"所以，是老杜违抗了柴哥的命令，救了我一命？那他怎么给柴哥交差啊！"边江有点担心老杜的安危。田芳连忙说："你别担心，不是老杜擅自决定的，是柴哥突然放弃了，终止了老杜的行动，还派人把你送了回来。"

"啊，为什么？"边江眼睛瞪得老大，简直不敢相信。田芳再次摇头："这我就不知道了，连老杜也不明白。"边江皱着眉头，仔细地回想，就是想不出自己的命运是如何发生转折的。他想，确切知道自己是被瘦子陷害的人，共有四个：老杜、翠花、李刚，以及那个和他只有两面之缘的女孩儿，可心。

李刚不可能跟柴狗有联系，翠花当时被困也不可能，老杜说自己不知情，那就只能是可心了，但可心又是最不可能的。因为她压根儿就不是这个圈子里的人，怎么可能去告诉柴狗真相。边江突然想起，翠花还在危险之中，一下子坐直了身子，下床穿好鞋就要往外走。

"你身体还没恢复，干什么去？"田芳抓住了他的胳膊。边江起来猛了，头晕眼黑，被田芳一拽，直接坐回了床上。"翠花！我去找翠花，他还在瘦子手里呢！我得去把他救出来！"边江着急地说。田芳忙说："哦，我忘了告诉你，翠花没事了，现在跟大嘴在一家医院，你放心吧。"

边江更加疑惑："他是怎么逃出来的？"田芳想了想说："好像也是柴哥的人把他救出来的，瘦子的把戏已经被柴哥看穿了，所以你和翠花都安全了。"边江还是想不通，只过了一天半的时间，好像一切问题都解决了，这不符合常理。

"柴哥是怎么知道这些的？是抓住瘦子以后问出来的吗？"边江问。"不是。瘦子没被抓住，他跑路了。至于柴哥怎么知道瘦子诬陷你，还知道翠花被困在车库里，然后又救出了翠花的，我不清楚。"田芳停顿了一下，淡淡地说，"不过也不意外，因为还没有谁能骗得了柴哥。"

边江注意到田芳面容憔悴，情绪低落，就问她这些天去了什么地方，做了什么。“帮柴哥办点事。”田芳显然不想谈论这件事，也不想接受边江的关心。这让边江有点受打击。但他知道，田芳越是这样，可能受的委屈越大，她不过是习惯了一个人死撑罢了。

“其实你不用……”还没等边江说完，田芳打断了他的话，说：“我有东西要给你。”

边江好奇，就问是什么东西。田芳没说话，转身走出屋去，过了一会儿，她手里拿着一个小袋子进来了。她来到边江面前，边江看清楚了田芳手里的东西。那是边江在诊所密室里采集到的证据，被瘦子从他身上搜出来后丢在车库的地上，但为什么出现在田芳的手里，边江想不通。“你怎么会有这个？”边江问。

“我中午去看大嘴，顺便看了看翠花。他说在离开的时候从地上捡到的，估计是你的东西，就让我帮你拿过来了。”田芳说。边江别提多崩溃了，翠花真是一点防备心都没有，每次都能让边江陷入一种很纠结的境地。边江原本不想承认，但就怕翠花那边已经说了，保险起见，他还是承认了：“嗯，确实是我的。”

边江一边埋怨翠花做事不过脑子，一边想着怎么把这事圆过去。他想，实在不行，就用昨天跟瘦子说的那一套，说自己兼职私家侦探。然而令边江感到意外的是，田芳什么都没问，只是把那袋东西放到了床头柜上。边江疑惑地看着田芳，想看透她的心思。

“干吗这么盯着我？”田芳问。边江摇摇头，嘀咕了句：“没事。就是觉得你今天的态度怪怪的，出什么事了吗？”田芳抬眼直视边江，目光犀利：“你先回答我的问题。”边江一愣，点点头：“哦，好。”“你和翠花是什么关系？认识多久了？”田芳问。边江心里慌了一下，但没有表现出来，只是微微皱了下眉头：“怎么突然问这个？”

“回答我。”

“你调查过我和翠花。”这一次，边江的语气也不太友好。他不喜欢田芳这样质问自己，也不喜欢田芳套他的话。“你先回答我。”田芳声音轻轻的，语气却很坚决。边江坦诚地说：“我和翠花之前确实认识。刚来柴哥手下的时候，我们俩都比较谨慎，也不想让别人知道我们是认识的，怕引起不必要的麻烦。”

“你认为会有什么麻烦？”田芳的问题十分刁钻。边江深吸了一口气，答道：“我知道柴哥是黑道上的，也了解这道上的人。我怕说出和翠花的关系后，会被小人拿来做文章，甚至威胁到彼此的安全。”

田芳点点头：“说白了，你是怕有人背后阴你，还抓着你的朋友威胁你，就像瘦子那样。”

边江眨巴眨巴眼睛：“对，差不多是这个意思。不过我也没想得那么严重。反正我们两个就先说好了，谨慎一点，等跟大家熟络了，摸清规矩了，再表露出我们的朋友关系。再说，我们两个不在同一家，平时交集很少，我也没有必要一上来就跟大家说，我有一兄弟也在柴哥手下混，对吧？”

田芳的眼神柔和了一些，她轻轻点头：“你们两个看起来就是完全不相干的人，没有任何交集，是怎么认识的？”边江按照之前跟翠花串通好的词，跟田芳说了和翠花的相识经过。田芳听完，紧绷的表情终于松弛下来，她呼出一口气，低声说了句：“你们两个说的一样，还好。”

“什么？你已经问过翠花了，然后又来试探我？”边江皱起眉头，心中不悦，同时又很忐忑。田芳面无表情看着边江，冷冷说道：“对，我有义务调查清楚你们的关系，希望你别介意。”边江看着田芳那张戴着冰冷面具的脸，心里有种说不出来的难受，既憋屈又心疼她。

边江站起来，来到田芳面前：“我不介意你调查我，但你能不能不要总这么冷冰冰的。”

田芳不说话。边江的语气变得温柔了一些：“这些天，我很担心你。你知道吗？”田芳睁着大大的眼睛看着边江，目光如水，仿佛一切感情都在这双眼睛里，她淡淡地说了句：“我也是。”

就是这么一句，仿佛触及边江心底最柔软的部分。他直视田芳的眼睛：“我看得出来，你留在柴哥手下，并不快乐，你甚至有些害怕他。对不对？”田芳再次沉默。边江继续说：“我看得出来，每次你提到柴哥，就很紧张，很沉重。你告诉我，你留在柴哥手下是为了报恩。我看见的却是，你像个玩偶一样，被他牢牢控制在手里，他甚至不能容忍你身边有别的男人！我在你抽屉里看见的那张合影。照片上的男人是你原来的男朋友吧，柴哥是不是把他杀了？”

边江一股脑说出了这些天一直憋在心里的话。田芳的眼睛里已经充满泪水，她咬着嘴唇，身体有些颤抖。田芳深呼吸一次，看着边江：“你知不知道，柴哥之所以要杀你，就是因为怀疑我们两个是恋人。你现在又跟我说这些，就不怕柴哥再来要你的命吗？”

直到这一刻，边江才明白，田芳跟他保持距离，态度冰凉，一切的一切，不过是想保护他。他抓住了田芳的肩膀：“我知道，所以我才会问你。你到底对自己的未来有没有打算？你想这么过一辈子吗？”

田芳却猛地推开了边江：“这是我自己的人生，不用你管！你有什么资格对我说这种话！”

边江愣住了，过了好一会儿，才点点头，一字一句地说：“你说得对，我没有资格……我没有……”田芳愣住了，她看着边江，眼睛里闪过一丝柔软。在眼泪掉下之前，她仰起头，快速用手背擦了下眼角。

边江低头考虑片刻，抿了下嘴唇，抬起头继续问田芳：“那你告诉我，为什么明明很痛苦，却不肯离开，至少也要试试啊……”田芳打断边江：“你先听我说完。”边江感觉到两人之间的距离第一次拉得很近，他默默地听着。

她深吸了一口气，调整一下情绪：“你对我好，我知道。但请你以后不要再说这种话。因为我不想再引起柴哥的误会。这次你险些丧命，就是让他误会了我们两个人。你不是比谁都清楚这一点吗？”

“我就不明白了，与其害怕，为什么不想办法反抗呢？”边江抱着一丝希望，想帮助田芳跳出这个罪恶的圈子。“反抗？”田芳苦笑：“你想得也太简单了。你现在已经重新取得了柴哥的信任，却又来跟我说这些话，到底是什么意思，要带我私奔吗？”边江张张嘴，没回答。

“答不上来了？你既然没打算带我私奔，那为什么要怂恿我背叛柴哥呢？”田芳直视边江，那眼神仿佛一把刀，直接扎在了他的心上。边江沙哑着嗓子，声音低沉地说：“我只是希望你有勇气追求自己想要的生活，别他妈再这么憋屈地过了！”边江越说越气愤，一脚踹翻了椅子。

田芳看看那把椅子，镇定地说：“谢谢你的好意，还是算了吧。其实我在柴哥手下过得还不错，吃穿不愁，而且不会有人欺负我，柴哥也没有逼我做他的情人，这样挺好。如果你受不了这种日子，可以走，也许那样对谁都好！”田芳的话伤了边江的心。他摇摇头，淡淡地说：“既然你选择这样的生活，我没有意见，而且我也不会离开。”

“那以后别再说这种让人误会的话了，行吗？算我求你了！”田芳哀求着，这是她第一次在边江面前展现出这样柔软的一面。边江用热切的眼神注视着田芳，他想问问田芳是不是也对自己有感觉，但话到嘴边，终于还是咽了回去，点点头：“好，我答应你。”

过了一会儿，田芳低垂着眼睛，对边江说：“你刚才说，我是害怕柴哥，其实你说错了，我从来不害怕他，但你出现之后，我就开始怕了。”边江愣了一下，体会着田芳说这句话的意思。田芳停顿了一下，继续说：“其实从那次你在巷子里替我解围，我可能就已经喜欢你了。但我希望咱们两人的关系，永远像现在这样，因为只有这样，才能安稳地活下去，这就是命……”田芳说着就哽咽起来。

边江心疼地看着田芳，很想把她抱在怀里，但双臂却沉重得像坠了两块大石头，抬不起来，无法拥抱田芳，无法安慰田芳。田芳有一句话说对了，这就是他们的命。边江的身上有太多责任，他无法放下一切，谈情说爱。他甚至不能像田芳一样，勇敢说出自己的感受。因为他无法给出任何承诺，也不想辜负了田芳的心。田芳看着边江，好像在等他的回答，但边江的嘴唇动了动，却终究一个字也没说出来。

过了一会儿，田芳往后退了一步，轻声说了句：“好了，你休息吧，我该走了。”她停顿了一下，又补充一句：“如果刚才的话对你造成了困扰，你可以选择调换到别的家里，我会帮你联系。”田芳用眼神挽留着边江。但他知道，越是这样，他越不能留在田芳手下。为了田芳的安全，也为了自己不暴露身份，他必须离开这个家。

边江点了点头：“那……你看着安排吧。哦，对了，我能再问你一个问题吗？”田芳眼中含泪，默默点头。边江问：“如果……如果你把柴哥的罪证告诉警察……”可边江没说完，田芳就打断了他：“别说了，我不会那么做的。再说我手里也没什么可以提供给警察的。”

“如果你见过他的真实面孔，把他的形象告诉警察，就算是重大情报了！”

边江说出这句话的时候，自己也感觉有些别扭。田芳皱起眉头，快步走到门口，往外面看了看，然后转身回到屋里："这种话你可千万别再说了。另外，我没见过柴哥的真面孔。即使第一次跟他见面时，他也是易容过的。还有，我更不知道他住在哪儿。"

边江也意识到自己刚才说得太过了，便默默点了点头。田芳朝着门外走去，突然又想起什么似的，重新来到边江面前："对了，你刚才提到那张照片，我再跟你说一遍，那男人不是我的前男友，我没有交过男朋友，照片上的女人也不是我。你以后别再提了，更不许对任何人说。"

"不是你，那是谁？"边江问。田芳不耐烦地说："我也不认识，只是一个跟我很像的人。"边江更加不解："能不能具体跟我说说？"田芳犹豫了一下，告诉边江，她加入团伙的时候，老杜是这个家的家长。她和老杜第一次见面，老杜非常吃惊，然后拿出那张照片给田芳看。田芳问老杜，照片上的女人是谁，据她所知，自己可没有孪生姐妹。老杜就说："这是柴狗非常在乎的一个女人，并不是你的孪生姐妹，你们只是长得很像。"

田芳当时就想到了，柴狗之所以帮助她，应该是因为自己长得跟那个女人很像。边江想起了安然那天跟自己说的话，她说柴狗喝醉了，说喜欢安然是因为她的名字。边江忙问："那老杜有没有说过，这个跟你长得一样的女人叫什么，是不是叫安然？"

田芳摇摇头："没有，他没说过。安然不是夜上海的女老板吗？"边江跟田芳简单解释了一下。田芳把这些事情串联起来："这样也说得通，柴哥留我在身边，是因为我长得像那个女人，留安然在身边，是因为她的名字。一切都是因为他放不下那个女人……"

"嗯，应该是这样的。不过，老杜为什么拿着那张照片，他有没有告诉你？"边江问。田芳说自己倒是问了，但老杜什么都没说。边江看了一眼田芳，心里突然有了一个大胆的猜想。

·第二十五章　秘密碰头·

边江想了想，问田芳：“你见过柴哥那么多次，就算他戴着面具，身材应该能看出来吧。那照片上的男人，你觉得是不是他？”田芳摇摇头：“柴哥不胖，但照片上的人也看不清楚。我真的不确定。”边江皱着眉头，陷入沉思。田芳说：“你有什么话，就直接问吧。”边江看看田芳：“既然你和照片上的女人那么像，你说，有没有可能，她是你妈妈？”

田芳摇头笑道：“不会那么巧吧，不过那照片看起来倒是有些年头了。”田芳说着突然瞪大眼睛，“你是在怀疑，柴哥有可能是我爸？”边江摇摇头：“我也说不好，你看柴哥拼命把你留在身边，却也没有侵犯过你，如果你是他女儿，他这样做就说得通了。”

“如果真是那样，他完全可以跟我相认，就算不跟我相认，也没必要把喜欢我的人赶尽杀绝吧？”田芳指的是柴狗要除掉边江这件事。边江叹口气：“这么说倒也是。如果柴哥不是你父亲，照片上的人会不会是你的亲生父亲呢？”

田芳流露出更加不可思议的神情，她看着边江苦笑：“那为什么照片会在老杜手里？还有，他是出于什么原因不跟我说这些事，还允许我把照片拿走呢？你该不会觉得，柴哥对我比较好，就是因为认识我父母吧？”

边江就说，也不是没有可能啊。老杜给她照片也许就是因为那是她亲生父母，所以才让田芳好好保存，但出于某种原因，不能让田芳知道真相。田芳听完愣了一下，随即笑笑：“我觉得你真是越猜越离谱了。我们现在就知道，照片上的女人是柴哥在乎的女人，就连是不是他爱的女人都不能确定，只知道他很在乎。所以，还是不要胡思乱想了。”边江脑子乱哄哄的，想到了一些可能，但随即又推翻了自己的想法，最终对田芳点点头。

“我现在要去给柴哥汇报云南的事了，你在家好好休养吧。”田芳说着要往外走。边江追问：“你这趟去云南真的有任务？我以为柴哥只是为了杀我，才把你支走了。”田芳点点头，并不想跟边江说太多的样子。边江只好识趣地没再问下去。

田芳走后，边江把目光落在证物袋上，想着该怎么把这东西交到李刚手里，最后还是决定先藏起来，等李刚那边的问题解决了再说。他把证物袋放到了床垫下面，然后拿起放在枕头边上的手机，发现电量只剩下百分之一，顺手连上充电线，就在这时，一条短信传来，发短信的人是“白”，也就是白桦树。边江之前就把他的号码保存了，姓名是白。短信的内容是：别忘了，今天晚上八点星巴克见。这短信来得很是时候，边江经过这两天的事情，还真把跟白桦树的约定忘了。

这时，边江用余光感觉有人站在门口，立即删掉短信，一扭头发现光头正站在屋门口看着他，手里拿着罐啤酒。“怎么样，好点没？”光头喝一口啤酒问道。边江叹口气：“就那样吧，还好我命硬。”边江苦笑着走到门口，伸手去拿光头手里的啤酒。

光头一躲：“干吗？想喝自己拿去。”边江吧唧一下嘴，挠挠头，晃晃荡荡走到冰箱那里，拿出一罐冰镇的雪花。“对了，大嘴怎么样了？”边江拉开拉环，看似漫不经心地问。

“一会儿醒，一会儿睡的。嗝……不过没什么大事了。估计还得住两天院。”光头说。边江知道自己之前判断错了，白桦树并不是大嘴。他心不在焉地点了下头：“那就好。你怎么不问问我和瘦子的事情，都知道了？”

光头点点头：“嗯，他污蔑你嘛，说你是黑龙的人。好在柴哥最后看清瘦子是啥东西了。”光头说完又咕咚咕咚地喝了几大口啤酒。“就是没抓住那小子，真他妈的！”边江愤恨地说道。光头拍拍他肩膀，笑着说道：“放心，柴哥想逮的人，一个也跑不了。瘦子活不长的。刚子和你的仇，很快就能报了。”

“希望是吧。”边江把踹翻的椅子扶起来，跷着二郎腿坐下了。“我看你也没事了，晚上我和二虎去洗澡，放松放松，一起去吧？”光头坏笑着。

边江连忙摆手："得了吧，我现在可没那心情，你们好好洗啊。"边江说完，看看光头，"哎，不对啊，你不是喜欢芳姐吗，怎么还有心情找别的女人？"

光头"扑哧"一声，差点把啤酒喷出来："芳姐漂亮，谁不喜欢？可她是柴哥的女人啊！谁敢碰？再说了，芳姐也看不上我嘛。"边江笑着，心里想的却是，晚上光头和二虎去洗澡，说明他们俩都不是白桦树，那白桦树就肯定不是他们家的人。

光头看看表："都六点了，二虎肯定已经到了，走吧。一起撸串儿去，然后我们俩去洗澡，你愿意干啥干啥去。"光头把啤酒喝完，打了个嗝，瞄准边江屋里的垃圾桶，把铝罐扔了进去。边江摇摇头："你们去吧，我没胃口，想再睡会儿。"

"行吧，不管你了。"说完，光头朝边江摆摆手，走了。边江终于松懈下来，之后他匆匆吃了碗方便面，拿着充了百分之五十电量的手机出了门，直奔跟白桦树约定的星巴克。到了店里，距离见面还有一段时间，边江点了杯拿铁，坐在高脚凳上，焦虑地环顾四周，试图找出白桦树的身影。

晚上八点整，边江的手机震动起来。白桦树打来的，边江立即接听："喂，你到了吗？"

电话里传来一个有磁性的男人声音："东西在你身后的桌子上。拿起来。"边江立即回头，发现在身后长桌上放着一个牛皮纸档案袋。边江伸手拿起档案袋，同时看看四周。这时，他注意到一个男人一边打着电话，一边走出了星巴克的大门。男人上身壮硕，微微驼背，走路有点跛，头发很长，像个搞艺术的。边江第一感觉那个人就是白桦树，他拿起档案袋就追了出去。

当边江追出去的时候，男人已经消失在人群里，不过电话还没有挂断。

"哥们儿，你到底搞什么啊？不是说好见面的吗？"边江不耐烦地冲着手机叫嚷起来，引起了路人的注意。他瞥了一眼路人："看什么看！没见过人打电话啊！"谁知，手机那头的人竟笑了两声。边江气呼呼地问："你笑什么？你不来见我，信不信我现在就把档案袋扔了，然后不管你！"电话那头沉默两秒，镇定地说："你不会扔的。"

"你看我扔不扔！"边江四下看看，找到一个垃圾桶就把档案袋扔了进去，但他并没有走开，而是站在那垃圾桶边上。边江随即对白桦树说："看见了吗？

我已经扔了！”边江只是想逼白桦树出来。谁知白桦树根本不理他，淡淡地说：“我不会见你的，这样对咱们两个都好。回去后再打开档案袋，到时候你就知道怎么回事了，然后你直接把东西交给老杜就行了。”

白桦树说完，主动结束了通话。边江手机听筒里传来让人抓狂的“嘟嘟”声。这时，一个姑娘拿着半杯饮料过来，准备扔进垃圾桶。“哎，等等！”边江挡在那女孩儿面前，弯腰去把档案袋捡了回来，女孩儿莫名其妙地看了边江一眼。边江拍了拍袋子上的脏东西，匆匆回到了家里。

家里其他人都还没回来，边江便一头扎进了自己的屋里，关上屋门，打开了档案袋。袋子里装着打印出来的聊天儿记录，一个U盘，洗出来的照片，还有一份个人档案的复印件。

所有的材料都指向了一个柴狗的手下，外号老黑，真名叫刘宝才。档案袋里的所有文件、材料，都证明了老黑曾经和警察有过接触，而他的微信名就叫白桦树。不止这些，就连这些资料是如何收集到的，都有十分详细的解释。显然是帮助边江应付老杜的。边江突然明白了，真正的白桦树为自己制造了一个假的白桦树！这个叫老黑的人，将成为替死鬼。这时，客厅里传来打开防盗门的声音，边江连忙把东西收好，放在被子下面，走出去看看是谁回来了。

回来的是田芳，她一脸疲惫，看看边江，欲言又止。“怎么了？”边江问。田芳摇头：“没什么，就是给柴哥汇报工作，有点累。”边江看田芳那么憔悴，不禁有些担心：“柴哥没有为难你吧？”田芳冲他笑了笑：“没有，我累了，明天再说吧。”边江点点头，马上又叫住田芳：“哦，对了，你等下。我想跟你打听一个人。”田芳疲倦地回过身来：“嗯？”“你认识老黑吗？”边江问。田芳想了想，点点头：“认识，是另一个家的家长。”“还有呢，他这个人怎么样？”边江追问。

“我没跟他接触过。听光头说，他好像挺混蛋的。你要是跟着他干，准一天也干不下去。”田芳说着打开冰箱，拿出一瓶矿泉水，“怎么突然问他？”边江连忙摇头：“哦，没啥，随便问问。”田芳皱了下眉头。

之后边江回到自己房间里，等田芳回屋后，他才拿着档案袋出来，悄悄离开家，一到街上就给老杜打了个电话：“老杜，我找到白桦树了。”“这么快！确定吗？”老杜有几分怀疑，但更多的是兴奋。边江十分肯定地说：“我确定。你现在在哪儿？”老杜说自己在夜上海，让边江直接过来。

半个小时后，边江来到了夜上海，把档案袋里关于老黑的全部资料给了老杜，当然，解释这些资料如何得来的那部分，边江已经提前拿了出来，没有让老杜看见。老杜皱着眉头，仔仔细细看了一遍，边看边摇头。边江心里有些忐忑：“怎么了，有什么不对的吗？我好不容易弄到手的，你可别说没用啊！”老杜抬起头来，皱眉看看边江：“有用，当然有用。”边江松一口气：“那就好！我还怕自己白忙活了呢！”他说着坐在沙发上，毫不客气地拿起果盘里的一个苹果，用手擦了擦果皮，大口吃了起来。

老杜嘴角向下耷拉着，眉头拧成了疙瘩，边江用余光就能感觉到老杜在观察自己，于是尽可能地放松，不让老杜产生怀疑。老杜终于开口了：“据我所知，你之前一直昏迷着，应该没有时间去调查吧？那是怎么拿到这些资料的，把调查的经过告诉我。”

边江咬一大口苹果，莫名其妙地看着老杜：“啥意思，怀疑我啊？”老杜笑笑，但眼里没有一丝笑意：“不是怀疑，我就是想问清楚。”边江不屑地哼了一声：“算了吧！不用解释了，我理解。其实查出老黑这件事，算是我走运。我认识他手下一个小弟，那小弟对他挺不满，平时也细心，所以收集了那些照片，想着没准儿以后能用上。我就这么不劳而获了！”

“你说的这小弟是谁，翠花？”老杜问。边江皱皱眉头：“不是，翠花的老大是猴子嘛，后来换了个老大，我也不知道是谁。我说的这个小弟，叫小春。”老杜点了点头，他知道小春。边江嘿嘿一笑：“这次搞到了这些证据，真是我走运了。对了，你打算怎么感谢我？”

老杜若有所思，又盯着边江看了几秒钟，只说了句：“辛苦了。我会再核实一遍，然后咱们就该行动了。”边江自知无趣，就没再讨赏，也认真起来，问老杜要怎么行动。老杜却卖了个关子：“到时候你就知道了，先回去吧，等我通知。”边江站起身来，没有多问，识趣地离开了。

第二天早上，边江先去医院看望大嘴和翠花，两人的情况都很稳定。边江没有机会跟翠花说别的，打了个招呼就跟着光头去了车站，二虎留在病房里照顾他们。

“咱们这日子啥时候到头啊！”边江在汉都站边上的阴暗角落里，数着新骗来的钱，感慨了一句。光头拿出香烟，取出两根，一根给了边江："什么啥时候到头？"边江叼着烟，皱着眉："就是这诈骗、打架的日子啊！"光头咧了下嘴角，冷笑一声："急什么，好日子马上就要来了。"

边江一听，光头这话里有话，事情不简单，随即问道："怎么说，咱们以后不用天天干这个了？"光头没有直接回答边江的问题："哼哼，你小子刚来多久，怎么这就不想干啦？你当初加入的时候不是信誓旦旦的么！"边江把钱装好："我现在也没有特别不想干，就是觉得没啥技术含量，钱挣得也不多，没意思。"光头笑了："急什么，估计柴哥马上就要找你了。"

"啊，找我干吗？"边江兴奋地问。光头说："说说下一步的发展呗。你小子真够走运，刚来这么几天，就得到柴哥赏识了，难怪瘦子嫉妒你！"边江还不信，就好奇地问光头："真的假的？你怎么知道柴哥重视我，还要见我，听谁说的啊？"光头弹弹烟灰，微微一笑："我这也是小道消息，不过应该是真的。哎，等你发达了，可别忘了这帮兄弟啊！"

"当然不会！"边江拍着胸脯说。光头笑了，边江突然想起了白桦树，就问光头："哎，你认不认识这么一个人，也是柴哥手下的，男的，跛脚，上身很壮，像是长期拄拐出来的肌肉，头发很长，声音挺有磁性，跟播音员似的。"

光头想了想："要说跛脚的，我好像有点印象，在一次火拼的时候见过这么一个人，当时我还说，瘸子怎么打架，没想到那个人还挺猛。但别的我就想不起来了，也不认识那个人。咋了？"边江一下子来了精神："那光头哥，你能不能帮我找找这个人？"

"你要是不说清楚怎么回事，我可不帮。"光头把烟头扔到地上，踩灭了。边江有点为难地看着光头："等找到那哥们儿，我就给你说清楚，行不？"光头吧唧吧唧嘴，不情愿地点了点头："行吧，行吧！我帮你问问吧。"边江立马抱拳，微微弯腰："多谢光头哥，到时候我请你吃饭！"光头微微一笑："得了吧。"边江马上说："对吃饭不感兴趣啊？那就去洗澡，给你找最贵的，这样总可以了吧？"

光头嘿嘿一笑："你说的啊，到时候可别赖账。行了，今天收工吧。"边江跟着光头一起走出阴暗的角落。经过广场的时候，边江看见两个同行，就问光头，车站这边由别的家接管了吗。光头看看边江：“你小子是真傻呀。你觉得这么大的一块肥肉，就给咱们俩吃？”

边江挠挠头：“不是吧，咱们家是不是要有危机了？”光头看了眼边江刚才注意到的那两个人，脸色凝重起来，对边江说：“你这些天没怎么来，可能还不知道，咱们家已经远不如从前了，根本算不上这儿的主人了。再加上刚子死了，瘦子跑了，大嘴跟个傻子似的躺着，还有芳姐从云南回来以后，就压根儿没问过车站的事。眼下就咱们俩，还有二虎撑着，不疼不痒地挣点小钱。我看啊，柴哥是要重组咱们家了。”

“要真是这样，我估计，不光是重组咱们家那么简单。”边江试探了光头一下。光头点点头，低沉着嗓音说：“还真让你猜对了。我怀疑柴哥要放弃这个站。”边江一愣：“啊，不会吧？之前柴哥让我跟黑龙谈判，态度特坚决，说啥也不让出汉都站，怎么可能不要了？”

光头沉默片刻问边江：“要是换了你，你在什么情况下会舍去这块肥肉？”边江想了想：“要么是这块肉臭了，要么是我又在别处找到了更肥的。”光头满意地点了点头：“你小子还可以。那我就给你透点底吧，都是我平时跟别的兄弟喝酒的时候听说的。”

边江连忙点头，同时用一种不可思议的眼神看着光头。光头皱皱眉头：“干吗这么看着我？”边江摆摆手：“啊，没事没事，就是有点意外，你今天怎么肯跟我说这么多。”光头笑了：“你以为我跟大嘴一样啊？不管什么事，也不管跟谁，想说什么就说什么。我跟他不一样，咱们这种关系，有些事情我没必要自己藏着掖着，让你多知道点，对你其实没啥坏处。”

光头指着那个正在行骗的年轻人说：“那家伙不是柴哥的人，应该是黑龙的手下。”边江顿时瞪大了眼睛：“黑龙的人已经敢这么明目张胆了？咱们不用收拾他？”光头连忙摆手：“别瞎操心了。据说，汉都站形势很不明朗，铁路公安最近的打击力度很大，而且没准儿哪个就是便衣。说实话，汉都站就像布置了好多地雷，咱们啊，一不小心就会踩上去。”

“所以柴哥干脆就让给黑龙了？”边江问。光头点点头：“对，我估计芳姐也是接到了柴哥的指示，才不再把重点放在这儿了，但也没有一下子放弃汉都站，咱们不过是做给黑龙看的。说白了，这块肉，看起来挺肥，其实已经要臭了。黑龙傻，没看透，被柴哥给耍了。”

边江突然有个猜想：“哥，你说，上次柴哥让我去谈判，坚决不让出汉都站，是不是故意吊黑龙胃口呢？”光头点点头：“很有可能。对了，你刚才不是说，柴哥要是放弃这块肥肉，还有一种可能，是别的地方有更肥的吗？”

“嗯，柴哥要转型？”

“你还记得之前那个神秘老板不？你在便利店收货那次。”光头问。边江连忙说记得，就是神龙老板么，人如其名，神龙见首不见尾。光头皱着眉头，压低声音：“对。那是个毒枭，我怀疑柴哥是要把重点转到毒品上。”虽然边江早就知道柴狗涉毒，但听到光头这么说，还是故意表现得十分震惊。边江激动地看着光头：“跟白粉有关的，那绝对暴利啊！”

光头随即瞪了他一眼：“还更危险呢，你咋不说？”边江连连点头：“是是是，但既然柴哥重点转移了，咱们以后岂不是也要跟着他贩毒？”

“估计是。你知道我现在想什么吗？”光头问。边江摇摇头：“什么？”光头迟疑了一下：“我怀疑，黑龙那次突袭咱们好几个家，柴哥有可能是提前知道的……”

·第二十六章　理发师“陶德”·

边江愣了一下，瞪大了眼睛：“什么，柴哥知道那次突袭？怎么可能啊！别逗我了，哥！”

光头神秘地看了边江一眼：“我有依据的。”边江连忙问什么依据。光头就说：“那天好几个家接连被黑龙突袭，兄弟死伤了不少，可是柴哥的反应呢，你不觉得慢半拍？”

边江想了想：“这么说，倒还真是！我记得田芳打电话给他，他还让咱们待命呢。”光头指了指边江，点头道：“没错，柴哥那可是慢了好几拍。当时我就有些怀疑了，后来跟别的兄弟聊天儿，知道了一些内幕，就更确定了。”边江越发好奇：“哥你别卖关子了，赶紧跟我说说，到底咋回事。”

“阿强是我一哥们儿，他也是在那次突袭中幸存下来的一个。他跟我说自己和他家的老大逃出来后，老大马上联系到了柴哥，汇报了当时的情况，还提醒柴哥，下一个倒霉的可能是哪家。结果柴哥根本不着急。最后阿强的老大说的那个家，果然被黑龙顺利拿下了。”

边江不禁睁大眼睛：“你的意思是……柴哥故意让黑龙杀了自己那么多兄弟？我不明白，这么做有什么意义？就为了让黑龙以为自己没有防备，等涉及汉都站问题的时候，柴哥又摆出坚决的立场，让黑龙以为这是块肥肉？这铺垫未免牺牲太大了吧？”边江说着摇摇头，停顿一下说，“我还是觉得不大可能……”

光头倒是很淡定：“哼，就猜到你会这么说。那你还记得龙头吗？”边江点点头：“记得啊，就是你们那晚拿下的地方，是黑龙最在乎的东西，不过我也就知道这些。”

“没错，我认为柴哥是早就对龙头动心了，但是找不到合适的理由下手。因为混这条道的，也讲究一个江湖规矩。先挑事的，往往会被同行认为不可交。没有了朋友，在这一行是混不下去的。偏偏黑龙没脑子，又自大，根本不在乎名声，柴哥就名正言顺地把龙头拿到了。”

边江若有所思地点点头，随即又问：“那龙头不是还给黑龙了吗？”光头冷哼一声：“你想得也太简单了。柴哥那次就已经算是拿下了龙头了。”边江还是不太能接受，就问：“那死的那些兄弟呢？”光头突然站住，反问边江：“你以为柴哥真是好鸟，真在乎什么兄弟情义？”

边江没有回答。光头对柴哥的评价，让边江不敢附和。他记得大嘴说过，光头对柴狗是很忠心的。边江怕这是光头在试探自己。光头则继续说：“他只在乎个人的利益，死的那些人中，有的柴哥连见都没见过，才不会在意。在他看来，拿到龙头必然要付出代价，那些死去的兄弟就算是为龙头牺牲了。”

“你怎么会这么了解柴哥的心思？”边江观察光头的表情。光头叹口气：“我最初也不知道这些，但后来认识的兄弟越来越多，对柴哥的了解也就更全面了。”边江趁热打铁，追问道：“还有别的吗？关于柴哥。”

光头想了想，摇摇头：“我就知道这些了，跟你说就是为了提醒你，待在柴哥手下，一定要多留个心眼儿。观察好风向，机灵点！”边江感激地看着光头，特别认真地说了句：“谢了，哥。”光头拍了拍他的肩膀：“客气啥，眼下柴哥要转型，咱们要是不想当炮灰，就得互相帮助，毕竟跟毒品打交道，可不是闹着玩儿的。”

“当然会互相帮助！不过……”边江迟疑了下。光头皱着眉：“喂喂，你小子别吞吞吐吐的行不，有啥话一口气说完。”边江抿了下嘴唇：“嗯，刚才我就想问了，龙头到底是干吗的？”光头倒是没有隐藏什么，直接对他说：“那是黑龙私设的一个化学实验室，有非常优秀的人才，据说有一个教授级别的牛人。”边江马上问，那化学实验室是不是制毒用的。光头撇撇嘴，摇着头说：“应该不是。就我了解到的，黑龙是想涉毒，但还没开始，至于那实验室是干嘛的，具体牵扯到多少势力，我也不知道。”边江陷入沉思，光头就推了下边江的胳膊：“发什么呆呢！”边江一愣：“我还在消化你刚跟我说的这些。”光头笑了：“轻松点，走吧，吃点东西去，待会儿还得去医院看看大嘴呢。”

两人简单吃了顿晚饭就直奔医院了。刚到大门口，边江的电话响起来，来电的是老杜。

“边江，现在有空吗？”老杜的语气中有几分紧张。边江马上说自己有空。老杜低声“嗯”了一声，对边江说：“白桦树在我手里。柴哥的意思是，审问白桦树的时候，你最好也在场。毕竟那些证据都是你调查出来的。”

边江不禁忐忑起来，因为这意味着，他要当场跟那个假的白桦树，也就是老黑对峙了。而边江根本就不了解老黑，一对峙，肯定会露出破绽。他看了一眼光头，捂住手机，小声跟光头说：“你先去吧，我这有点急事得处理。”

“得。”光头摆摆手，“那你自己小心一点。我走了啊。”边江愣了一下，心里想的是，光头怎么知道自己处境危险的……不过边江并没有时间来仔细考虑这些。等光头走后，边江立即对老杜说：“是不是让我当场跟他对质？证据都很明显了，不用这么麻烦了吧？”

“是柴哥的意思。你现在就过来吧。地址是红叶美发店，我现在就把具体地址给你。”老杜说。边江木讷地答应着：“哦，好。”老杜挂断了电话，过了一会儿，他用微信跟边江分享了一个地理位置。

约一个小时后，边江到了老杜告诉他的美发店外。这家红叶美发店开在一个小区外，乍一看很普通，边江忐忑地走上几级台阶，推开了美发店的玻璃门。一位男发型师迎了过来，笑着对边江说：“请到里面的 VIP 区吧。”边江知道这人是要带他去见老杜，什么都没多说，跟着男人走进了里间。然而，里间只有一套豪华理发桌椅，根本没人。

边江疑惑地看向那位发型师，发型师冲他微微一笑：“请坐。”边江张张嘴，想问发型师这是要干什么，他又不是来理发的，但终于没开口。发型师冲边江微微一笑，很友善，无论神情还是举止，都像是在把边江当作真的 VIP 客户对待。

边江坐在了椅子上，发型师和他的目光在面前的落地镜里交汇。镜子是欧式复古样式的，发型师的头发染成了深蓝色，一丝不苟地梳成三七分，整洁的白色衬衫加黑色高档丝质细领带，还有那双深邃的黑色眼眸，使他自带一种阴森的哥特气质，也有点贵族绅士的感觉。他的气质和谈吐跟这家小美发店一点都不搭，边江心想。

“《理发师陶德》看过吗？”发型师用极富磁性的声音问。“嗯，以前看过，有点印象。”边江笑笑，脸上的肌肉却有些僵硬。在他印象中，那是个恐怖片，电影里的那家理发店绝对是个黑店，理发师会把自己仇恨的人杀死，再把尸体给馅儿饼店送去做成人肉馅儿饼。

边江一阵头皮发麻，调整了一下坐姿，不过没有从椅子上站起来，他还是相信老杜不会害自己。发型师嘴角向上，没有笑，只是做出了一个笑的表情：“那你还记得那电影里的理发店吧？椅子下面有个传送尸体的装置。”边江僵硬地点了点头，他想发型师该不会搞错人了吧，莫非把他当成了暗杀的对象？于是边江赶紧解释：“那个，是老杜让我来……”

“别急。我这就送你去见他，提前跟你说一声，是怕你下去的时候大叫起来，吓到店里的客人。”发型师说。边江松一口气，心想原来发型师并非要谋害他性命，而是要利用一条暗道把他送到地下去见老杜。只是边江不明白，为什么老杜要选择这么隐蔽的地方审问白桦树。

“准备好了吗？”发型师看着边江。边江点点头。发型师又说：“待会儿可能有点像滑滑梯，不用怕，也别叫，可以吗？”边江再次点头：“快点吧，这样耗着更吓人！”发型师退后两步，按下墙上的灯的开关，这间没有窗户的 VIP 房间顿时陷入一片昏暗，与此同时，地板发出“咔吧”一声。紧接着，边江感觉到椅子座猛地向下倾斜，他一下子从椅子上滑了下来，随即坐在同样倾斜的地板上。

边江开始快速下滑，由于眼前一片漆黑，他只知道这是个隧道，很光滑，冰凉又狭窄。

终于，边江落地了，他直接坐在了一张弹簧床垫上，尾骨有微微的胀痛感。地下室里亮着微黄的灯光，边江赶紧坐好，刚一抬头，却看见一个上吊的娃娃出现在自己的正前方。

布娃娃的头耷拉着，身上的衣服血迹斑斑，双腿悬空，脚上的红色小皮鞋看起来异常诡异。这娃娃和边江在诊所密室里看见的那个几乎一样，他有些反胃。恐惧过头的时候，会有这种感觉。

“来啦，边江？”老杜的声音从边江的右侧传来。边江看向老杜，见他坐在轮椅上，跟平常的时候没什么两样，老杜指了指那个布娃娃说：“吓到你了吗？”

边江躲开布娃娃，回头看了眼自己掉下来的那个通道口，那是天花板上的一个圆形窟窿。他来到老杜面前：“老杜，咋搞得这么玄乎，要吓死人啊！”老杜微微一笑：“这种事还是隐蔽点好。”

“你很冷啊？”老杜看了眼边江的小臂，他的胳膊上明显起了一层鸡皮疙瘩。“这里凉飕飕的，不过没事的。”边江大大咧咧地说，同时快速看了一眼这间密室。屋子中间摆着一张简易手术台，靠墙放着的是一个十字架刑具，墙角有一个扎着口的麻袋。

这里和诊所的密室确实很像，不过墙上除了大片被水浸湿的痕迹，并没有用血写成的字，这一点跟诊所密室很不一样。随后边江发现了一个问题，那就是这间密室根本没有门！刚才他滑进来的通道是这里和外界联系的唯一途径，要想从那钻出去，很难。

“老杜，那个……我有个问题。”边江小心说道。老杜撇下嘴，无所谓的样子：“说吧。”“咱们一会儿咋出去？”边江问。“哈哈！你还怕我把你关在这不成？”老杜的语气怪怪的，他那张惨白浮肿的脸上带着一种让人琢磨不透的表情。边江赶紧摆摆手：“不是不是，我就是好奇，因为你也得出去嘛！”

“放心吧，一会儿肯定能让你出去。”老杜控制着轮椅来到墙角的麻袋边上：“来，帮我把这袋子打开吧。”边江从兜里拿出弹簧刀，走到麻袋边上，他半弯下腰，割断扎麻袋的绳子。他边割绳子，边问老杜：“你不是说柴哥也来吗，怎么没看见他？”

“我可没说柴哥要来。我说的是柴哥想让你在场。”老杜重申了一遍。边江看一眼老杜，尴尬地笑了下：“啊对，我理解错了。”麻袋解开，一个皮肤黝黑的男人出现在面前。边江一眼就认出来了，这是老黑，之前在档案袋里的照片上看见过。老黑本人的肤色比照片上显得还要黑，他五官粗犷，身体壮硕，不过此时已经被打晕过去，脸上还挂着从额头上流下来的两道血迹。

“喂喂喂！醒醒啦！”边江用力拍了拍老黑的脸。老黑皱了皱眉头，哼唧了一声，迷迷糊糊地睁开了眼睛，半眯起眼看着边江，随即恢复了一点意识，对边江骂骂咧咧地说："你他妈是哪根葱，竟敢绑我，我可是柴哥的左膀……"没等老黑说完，边江一拳头打在老黑的眼眶上，老黑吃痛，更加愤怒，骂得也更起劲儿了，连边江的祖宗十八代都问候了一遍。边江随即又是一拳头打过去，这次他直接打在了老黑的鼻子上，而且下手很重，老黑终于疼得说不出话了，鼻血一下子流出来。

边江回头看看老杜。老杜只是挑了下眉头："开始吧。"边江愣了下，点点头："哦，好。"他知道，老杜的意思是让他开始拷问老黑，问清楚老黑是怎么跟警察联系的，组织内还有没有别人跟他一样，老杜想通过老黑牵出更多警察的线人。边江知道，老黑肯定会否认，而且很可能在审问的过程中出错，暴露出边江根本就没有调查过老黑，甚至让老杜看出来老黑不是真的白桦树。但边江此时骑虎难下，他想不想问，敢不敢问，都得问下去。

他一把揪住老黑的头发："你是不是警察的卧底？说！"老黑舔了舔流到嘴唇上的鲜血，冲边江嘿嘿一笑："我是……"他眼珠子瞪得老大，死死盯着边江，张着嘴，呼吸困难："咯咯咯……我……咯咯……"他想说话，喉咙里却像堵了一口痰，连一个完整的词也说不出来。

"他这是什么情况？"老杜急促的声音从边江身后传来。边江也很着急，快速回头看看老杜，茫然地摇摇头："我不知道，突然就这样了，有点像突发心脏病。"老杜的声音骤然提高："不可能！"

"有救心丸一类的药吗？"边江问。老杜着急地说："我怎么可能有那东西。赶紧跟他说话，别让他就这么死了，我觉得他有话要说。"边江赶紧不停地跟老黑说话："大哥，你别死啊。我们跟你开玩笑的，我道歉，你振作点，我们这就送你去医院，不过你要振作……"

"咯咯咯……咯咯……"老黑喉咙里依然发出那种奇怪的声音，眼睛紧紧盯着边江，好像他也想牢牢抓住这最后一口气。老黑皱着眉头，眼神里充满了怨恨，那是将死之人的诅咒。边江心头一震，额头上的汗流了下来。

他继续呼唤老黑，但老黑眼中的生命之光正渐渐熄灭。老黑张着嘴，呼吸的间隔越来越长，仿佛只有出的气没有进的气了似的，最终，伴随着一阵剧烈的颤抖，老杜吐出一口黏液，再也不动了。

“死了？”老杜尖锐的声音让边江猛地一哆嗦。边江没有马上回答，他先用手试了试老黑的鼻息，又摸了摸老黑的脉搏，然后回过头，对老杜摇了摇头：“已经没心跳和呼吸了。”不知怎的，老黑的死，让边江心里更加不踏实，仿佛老黑是被他害死的。

老杜紧绷着嘴，嘴角向下，看起来很生气。他身子往后一靠，控制着轮椅来到屋子中间，面朝那个诡异的上吊娃娃，像在进行某种神圣的祷告似的，就那么静静看着，眼神虔诚充满敬意，同时有又几分惭愧。边江心想，莫非老杜是某个邪教组织的成员？没准儿连柴狗都不知道。

边江离开老黑的尸体，低垂着脑袋来到老杜面前：“他死前就说了句‘我是’，我也不知道他是在承认自己是卧底，还是别的……”老杜扭过头来，面容冷漠，眼神里有一丝残忍：“死了说什么都晚了。”边江却非常疑惑：“可是怎么可能……”

“你觉得是怎么回事？”老杜的语气怪怪的。边江紧张地咽了咽口水：“我也不知道，会不会，会不会是我把他打死的，可能是……他心脏不好，承受不了那几拳头。”老杜却摇了摇头：“跟你打他没关系。”

边江松一口气，但老杜紧接着说：“据我所知，老黑的身体非常健康，他的心脏也没有任何问题，这猝死很不正常。”边江的心再次悬了起来，他疑惑地看着老杜：“你的意思是，他不是正常死亡？换句话说，他是被人杀死的？”

“对。你现在把他的尸体搬到这里来。”老杜冷冷看着边江，好像杀死老黑的就是边江。老黑死了，边江当然会轻松不少，毕竟这样就不会穿帮了，但眼下的情况，对他依然不利，因为老杜的眼神里透着对边江的不信任。边江走回老黑的尸体边，看着老黑依然瞪着的双眼，他用手帮老黑合上了眼睛，老黑的尸体已经开始僵硬。

边江的内心一阵愧疚，不管怎么说，老黑的死都跟他脱不开干系。在真正的白桦树给边江的那个档案袋里，其实还有一个跟这次事件没什么关系的文件。那份文件不能证明老黑是白桦树，但全是他干的坏事，老黑身上背负的人命债也不止一条，杀人，强奸幼女，虐待他自己的父母，等等。从道德角度讲，如今他死有余辜，边江和真正的白桦树不过是替天行道。

他们用一个罪行累累的恶棍代替白桦树，解除了白桦树的危机，看起来是一箭双雕，无可厚非。但边江看着老黑的尸体时，还是觉得自己做了一件坏事。边江紧紧抓住了麻袋口，一咬牙拖起麻袋，艰难地把尸体拖到了老杜身边。

“把手术台推过来，把尸体放上去。”老杜指了指自己前面的空地。边江照做，他把尸体横在了老杜面前，老杜又让他把裹着尸体的麻袋去掉。等做完之后，边江站起身来，发现那个诡异的娃娃正对着尸体，仿佛在盯着尸体。

·第二十七章　老黑之死·

老杜看着面前的尸体，愣了几秒钟，好像在思考，然后扭头看向边江：“在他胸口正中间割一刀，竖着往下切。”老杜命令道。边江石化了一般，站在原地：“啊？”

“啊什么啊，我要不是身体不方便，就亲自做了，你帮我给他开膛。”

“为……为什么啊……”

“我要查他的死因。你就先照着我说的做，待会儿我再给你解释。”老杜看边江不动，又催促道，“还愣着干吗，你还怕尸体不成？他又不会坐起来吃了你。”边江原本并不害怕，老杜这么一说，竟有点发怵了。但他没得选，只能咬咬牙，站在尸体边上，深吸一口气，先把老黑的上衣割开，正要用自己那把弹簧刀对尸体开膛，老杜叫住了他：“等下，你那个刀不行，用那个手术刀。”

“哦。”边江顺着老杜的目光方向看去，在手术台一侧的边桌上找到了一把锃亮的手术刀。干净的手术刀放在带有污渍的金属托盘里，显得有点不搭。事实上，这把手术刀与这间密室里的一切都不搭，它太干净，这让边江不禁想，也许这把刀是这间密室里使用最频繁的东西。

拿到手术刀后，边江再也没理由拖延了。在老杜的指挥和注视下，他将老黑的胸腔切开，温热的鲜血和尸体，让边江充满了罪恶感，仿佛他是个真正的刽子手。边江声音颤抖地问：“然后呢？”

老杜考虑了一下，好像对边江不放心，他摆了摆手，示意边江先别动，然后驱动轮椅，来到手术台边上，他先调整轮椅方向，跟手术台平行，然后固定住轮椅。紧接着，老杜把手伸向尸体的胸腔。由于轮椅比手术台低，所以他做这个动作有些吃力，不得不用另一只手支起身子。他的右手最终伸进了尸体的胸膛，并开始摸索，好像在寻找什么。

突然，老杜停下来，皱起眉头，看向边江，然后微微一笑，边江完全不知道老杜在干什么，也不敢吱声。随后，老杜猛地一用力，从尸体的胸腔里拽出来一个带血的东西，尸体好像也跟着抽搐了一下。

老杜身体松弛下来，重新在轮椅上坐好，同时把那个带血的黑色物体扔到了托盘上。他把手在手术台上的白床单上蹭了蹭，看了边江一眼："知道这是什么吗？"

边江摇摇头。"拿起来看看。"老杜说。边江咕噜咽了咽口水，吧唧一下嘴，愣是不敢伸出手去。老杜哈哈大笑："怕什么，看看！"边江点点头，咧着嘴，皱着眉，用两根手指把那个血淋淋的东西拿起来。

那是一个麻将块大小的黑色盒子，比麻将块稍微薄一些，材质看起来像塑料，盒子里甩出两根细电线。"这是什么？"边江问。老杜嘴角往下耷拉着："简单点说，就是个炸弹，不定时的。我推测是有人远程遥控，引爆了炸弹。至于具体的原理，我也得再详细研究下。"边江不禁瞪大了眼睛。老杜斜睨了边江一眼："是不是觉得很怪。"边江连连点头："嗯，这炸弹是谁安进去的，为什么要对老黑灭口呢？"边江想了想，继续说，"再说，植入这种东西，不是一个人两个人能完成的，肯定是有组织的。"

老杜看一眼边江："你说得不错，继续。"边江不知所措地挠挠头："额……我就想到这些了。"老杜点点头，抿下嘴，有些不以为然："好吧，那咱们就一个问题一个问题地解决。"老杜控制轮椅远离手术台："先推到一边去吧。"边江赶紧把手术台的轮床推到了墙边，并用麻袋把尸体盖上，之后重新回到老杜旁边。

"坐吧。"老杜指了指边江身后的椅子。边江坐下，双手极其拘谨地放在膝盖上，如坐针毡。"那么紧张啊？"老杜淡淡地问。边江擦了擦额头上的汗："哦，我第一次解剖尸体。"

老杜笑笑："难怪。言归正传。你刚才提到，不知道是谁往老黑身体里放了这个炸弹，觉得是个组织干的，对吧？"边江点点头。老杜继续说："你猜得不错，这确实是个组织，咱们已经知道他就是白桦树，那给他植入炸弹的就是警察。”边江不解：“警察不会这么不人道吧？这么对自己的卧底。”

“哼，我可没说老黑是他们的卧底。我看啊，他顶多就是个线人。估计警察已经找到了老黑犯罪的证据，没有批捕他。反而让他戴罪立功。从此老黑成了线人，给警方提供有用的线索，同时警方还在他的身体里埋了一颗炸弹，一旦他暴露了，就把他做掉。”老杜分析得很有道理，但他的推理建立在一个错误的前提下，那就是老黑是真的白桦树。边江知道，老黑不是白桦树，给他植入炸弹的或许是警方，或许不是。

边江觉得，极有可能是真正的白桦树干的，他怕老黑穿帮，暴露了自己的身份，干脆就在柴狗的人抓住老黑后，把老黑灭口。他想办法在老黑身体里植入了炸弹，也许白桦树早就想过让老黑当自己的替死鬼了。

“其实在老黑之前，我们也抓住过几个警察的线人，一直想弄清楚他们到底在我们内部布了一个多大的网，但每次都是这样，马上要问出点什么了，突然就死了。那帮警察每次都能先我们一步！”老杜攥紧拳头，愤恨地捶在轮椅的扶手上。

“所以你才专门挑选这么隐蔽的地方？”边江问。老杜点点头：“对，知道今天这事的，除了柴狗和我，就还有你一个，哦对了，还有刚才接待你的那个人，没想到，还是被警察先下手了，真他妈的……”老杜说完审视着边江，眼神犀利，“你觉得对方为什么能如此准确地掌握引爆时机？”

“你这是在怀疑我？”边江反问。“哎，这话说得！不用这么紧张，我只是得弄清楚，所以要问问你。”老杜看起来很和善的样子。边江就说，自己没有什么好解释的，因为他根本不知道老黑身体里有炸弹，如果老杜怀疑是他引爆的，那搜身好了，反正自己身上没有引爆器一类的东西。

老杜却说，如果真是边江干的，那引爆器也可能不在他身上，也许在他进理发店之前，就把引爆器给别人了，等他一进来，外面的人就引爆炸弹。对于老杜的这种猜测，边江哭笑不得，十分无奈，他坦诚地说：“你要是这么说，那我更没什么好解释的了。但是很显然，刚才引爆的时机不早不晚，倒像是有人装了窃听器，知道我们这里的一切。”

老杜眉头紧锁，点点头：“你这么说，倒是有几分道理。”他重新拿起那个黑色小方盒，擦干净放进了兜里，又回头看了眼尸体："看来还是得好好检查下尸体。"说完，他看向边江："你来见我的事情，有没有跟别人说过，或者，你来的时候，有没有感觉自己被跟踪？"

边江回想来之前的事情，老杜来电话的时候，光头和自己在一起，但边江当时没有告诉光头自己要去哪儿，更没跟任何人提过白桦树一事。"没有，没人知道我来见你，也没人跟踪，至少我没发现有人跟着我。"边江十分肯定地说。老杜的脸阴沉下来："那就怪了……"

边江附和了一句："我觉得这帮警察很不简单。"这是他的心里话，随着他接触的人和事越多，就越发现，警方有着极为隐秘强大的信息网和高级的侦查能力，而且布置这些的，绝非李刚一人。但想要抓住柴狗，剿灭这个盘踞在各个火车站的犯罪团伙，非一朝一夕的事情。

"嗯。"老杜点点头，用手按了按额头，很苦恼的样子，"你以后多注意身边人吧。"

边江点点头，揣测着老杜的话。之后老杜没再跟边江说话，边江觉得有些无聊，也有点尴尬，想说点什么，或者问问接下来要干吗，但看老杜蹙眉专心思考的样子，边江又觉得不该打扰。过了好一会儿，边江实在忍不住了，他清了清嗓子问："那个……老杜，咱们接下来要干吗啊？还有老黑的尸体，该怎么处理？"老杜看看边江，叹了口气："尸体的事情不用你管，我自会处理妥当，再说人也不是咱们杀的。"

边江点点头，犹豫着，老杜看看他："瞧你那样子，有什么话就说吧，别吞吞吐吐，欲言又止了。"边江连忙说："倒也没有很多疑问，就是对这个密室有点好奇，这里到底是干吗的啊，那吊死鬼似的娃娃到底是什么东西啊？"老杜指了指边江，摇头笑道："你呀！我就知道你会问这个……"

边江看看老杜的脸色，也配合地笑了笑。老杜说："这间屋子里的一切都是为了审问犯人用的，这些你看见的乱七八糟的东西不过是道具罢了。"边江环视四周，张着嘴，一副惊讶的样子："哦，原来是这样，真是够奇怪的。那犯人指的是？"

老杜瞥他一眼："什么人都有，老黑这样的就算其中一类吧。"边江把目光重新落在那个娃娃身上，看着那娃娃，他依然觉得毛骨悚然，就问老杜，说别的东西是审问犯人的刑具他都信，但这娃娃能干什么啊！老杜哈哈大笑：“用处大了，它可以是任何可怕的东西。”

边江不解，但也知道不能再追问下去，老杜可不是随随便便就能套出话来的人。他恍然大悟似的说：“哦，那我没问题了。”老杜点点头，从兜里拿出一盒香烟，拿出两根，抬手示意边江，让他过来拿一根。边江赶紧站起来，接过老杜递的烟，同时掏出打火机，帮老杜点烟。老杜吐出一口烟雾，说：“抽完这根烟，我送你出去。”

边江点头说好，然后一口接一口地抽起烟来。老杜笑着问：“这烟怎么样？”边江把烟拿在手里，皱着眉头仔细品味了下：“劲儿挺大，就是味道有点怪，怎么一股烤大腰子的味道……”

“醒醒。醒醒了。”

一个有磁性的男人的声音传来，同时边江感觉有人拍了拍自己的肩膀，他猛地睁开眼。在他的面前，是一面样式复古的落地镜子。边江晃了晃昏昏沉沉的脑袋，闭上眼使劲儿揉了揉，再次睁开眼的时候，发觉这并不是一场梦。他真的已经离开了密室，重新回到了理发店的VIP房间里，而自己现在坐着的椅子下面就是那条通往密室的暗道。

边江努力回想自己是怎么出来的，但什么都想不起来了，最后的记忆就停留在老杜给他的那支烟上。那烟的味道很怪，他记得自己当时还跟老杜说，怎么有股烤大腰子的味道。这么一想，边江就猜到了，那支烟有问题，等他昏迷后，老杜才把他送上来。

是因为怕我知道出来的路啊，边江心里暗想。“你没事吧？”刚才叫醒边江的那个声音再度传来。边江看向自己的身体一侧，是那发型师。他连忙摇头：“哦，没事，现在几点？”

发型师说：“上午九点。”边江眨了下眼睛：“这已经是第二天了吗？”发型师点点头：“你在我这把椅子上可睡了好长时间了。”

边江又问：“老杜呢？”发型师从裤子兜里掏出一张卡，双手递给边江：“回去了，他走的时候让我把这个给你。”边江双手接过来，发现是一张空白名片，上面只写了一个地址，其他信息一概没有。边江把名片前后都看了看：“这什么意思？”

发型师嘴角微微向下，耸耸肩：“大概是想让你去那儿吧。”边江重新看着那个地址，越看越觉得熟悉。边江问：“那老杜有没有说让我什么时候过去？”

“他说等你醒了过去就行。”发型师说着看了看边江的头发：“去之前，给你理个发吧，再刮刮脸？你现在的样子可有点狼狈。”发型师善意地说。边江看向镜中的自己，胡子拉碴，蓬头垢面，衣服也脏兮兮的。最要命的是，他发现自己的脸色真是比死人脸还难看。

“你这里能洗澡吗？”边江问。“哈哈，能，浴室就在后面，我带你去。”发型师热心地带着边江出了屋子，来到走廊里。走廊里地毯的花色很像土耳其地毯，墙上挂着名画，有梵·高的画作，也有宗教气息比较强的画，还有一幅是达·芬奇的《蒙娜丽莎》。边江跟随发型师的脚步，目光不由地被那幅《蒙娜丽莎》吸引。发型师停下脚步：“喜欢这张？”

边江挠挠头：“其实我不懂，就知道这幅画挺有名，仿得挺好。”发型师露出神秘的微笑：“你很有眼光，不过这幅画可是真迹。”边江也笑了笑，心里想的是：别吹牛了，真迹怎么可能在你这小理发店里，那得多少钱，再说也不是钱能买到的，那真迹可是在罗浮宫里展出呢。

“你不信？”发型师问。边江就说：“没有，没有，我也不懂，就是印象中，这幅画应该在法国还是英国来着？”

“法国罗浮宫。但那里展出的是个赝品。”发型师说得很笃定，好像真的一样。“哇，那你厉害了哥，这得好几十万吧？不对，不对，怎么也得几百万，是不？”边江问。发型师笑起来，没有回答，就是他这个表情，让边江突然怀疑，难道这幅画真的是《蒙娜丽莎》？但随即打消了这个念头，怎么可能，就算是真品，也不会随便挂在这样的走廊里。

说话间，他们已经来到了走廊的尽头。发型师打开一扇磨砂玻璃门：“去吧，里面有洗发水、沐浴露。好了叫我，我就在外面，干净的衣服待会儿我给你放门口。”发型师说着指了指门口的穿鞋凳。边江点点头，道一声谢，进入浴室，锁上了门。他脱掉脏衣服，再次把那张名片拿在手里，突然抬起头，喃喃地说了句：“不会吧，见柴狗？”

边江已经想起这个地址，那次他骗安然给柴狗送U盘，安然就让一个KTV的服务员把U盘送到了这个地址，是一家台球厅，而柴狗喜欢打台球。

在来之前，光头也说，听到可靠消息，柴狗要见边江，还说柴狗要重用他，这么一想，就错不了，一会儿肯定是要去见柴狗。

边江慌忙拿出电话，想给李刚打个电话，但号码还没拨出去，他马上意识到，李刚给自己的备用电话已经放在了诊所家里，随身携带的这部手机并不安全。边江只好重新把手机放下，想着一会儿出去后，先找公用电话，给李刚汇报一下情况，这样比较稳妥。

快速洗完澡，边江穿好发型师给自己放在门口的整套衣服。他坐在穿鞋凳上穿鞋袜的时候，突然意识到一个问题，那位绅士般的发型师，竟然连鞋子和内裤都给他准备好了，而且所有衣服和这双鞋子的码数都是合适的。边江闻了闻衣服上的味儿，一股新衣服的气味，只不过没有吊牌了。刚穿上的内裤倒是有吊牌，边江猜想发型师是故意留下内裤上的吊牌，这样边江就知道内裤不是别人穿过的，便不会觉得别扭了。

边江赶紧又看看鞋底，果然，这双运动鞋也是全新的，鞋底没有一丝灰尘。边江更加疑惑，自己洗澡总共才用了十五分钟，这么短的时间，发型师怎么可能去买来这些衣物呢？而且这一身衣服都是品牌的，加起来少说也有三千。那就只有一种可能了，边江想。发型师提前预料并安排好了这一切。

边江穿好鞋，快步走到理发店的大厅里。发型师正在帮一位中年大妈设计发型。他看见边江后，上下打量了下，点点头，好像很满意似的，然后客气地说：“你稍微等我一下。”边江于是坐在一把理发椅上观察着这位发型师，从那位中年大妈幸福的脸上就能看出来，她肯定是这位帅气发型师的粉丝。

·第二十八章　柴狗的邀请·

发型师温文尔雅，语气恭敬，态度谦和，有礼貌又不拒人千里之外，再配上那张有棱角的面孔和磁性的嗓音，别说女人会喜欢了，就算是男人也会抱着欣赏的眼光看他。边江再一观察这间美发店，乍一看跟大部分理发店一样，店内充斥着洗发水和化学染发膏的味道，挂着一些发型海报，看不出异常。椅子是皮质的，但已经很旧了，说明这是家老店。店内非常整洁。虽然店面不大，可里面陈列的物品都很上档次的样子。边江看着桌上一瓶全是英文的定型喷雾，打开手机的搜索引擎，输入那个牌子，弹出来的产品介绍和价格让边江有点恍惚，简直贵得离谱。

店里除了这位绅士以外，还有两个高挑利落的年轻女孩儿，以及一位同样专业有型的发型师，只是跟这位绅士比起来，他们由内而外散发的气质稍微差一些。边江又看了看门外的白色奥迪 Q7，以及那位中年大妈的穿着打扮，还有她随手放在化妆台上的 LV 手包。边江推测，这是一家名不见经传的高级美发店，前来光顾的客人非富即贵，而那个绅士应该是店主，他不简单。

发型师终于忙完，朝边江走过来："跟我来后面吧。"边江连忙起身，跟着发型师重新回到了那间 VIP 房间里。"衣服穿着还合身吗？"发型师问。

"挺好，不过你是怎么知道我衣服和鞋子的尺码的？"边江问。发型师就说，是老杜说的。"多少钱？我先给你吧。对了，这些衣服都是你提前准备好的吧？　"边江说道。发型师从镜子里看了边江一眼，面无表情，跟刚才亲切微笑的他判若两人。

"不用给我钱，你从隧道下去后，我去买的。"他语气平淡，听不出一丝异样的情绪，却给人一种莫名的压力，他又补充了一句，“我看你有些狼狈，所以当时就想到你或许需要一身干净衣服。好了，咱们可以开始了吗？”

发型师打开一套刮脸用具，锋利的刀子让边江突然有些瘆得慌：“我用普通刮胡刀自己弄一下就行了，不劳驾……”发型师打断了边江：“没有你说的普通刮胡刀。”边江倒抽一口冷气，不过他想发型师肯定认识老杜和柴狗，不会对自己怎样，便大着胆子靠在椅子上，让发型师把剃须泡沫抹在了自己的脸上以及下巴上。

“你是店主吧，我该怎么称呼你？”边江问。发型师一愣：“我姓夏，名海，叫我海哥就行了。”边江又要开口再说点什么，夏海说了句：“先别说话了，小心刀子刮破脸。”边江赶紧闭嘴，感觉刀子在自己的脸上游走，发出刺啦刺啦的声音，当刀子刮到下巴以下、喉咙一侧的位置时，边江屏住了呼吸。他再次想起了《理发师陶德》里的情景。

胡子很快就刮完了，夏海帮边江清理干净，便开始给他理发。边江感觉自己像个任人宰割的羔羊。“成家了吗？”夏海边理发边问。边江回过神来，摇摇头：“没有。干我这行的，怎么可能成家……”夏海又问：“啊，对，不好意思，我忘了。那女朋友呢，谈个恋爱应该不冲突吧？”

边江摇摇头：“也没有。”夏海从镜子里看着边江，手里的剪刀停下来，对视两秒后，夏海笑笑：“没有喜欢的？”边江撇撇嘴：“我就高中的时候喜欢过一个女孩儿，但都过去了，现在没心情搞对象。”边江十分警惕，总觉得夏海是在替柴狗试探自己，因为夏海怎么看都不像是个爱八卦的人。

之后两个人又聊了一些不痛不痒的话题，约一个小时后，边江终于造型结束。发型师把边江送到门口，一位女顾客正往店里走，边江下意识往边上站了站，让那女孩儿过去。两人擦肩而过，又几乎同时转过身来。

可心看看夏海，又看看边江，愣了两秒，惊讶地问：“你是这里的客人啊？”边江看夏海冲他点头，便对可心说：“是啊，世界真小。你经常来这做头发？”可心笑着说：“那可不，我可是这家店的VVVIP。哎，你今天看起来很不一样，你挺适合这身打扮的。”边江有点不好意思：“海哥品位好，帮我挑的衣服。”

可心听完，看了一眼夏海，愉快地笑起来：“夏老板的眼光当然好！哎，夏老板，边江是我朋友，以后可要给他打折啊！”“没问题。”夏海笑得像个广告招牌上的模特。她说完又看看边江：“你待会儿没事吧，陪我去逛逛街怎么样？中午我请你吃饭。”边江连忙谢绝了可心的美意，说自己还有事，改天吧。可心有点不高兴：“什么重要的事情啊……”

边江就说：“我得去见我们公司老板一趟。”可心撇了撇嘴：“哦，就是你上次给我说的，那个不分青红皂白冤枉你的人啊。”夏海的脸色马上就变了。边江担心夏海是在怨他向外人透露团伙内部的事情，正想解释，可心来到边江面前，撒娇似的说：“你给你老板说说，请个假什么的，下午再去见他不行吗？”边江面露难色：“大小姐，真的不行……”

夏海帮他打了圆场，问可心这次来是想怎么做头发，不如先做头发，等下午边江完事了，他们再一起吃晚饭。可心瞪了夏海一眼，噘着嘴，一脸不高兴地看着边江：“算了，反正我还得在这儿耗上两个小时，你先去吧。完事了给我打电话，我去接你，你再陪我逛街吃饭，怎么样？”

边江迟疑了一下，夏海连忙说：“好小子，这么漂亮的女孩儿要跟你吃饭，你还犹豫？你们老板要是知道了，肯定也会支持你，没准儿还给你额外放半天假呢！”边江不禁皱了皱眉头，因为夏海不像是个爱管别人闲事的人，况且他话里有话，好像是在暗示边江，应该和可心交往下去。

可心家境优渥，这一点边江早就看出来了。夏海对可心的了解肯定更多。边江想，也许可心的家庭非同一般，所以夏海才会让边江跟她搞好关系，这样将来可以为柴狗所用。边江并不想利用可心，但眼下话说到这份儿上，如果自己再端着，就太不给女孩儿面子了。

“好，那我完事了给你打电话。”边江说。可心马上阴转晴：“好！一言为定！”说完迈着轻快的脚步，走进了店里。

边江一离开美发店，立即找了个便利店，借店里的电话给李刚打了过去。“凌哥，是我。”边江说。“这电话安全吗？”李刚马上问道。电话那头十分安静，李刚的声音也很平稳，听起来已经度过危机了。“安全。”边江说着往周围看了看，店里唯一的店员正在理货，离他很远。边江继续说：“一个小时后，我会见柴哥，应该是他本人，你那边要不要准备一下？”

“地址告诉我。”李刚说。边江连忙把名片上那个地址说出来。李刚记下后说：“我会派人去观察，但应该不会有行动，你不要打乱节奏，该做什么就做什么。”边江犹豫了一下，还是说出了心里的疑虑，“凌哥，你不是说咱们就差逮捕……”边江说到这，把声音压得更低，“就差逮捕柴狗了吗？既然有机会，为什么不抓住他？”

电话那头李刚长长地呼出一口气：“之前我想得太简单了。第一，柴狗不容易抓到，所以我们不能打草惊蛇。第二，我们手里证据不足，就算抓住他，也没办法彻底搞垮他，让他在牢里蹲上个三五年没有意义，他外面的勾当照样风生水起，一出狱还是当老大。第三，我得到确切消息，柴狗还牵扯到另一宗性质恶劣的犯罪行为，必须先搞明白这些，才能下手。”

“跟白粉有关吗？”边江问。李刚马上否认：“不是，不只是贩毒，目前这些消息是我打听到的，上边口风很严，具体的我也不知道。”边江想了想问：“凌哥，为什么上头的人不让你知道那些事情啊？这‘打狗’计划上头又不是不知道……”

“行了，别说了。这里面好些事你不懂，我给你解释不清楚，反正你就干好你该干的。别的事，自有我在。”李刚语重心长，少了之前的那股戾气。边江叹口气：“好吧，听你的，反正我也没得选。”李刚的声音马上严厉起来：“臭小子，别说丧气话了。还有什么发现？”

边江想起光头说的话，连忙对李刚说：“我知道黑龙有个秘密实验室，现在可能已经被柴狗夺去了，外号‘龙头’，实验室不是制毒的，但具体干什么我还不清楚，只知道实验室里有位教授，特别牛，是黑龙的军师什么的。”

“嗯，这个情报很重要，你密切关注一下龙头的动向。还有别的吗？”李刚问。

“还有一个地方有点蹊跷，叫红叶美发店，看着不起眼，里面的东西贵得离谱，还有光顾那的都是有钱有权的人。而且里面别有洞天，地下有个密室，跟诊所里的一样。”李刚立即对这条线索表现出了极大的兴趣，让边江详细说一下，这时店里来了几个顾客，他便跟李刚闲扯了一会儿别的，等人走了以后，边江才开始说自己在红叶美发店的经历。

说完之后，边江又告诉李刚，自己从密室里收集到了一些头发和血渍，或许可以鉴定出曾经被关押在那里的人是谁。李刚原想让翠花把证物转交给他，但听说翠花住院了，就让边江把那些东西邮寄到一所大学，收件人是一个叫“零度”的人。边江记下地址和收件人后，看看表，已经通话二十多分钟了，怕引起不必要的怀疑，便结束了通话。

随后，边江坐了三站，又倒了一趟公交，来到了台球厅。边江深吸一口气，走了进去。台球厅设在二楼，楼梯狭窄昏暗，楼梯一侧的墙壁上全是个性的涂鸦，边江大概扫了一眼，画风有点阴暗。上到二楼之后，正对着楼梯有一个前台，后面没有人。边江看向大厅，台球厅不大，只有四张台球桌成纵列摆放，在最后一张桌子边上，围着三个年轻人，两个穿着潮流的男孩儿和一个红头发的女孩儿。

边江走过去，女孩儿看了他一眼，但并没有搭理边江的意思，另外两个男孩儿也完全把他当成了空气。“有人叫我来这里。”边江拿出那张名片，就像出示警官证似的展示给三个孩子看。其中一个男孩儿把下巴抵在球杆上，一副不知道你在说什么的样子。他的刘海儿很长，几乎挡住了双眼，这让边江想起了日本杀马特文化。边江转身想走，本想着去找找台球厅的工作人员问问。这时桌面传来两球碰撞在一起的清脆声音，边江无意看了一眼刚才击球的男孩儿，那是个眉清目秀的男孩儿，戴耳钉。

男孩儿从斜下方看着边江：“是一个人来的吗？”边江愣了一下，皱了下眉头，琢磨着男孩儿是什么意思。“是，怎么了？”“等我打完这局，带你过去。”那男孩儿淡淡地说。边江这才反应过来，柴狗那么小心，怎么可能让他轻易见到，这里根本就不是见面的最终地点。

边江耐着性子等着，二十分钟后，男孩儿打完了。他把球杆靠墙放好，对自己的两个伙伴说：“你们玩，我出去一趟。”男孩儿话不多，默默地在前面带路，下到一楼后，转身走到楼梯后面，从台球厅的后门走了出去，然后他带着边江穿过一条巷子，来到另一条街上。站在街边，男孩儿指着对面的茶楼对边江说：“你自己上去吧，雅间的名字叫兰亭阁，不过你现在得把随身的所有物品交给我。”

边江看着男孩儿，并没有马上把东西上交，问了句：“待会儿我上哪儿找你拿回我的东西？”

男孩儿有点不耐烦：“我哪儿也不去，就在这儿等着。再说这是柴哥的指示，不照办你就回去吧。”

边江一听男孩儿提到了柴哥，心中的疑虑就打消了，乖乖交出自己的东西。按照男孩儿的要求，他连钱包都拿出来了。然后穿过马路，走进了茶楼。

服务员把边江带到了“兰亭阁”，打开和风拉门，边江看见榻榻米上盘腿坐着一个男人，脸上戴着夸张的小丑面具，小丑的笑脸很诡异。

这个人就是柴狗了。

边江第一次这么近距离地跟柴狗接触，心里早已紧张到了极点。“坐过来吧。”柴狗的声音带着回声，他故意在面具后面安装了变声装置，不过这语气边江记得，给人一种压迫感。边江脱了鞋，跪坐在柴狗面前，中间隔了一张小茶桌，屋里弥漫着茶香。

“知道我为什么亲自见你吗？”柴狗问。边江摇摇头。柴狗说：“我要交给你一项非常重要的任务，得亲自跟你说。另外，我也很想和你聊一聊。”边江连忙点头：“嗯，能见柴哥是我的荣幸……”

“漂亮话就不用多说了，先说正题吧。从今天开始，你就不用再跟着田芳了，我会指派你去另一个家，你不需要跟着他们一起出去做事，我会给你单独分配一个任务。”柴狗说。边江想了想：“哦，也就是说，我去新家，只不过是走个形式，其实我有别的任务？”

“没错。有意见吗？”柴狗问。边江没头没脑地说了句：“为……为什么啊？这样不是多此一举？”边江意识到自己的态度有些问题，连忙调整语气，换了个说法：“我是说，我就待在现在的家里不行吗？我跟兄弟们都混熟了，不太想换环境。”

“我只是单纯不想让你和田芳在一起。”柴狗说得很自然，这个理由边江无力反驳，他点点头：“那我听柴哥安排。”柴狗满意地点了下头：“还记得神龙吗？”边江说：“记得。他好像是个神秘的老板，对吧？”

“没错，我希望能和神龙长期合作，可惜不知道他的真实身份，我需要你暗中调查清楚，并投其所好，促成我们和神龙的合作，绝不可以让他人捷足先登，现在有不少大佬盯着他这块肥肉。待会儿我会详细跟你说该怎么做。”柴狗说着，开始倒茶。边江感觉这个任务非同寻常，但由于之前光头跟他打过招呼，他多少有些心理准备，倒也没有太意外。

“怎么不说话，有问题吗？”柴狗问。边江摇摇头：“没有，就是觉得，这个任务挺重要的，柴哥交给我，我有点……受宠若惊。”边江还有后半句话，但没说出来。可边江这个细微的表情没有逃过柴狗的眼睛：“有什么就直说吧。”

边江稍微调整了下姿势，身子坐直，坦诚地看着柴狗：“柴哥，你之前想杀我，但最后非但没有杀我，还救了我。我知道柴哥曾经对我有过误会。现在虽然误会解除，可柴哥对我的信任程度，让我觉得……”

“怎么，觉得不真实？”柴狗问。边江点点头，小心翼翼地说：“是有点。我这么说，柴哥不会介意吧？”柴狗笑起来，笑声带着回声，有些瘆人：“不会。我看你也是个坦坦荡荡的人，既然提到了，不如咱们就打开天窗说亮话。”边江深吸一口气，抿抿嘴，认真地点点头。

“我问你，你觉得我为什么要杀你？”柴狗问。边江看着柴狗面具上夸张的圆眼睛：“因为瘦子说我是黑龙的人，还说我跟田芳在恋爱。”柴狗摇摇头：“错。我一直都知道你不是黑龙的人，瘦子才是。”边江惊讶得说不出一句话，过了半天才说了句：“柴哥……你……你开玩笑的吧？”

“没有。我知道瘦子是黑龙的眼线。”柴狗说着给边江斟了一杯茶，做出一个请的手势。

边江注意到柴狗的手上戴着手套，猜到柴狗可能是怕留下指纹。他忐忑地双手端起茶碗，喝完重新放在茶桌上：“柴哥，那你为什么……”

“为什么还留他在身边？为什么冤枉你？哈哈哈……”柴狗笑起来。边江汗毛全竖起来了。边江突然想起光头的话，他说柴狗知道黑龙的那次突袭，是故意让黑龙端自己的几个家。边江不禁想，光头的消息简直是神准。

边江摇摇头：“我不明白。”柴狗淡淡地说：“我想把你杀掉，是因为我听到了瘦子给我的录音，看到了照片和视频，我不喜欢芳身边有别的男人分她的心，就这么简单。”边江张着嘴，不敢相信，一个老大竟然会这么感情用事，对手下真正的叛徒却格外宽容。

柴狗继续说：“我知道瘦子是黑龙的眼线，就故意让他给黑龙透露一些消息，让黑龙以为我很蠢，哼。”柴狗微笑着，“然后我就可以反过来对付他了。”边江看着柴狗那张戏剧化的面具：“那次被突袭……其实你早就知道……”

“你不用这么看着我，那些兄弟不会白死，我妥当安排了他们的家人，他们的死成全了咱们的大部分兄弟。”柴狗顿了顿，“你也看到了，警察越来越狡猾了，咱们也得拓展一下市场嘛，开发些别的挣钱途径。那些兄弟是牺牲了，但换来了巨大的机遇，将来你若是混得不错了，可要记得那些死去的兄弟。”

“我还没想那么长远……”边江很想知道，那张微笑小丑的面具下，是一张怎样可怕的嘴脸。柴狗冷笑两声：“话说回来，瘦子的使命完成了，他也该死了，反正背叛我的人，本来就该死，顺便也算给你报了仇。”边江不知道该接什么话，他只是僵硬地点了点头，表示认同。

“田芳……”柴狗一说出这两个字，感情就变了，突然很深情，“是我很在乎的人，她对我非常重要。既然你们两个是清白的，别的我就不多说了。你明白我的意思就好。”柴狗的威胁让边江脊梁骨直冒寒气。边江同情田芳，觉得她就像柴狗饲养的金丝雀，只要不摆脱这个金笼子，她将永远无法拥有自己的人生。

“柴哥，有个问题困扰我很久了，不知可不可以……”

“问吧。”柴狗痛快地说。

·第二十九章　诡异记录仪·

“你是怎么知道我和田芳之间是误会的？”边江问完，柴狗并没有马上回答，而是盯着边江看了一会儿。柴狗歪歪头：“我看到了一些证据。”边江皱皱眉：“怎么可能？我只把那证据给了可……”

他没说下去，怕因此把可心牵扯进来，但眼下这种情况，也只能解释为是可心把证据给了柴狗。换句话说，可心认识柴狗！当边江在心里推测出这个结论的时候，自己也吓了一跳。

“是夏海把证据给我的，就是理发店的那个老板，你们之前应该见过了。”柴狗说。

边江刚想说，夏海怎么会有那份证据，但转念一想，如果是理发店的老板夏海，可能就说得通了。用可心的话说，她是红叶美发店的VVVIP客户。那很可能当天把边江送到车行后，她就拿着证据去了美发店，并且无意跟夏海提到了这件事，夏海刚好是柴狗的人，就帮她把这证据给了柴狗。至于后来柴狗救出翠花，肯定也是可心把车行的位置告诉了夏海，夏海转达给了柴狗。

“还有问题吗？”柴狗打断了他的思绪。边江连忙摇头：“没，没有了。”

“那接下来，我就要跟你说一下关于神龙的任务了。”柴狗说。边江连忙打起精神，坐直身子，仔细听着。柴狗说：“确切地说，是需要你做两件事，第一，调查神龙的工厂，看看他的规模到底有多大，货是不是够纯，还有他这个人到底有没有问题。第二，确定他可以成为我们的合作伙伴之后，接近他，了解他的喜好，我们再投其所好促成长期合作。你懂我的意思吧？”

边江反应了一下，点点头：“懂。那他的工厂在哪儿？”柴狗说：“在云南和广东都有分布。之前我派田芳去云南，有一个原因就是希望她帮我调查那边的工厂，有些结果，但还不尽人意。所以我想派你再去一次。”边江露出疑惑的神情。柴狗就告诉边江，田芳根本没办法深入那些工厂，神龙的人认识田芳。所以柴狗才想下次去调查的时候派一个新面孔去，就选中了边江。边江领会了柴狗的意思：“需要我什么时候动身？”

“不急，神龙目前人在汉都，你先帮我调查一下他这个人。上次在便利店交货后，他就消失了，直到三天前才重新跟我取得联系。我担心其中有些蹊跷，等确定他这个人没问题后，你再去工厂考察。”

“那关于神龙，有没有别的线索？比如他经常出入什么场合，或者别的信息。柴哥，要是一点线索都没有，我确实很难办啊！”边江坦诚地说。柴狗慢悠悠地说：“别急。上次跟你交货的那个美术生你还记得吗？”边江点点头。

“那是我们唯一的线索，目前和神龙的一切联系，都通过他。我派人观察了他两天，但没有发现任何异常。稍后你去找安然，她会告诉你关于那个美术生的事情。你们两个一起行动。”柴狗说完，边江又确认了一遍：“安然也会跟我一起？”

“对，有问题？”柴狗问。边江摇摇头：“没有。”他明白，柴狗这样安排的目的，是让安然监督自己。柴狗又给边江斟了杯茶，冷冰冰地说：“记得上次你去见黑龙，我曾经许诺你，如果活着回来，你可以向我提出一个要求，或者说奖赏，你想好要什么了吗？”

边江有点不好意思：“柴哥还记得啊！”柴狗微微一笑：“当然，我向来说话算话。说吧，想要什么？”边江忐忑地看了柴狗一眼：“其实我没什么想要的，只要能留在柴哥手下，就觉得很好了……”

“哎，你就直说吧，要什么？”柴狗笑着问。边江盯着柴狗那张面具看了两秒：“我能不能看看柴哥的面貌？”柴狗歪了歪头：“我没听错吧？别人来了我这儿，都要钱啊，介绍一些名媛啊，漂亮妞啊什么的，要么就是往上升一级；你为什么偏偏对我的脸这么感兴趣？”

“跟着柴哥，我不缺钱，女人的话，我现在没有精力找女人。”边江想了想，继续说，“至于往上升一级，对我来说也不太重要，柴哥现在已经这么重用我了。”柴狗看了边江一会儿，突然爆发出一阵夸张的笑声：“哈哈哈！你小子倒是想得开啊！”

边江心里还忐忑着，挠挠头，跟着傻笑。柴狗把手放到了自己的面具上，就在他要取下面具的时候，眼珠子突然转了一下，朝斜下方看了看，手重新放下了。边江捕捉到了那个眼神，柴狗不是假装要摘面具耍边江的，他刚才确实想摘下来，但显然是想到了什么，也许是他对边江还不够完全信任，所以放弃了。

边江心里着急，却必须耐着性子。柴狗把手放在膝头上，对边江说：“来日方长，咱们以后有的是机会，不如你换一个条件吧？”边江听出来，柴狗并不是在和自己商量，如果他继续假装清高，什么都不要，反而会引起柴狗的怀疑，便大胆提出了请求：“那……那……柴哥我平时出门不是很方便，能借我一辆车开吗？二手的就行，不用太好，以我现在的经济能力，确实还买不起车。”边江怕自己提的要求太高了，又连忙说：“我有驾照，技术还可以，绝对不给柴哥惹麻烦。”

“不用那么客气。”柴狗变得很亲切，边江提的这个要求似乎很合他心意，他顺手从兜里拿出一把车钥匙，“这辆车是我手下的，你直接开去吧。车就停在外面。我待会儿让人来接我回去。”边江一看那车钥匙，知道是一辆奔驰，挠挠头，有些不好意思地说：“柴哥，真不用给我这么好的车。”

“行啦！就别跟我说这些了，也不是什么好车，你先开着吧。”柴狗说完把钥匙扔给了边江。边江一把接住了，刚想起身，又重新坐好：“那要是我调查有进度了，怎么跟柴哥汇报啊？”柴狗好像是笑边江的过度紧张，又像是对他的谨慎很满意：“你直接跟夏海说吧。”“好，那我先走了柴哥。”边江说。柴狗微微点了点头，低头拿起了小紫砂茶壶，给自己斟了杯茶。

边江走到楼下，按了车钥匙上的开锁，汽车开锁的嘟嘟声从右侧传来，他循声走过去，柴狗口中这辆不太好的车，是一辆宝蓝色奔驰 C300。他拉开车门，坐进去，拍拍方向盘，还是有些兴奋的，毕竟边江开过的最好的车就是他爸的那辆桑塔纳 2000。边江发动汽车，掉头，来到之前自己走出来的那条巷子口，看见刚才送自己过来的男孩儿就站在巷子口，无聊地抽着烟，玩着手机。

边江短促地鸣了两声喇叭，男孩儿抬起头茫然地看向车这边，当他看见边江后，先眯起眼睛左右看看，然后才从荫凉里走出来，把边江的东西一股脑从副驾驶的车窗塞进来。边江接过自己的东西，男孩儿转身准备离开。边江连忙叫住他："嘿，哥们儿，上来吧，我把你捎过去。"

"不用了，我从巷子穿过去就行，也不远。"男孩儿冷冷说道。边江就说："大中午的，别走路了。上车吧，快点的！"男孩儿犹豫了一下，擦了擦额头上的汗，叼着烟，拉开了车门。

边江系好安全带，冲男孩儿笑笑，发动了汽车。"你们三个跟柴哥多久了？"边江随口一问。

男孩儿不说话，看着窗外，脸上的深沉表情和他的年龄很不相符。边江又问："你多大年纪了？还在上学吗？"男孩儿斜了边江一眼："你是警察吗？盘问这么清楚。"边江吧唧一下嘴，被男孩儿这一噎，半天说不出一句话。

男孩儿降下车窗，把烟蒂随手扔出窗外，紧接着又掏出一根烟抽起来。"少抽点。别以为现在年轻，身体就可以随意挥霍。"边江忍不住说了句。男孩儿不屑地冷哼了声："得了吧。你多大，有二十五吗？一副老人家的姿态。"

之后两人谁也不说话，车里气氛有些尴尬。过了一会儿，男孩儿说："台球厅那两个人是我朋友，我们跟柴哥没什么关系，那台球厅是我爸的，我今天就是临时帮忙看看店，顺便帮柴哥带个话。"边江看他一眼："哦，这样啊。你叫什么名字？哦对了，我叫边江。"

男孩儿没有说自己的名字，只是不耐烦地说了句："我以前没见过你，新来的？"边江便说自己不常来，所以才没见过。经过简单的寒暄，男孩儿对边江的敌意似乎减少了不少，他瞥一眼边江问："这车是柴哥借给你开的？"边江嘿嘿一笑："可不，难不成还能送我啊？"男孩儿也笑了笑。"怎么了？你笑得可有点不自然，这车莫非有问题？"边江问。

"没有啊，就是之前我见别人开过这车，没什么。" 男孩儿说。边江没太在意男孩儿的话，两人不过是有一搭没一搭地说着话。这时汽车已经来到了台球厅楼下。"谢啦。"男孩儿拉开车门下了车，走了两步，又转身回来。边江原本要开车离开，看男孩儿又折回来，就把副驾驶的车窗降了下来："怎么了？"

男孩儿看着边江，欲言又止的样子："没事，小心开车啊！"说完男孩儿拍了拍车顶，指了指车内后视镜，然后把手插进裤兜，后退了两步，目送边江离开。边江心里犯起嘀咕，心想这个孩子是什么意思，看他那表情可不像是单纯为了嘱咐一句小心开车。再说，他也不是个会嘱咐别人的人。

大概驶出一公里后，边江越想越不对劲儿，找了个方便停车的地方。停车后边江立即查看车辆的相关证件，很快就从右边手套箱里找到了行车本，以及车险等一些相关文件。边江把行车本拍照后重新放回去，想着回头让李刚查一查车主，再看看这辆车最近的行驶记录，没准儿能有新线索。想着这些，边江把目光落在行车记录仪上。

他小心取下记录仪，打开了回放功能。一般的行车记录仪都是循环录制，当内存储存满之后，新的录像就会覆盖旧的。边江想，至少能通过录像看见之前几个小时，这辆车去过哪里。既然柴狗是乘坐这辆车来的，那就有可能看见柴狗的脸，没准儿还能知道柴狗的家在哪儿。边江快速回看录像，倒是没有追查出柴狗的家，也没看见柴狗的形象，只听到了柴狗的声音，还是被处理之后的嗓音。柴狗说话的内容也不过是让司机送他去茶楼，而且接柴狗的地址是一个十字路口，加上柴狗出行几乎都伪装得很仔细，所以这些信息对边江来说几乎没有参考意义。很快边江看到了一段昨晚的视频，这引起了他的注意。

深夜两点钟，汽车开到了一片荒凉的地方，没有路标，没有灯，连路都是土路，周围是大片的荒地。奔驰开到一处开阔地就停了下来，正前方停着一辆小型卡车。汽车停下后，司机没有熄火，行车记录仪仍在运行。他显然忘了这茬儿了，或者他也没想到柴狗会临时起意把这车给边江开。卡车司机也下了车，打开车厢门。

就在这时，手机铃声响起来。边江浑身一震，连忙接听，并按下行车记录仪的暂停键。

"我做完头发了，你完事了吗？"电话里传来可心愉快的声音。"哦，我正要赶过去，你在店里等我吧，半个小时左右能到你那儿。"边江紧张得嗓子都哑了。"好吧，那你快点啊！"可心催促道。边江心不在焉地"嗯"了一声。

挂断电话后，边江继续播放记录仪里的录像。车厢门一打开，卡车司机往后站了站，随后从车厢里跳下来两个人，还有两个人站在车厢里，在这六七月的夏天，他们全都穿着白色的长衣长裤，戴着口罩，好像运送的是有毒物似的。车厢里的两人抬着一个麻袋，用力一甩扔在了地上，车外的两人则把麻袋抬走，从录像上并不能看到他们最终怎么处理了麻袋。

边江数着，像这种麻袋，一共扔下来十个，奔驰司机自始至终在一旁监视着。有一点边江非常确定，那就是这麻袋和自己在理发店下面密室里看见的麻袋是一样的。而那个麻袋里装着的是老黑的尸体。也就是说，这十个麻袋里，很可能都是人。想到这个，边江不禁冒出一身冷汗。

等麻袋处理完之后，这位奔驰司机从随身携带的一个黑色皮包里拿出一沓厚厚的信封，分别给卡车司机以及那四个穿白衣服的人。边江猜想里面八成是上万的现金。那些是什么人，是死是活？为什么被运到荒地里来？到底发生了什么事……疑惑与恐惧的感觉在边江的心里交织在一起。之后奔驰司机驾车离开，并未发生其他可疑的事情，回到市里后开进了江南岸小区的地下车库里。

边江记录下了那辆卡车的车牌号，但是那片荒地的具体位置，需要提交给警方，由专业人员分析，才能最终确定。随后边江关掉了记录仪，防止新录像覆盖那些重要内容。接下来他要尽快把里面的内容拷贝出来。

边江加速离开，想找一个网吧或者有电脑的地方。汽车开了一段，边江并没有看见网吧，倒是有一个电脑维修店，边江立即停在维修店的前面，拿着行车记录仪就下了车。好在维修店里有U盘出售，这倒是省去了一些不必要的麻烦，边江让维修人员把行车记录仪里的内容拷贝出来。维修工是个年轻小伙子，看起来老实巴交的，带着一副厚厚的眼镜，对于边江的要求，他没有多问，只是点头“哦”了一声。里面的内容很快就被拷贝出来，边江悬着的心终于落了地：“多少钱？”

“算了，不要钱了，也没费什么事。”小伙子憨憨地说。“那谢了啊！”边江说完走出维修店。一回到车里，他就把记录仪放好，并且重新打开，这才长舒了一口气。回想刚才那男孩儿下车后，又折回来看了一眼车内后视镜，边江这才明白，那男孩儿是在看行车记录仪。也就是说，他知道记录仪里有些东西，还故意提醒了自己。边江越发好奇，男孩儿为什么要这么做，他又是怎么知道这一切的，有没有可能再去找他问个清楚。就在这时候，他的手机响了起来，他浑身一震，连忙拿出手机来看，只见来电的是个陌生号码。

“是边江吗？”电话那头传来一个陌生男人的声音。边江答应着：“是我。你是？”

“啊，我是小李，你现在开的那辆奔驰，之前一直是我在开的。”打电话的小李，态度非常好。边江马上认真起来，调整了一下坐姿，客客气气地问对方有什么事。“我在车上落了点东西。你现在在哪儿？我去找你。”小李说。边江连忙说不用了，并问小李现在是否还在茶楼，反正自己现在离那不远，可以过去找他。

小李连忙说：“哎呀，那太好了，我就在这儿呢。你过来吧，我就在路口等你。”小李的声音听起来有些颤抖，好像在害怕什么。十分钟后，边江回到了茶楼，一眼就认出了他，因为看录像时看到过司机小李，短短的板寸，圆胖的身材，头顶理成了桃心的形状，很好认。

不过边江假装不认识小李，缓慢从他身边开过，小李当然认出了这辆车，赶紧跑到路上来，冲着边江招手。“李哥，是吧？”边江把车停好，客客气气地问。小李歉意地点点头：“嗯。实在不好意思，又让你跑回来一趟。”

“反正我也没太要紧的事，什么东西落下了啊？”边江问。小李眼珠子转了一下：“啊，就是一银行卡。”“这样啊，那我帮你找找。”边江说着下车，弯着腰查看车座缝隙。小李也装模作样地找银行卡。

边江瞥了他一眼，猜出个大概，知道小李根本不是找什么银行卡，就说：“哥，要不你先找着，我去边上抽根烟啊。”小李一听，好像松了口气似的：“好，好。”

边江走到路边荫凉处，小李则继续在车上翻找。边江假装没看他，但时不时扫一眼。过了一会儿，小李从车上下来，手里拿着行车记录仪，来到边江面前。果然，边江想，看来这小李已经想到了昨晚的事情，可惜他的反应还是慢了半拍。边江一只手插着裤兜，刚才那个U盘就在兜里放着。

“找到了吗？”边江问。小李晃了晃手里的银行卡：“找到了。”边江看了一眼小李手里的记录仪：“哎，怎么把这东西摘下来了。”小李不自然地笑了笑："啊？哈哈，这个啊，记录仪嘛，柴哥今天坐车的时候说过，以后车上不要弄这些乱七八糟的东西，我下车的时候想取下来，结果一转脸就给忘了，我也没想到柴哥把车给你开了，刚一出茶楼才知道怎么回事，你看我真是，还让你又跑一趟……"

边江附和着笑了两声："柴哥说得有道理。这种录像一类的东西，咱们还是别带着比较好。对了，这车是你的吗？"小李挠挠头："我哪有钱买这么好的车啊，我就是一打工的，这车是柴哥的。"边江笑笑："嗯，行，没别的事，我先撤了。朋友还等着我呢。"

"好好，快去吧。"小李冲边江挥挥手。边江吹着口哨朝着车那边走去。"哎边江！等一下。"小李的声音从身后传来，边江转过身："怎么了？"小李晃了晃手里的记录仪："你别跟柴哥说这事。"边江心领神会地点点头："放心吧！明白。"

"谢了。"小李双手合十做出一个感谢的手势。边江猜想，小李跟柴狗要边江的联系方式时，肯定说的是自己的银行卡落在车上了，其实取下行车记录仪才是他的真正目的。边江上车回想这件事，不禁感叹自己的先见之明，接下来就要看李刚那边能不能根据这份录像调查出更多线索了。

·第三十章　解开谜题·

边江回到红叶美发店的时候，正好是中午。他坐在车里，给可心打了电话，让她出来。

可心一出理发店的门，就看见了边江，马上乐呵呵地小跑过来，欢快得像只小鸟，姜黄色一字肩连衣裙被风吹起来，好像一对翅膀。可心就这么飞上了边江的车："可以啊你，见了趟老板，还开回来一辆大奔！"

"行了，大小姐，别拿我开玩笑了。你那卡宴放在这儿行吗？"边江看了一眼可心停在店门口的车。可心摆摆手："有什么不行的！回头我让人来帮我开回去就行了，正好我今天也懒得开车了。"

边江无意瞥了一眼理发店，发现老板夏海站在门口淡淡微笑着看向可心和边江，还冲他们摆了摆手。可心敷衍似的，冲夏海挥了下手，摸着自己的肚子，撒娇地说："我等你等得都快饿扁了，咱们快去吃饭吧！"说完她系好了安全带。可心是个爱笑的姑娘，虽然有点大小姐脾气，但每次一看见她的笑，边江也会不由地被她感染。这是他并不讨厌可心的原因。

"那想吃什么？"边江问。可心噘着嘴，想了想："嗯，这个吗，你呢？你先说，你想吃什么？"

"我啊，吃什么都行，一份板面就能填饱肚子。关键是我既然答应陪你，就全听你的吧。你说吃什么，咱就吃什么。"边江说。可心听完，一下子就不高兴了，小声嘀咕了句："没诚意。"边江只知道可心在耍脾气，却不知道为什么："怎么还不高兴了，我哪句话说错了吗？"可心噘着嘴没吭声，过了一会儿才说："我也想吃板面，走吧。"

“啊？”

“啊什么，板面也不让吃吗？”

边江一头雾水，连忙说让吃让吃，便驱车去往自己常去的一家板面店。半个小时后，他们来到了那家被边江称为豪华板面的店里。墙上的电风扇正在摇头晃脑地吹着，狭小的店面里充斥着板面汤料和辣椒油的味道，苍蝇不停巡视着自己的地盘。出乎边江的意料，可心并没有嫌弃这家店没有空调或者不太卫生，反而格外兴奋。当两碗热腾腾的板面端上来的时候，边江递给可心一双一次性筷子：“既然你想体验生活，那就开始吧！不过我跟你讲，这家‘豪华板面’的味道可是相当一流，不会让你失望的。”

可心笑了：“你是不是以为我养尊处优，没吃过苦，也没吃过路边摊儿？”边江就问她：“那你说说，你吃过什么苦？”可心刚想说，突然又把话收了回去：“算了，跟你说了你也不信。”边江确实不信，他没再说话，挑起一根面用嘴巴吹了吹，哧溜吃了进去。

边江和可心的斜对面，坐着三个男人，他们蓬头垢面，穿着邋遢，其中两个正用色眯眯的眼神看着可心。可心一阵厌恶，瞪了回去，那两个男人却咯咯坏笑起来。边江看看可心，看看后面那三个男人：“你长这么好看，人家看看你还不行啊？别东张西望了，赶紧吃饭。”

“喂！有你这样的吗！”可心生气地一筷子扎进板面的卤蛋里。边江却相当坦然：“怎样啊？我不替你出头，嫌我尿啊？”边江微微一笑，继续说道，“我只是懒得跟垃圾人计较，不然什么都不用干了。”可心想了想，勉强接受边江的话，便低头继续吃饭。

由于店里实在太热，可心只吃了不到三分之一，就吃不下去了，然后就看着边江吃。

“你怎么跟饿死鬼变得似的？”可心调侃边江的吃相。

“我一天多没吃东西了，你说饿不饿？”边江抬头看了眼可心，然后看看可心那碗面：“还有那么多，你不吃了啊？”可心点头：“嗯，我减肥。”边江皱了下眉头：“你还减肥，再减还有肉吗？”边江只是随口一说，可心却暖洋洋地笑了。

“你不吃，那我吃了啊？”边江看着可心那碗面说。可心笑着说：“你不嫌弃就吃吧。”

边江看她一眼：“我没你们女孩子那么矫情，什么这个脏我不吃，那个油腻我不要！”他故意用假嗓子模仿女孩子的说话声。可心被逗坏了：“喂喂，我可不是你说的那种女孩子。再说吃干净、不油腻的东西也没什么不好嘛。”

她心里原本还有股无名火，对边江有些怨气，但跟边江坐在这简陋的小店里，吃着热腾腾的面，让她觉得和边江的距离更近了一些，便又莫名地愉悦起来。这时旁边那桌的三个男人吃完站了起来，经过可心身边的时候，一个故意蹭到了可心白皙的肩膀，另一个更大胆，伸出咸猪手假装不经意地朝着可心的胸口甩过去。

可心瞥了那只手一眼，实在忍不了了，正要教训那人，但在她出手之前，边江已经伸腿绊了那人一跤，那家伙向前踉跄了一下，边江一把扭住那家伙的胳膊，并站了起来：“哎大哥，小心点啊。”边江的手劲儿很大，那男人想反抗，边江扭着他胳膊往反方向一使劲儿，那家伙立马跪在了地上。

另一个人看兄弟被揍，一下子急眼了，抡着拳头要打边江，却被三人中年龄稍大点的制止了：“行了，别添乱了，不够丢人的啊。”那两个人便没再动手。边江抓着地上那人，把他拉起来的时候，一扭那人手腕，用力一推，那家伙后退两步，险些摔在地上。

店老板已经赶过来，神色慌张地问出什么事了。“没事，老板，你家面挺好，我们吃好了，走了啊。”边江说完，把板面钱放在了桌子上，拉起可心便离开了。回到车上后，边江歉疚地看着可心：“不好意思，让你来这种地方，还遇到人渣。”

可心却一脸幸福，摇摇头：“我没想到你会替我出手。”边江无奈，他看出来，可心脑子里那些小女生的想法全冒出来了，便对她说：“你是我朋友，我总不能看别人欺负你。”

“虽然我只会三脚猫功夫，不过对付他们绰绰有余。”

边江看她一眼：“那我干吗？一边吃面，一边看你暴打色狼？你把我想得也太冷漠了吧？”可心摇摇头：“我没那么想，就是觉得……挺幸福的。”边江无奈摇摇头，抬起手腕看看表：“差点被人占便宜，还挺幸福。接下来咱们去哪儿？我待会儿还有事，顶多再陪你逛两个小时。”其实他并没有急事，但心里惦记着柴狗给他的任务，而且也想尽快回去见田芳。

可心打量了一下边江，点点头：“那就去最近的购物中心吧，除了这身衣服，我觉得你还需要一块表。”边江转过头看可心：“我不缺表，就是没有戴着。不过看你的意思，莫非，这身衣服是你给我买的？”可心眨眨眼睛，好像在观察边江的表情，紧接着，她皱起眉头：“怎么这么问，你的衣服难道不是你自己买的吗？”

边江愣了下，知道自己误会了可心，连忙说：“是夏海，海哥给我买的。”可心只是淡淡地答应了一句，并没有追问下去。边江说：“你要是有需要买的东西，我就陪你去逛逛。如果是为了送我礼物，还是算了吧。”可心稍有不悦，但也没有继续坚持，只是淡淡点点头：“那就陪我逛逛吧。”

两人这趟街逛得很没意思，边江心不在焉，可心也提不起兴致，约一个小时后，可心就以累了为由，让边江送她回美发店，她决定自己开车回家。车上，边江终于开口问了：“我今天一直想问你，关于那天我去车行之后的事。”可心的表情没有异样，一边低头刷微博，一边点点头：“好啊。问吧。”

“你是不是去见了夏海，然后把我的事情告诉了他？”边江问。可心抬起头，看向正前方，并未和边江有目光接触：“啊，对。”边江又看一眼可心：“然后呢？能不能跟我说说之后的事情。”可心不自然地笑了笑：“能先跟我说说到底有什么事吗？”边江也没打算隐瞒，就说自己的老板和夏海认识，似乎是在夏海的帮助下，自己才重新得到了老板的信任。

“那不是挺好？而且说起来，算是我无意帮了你。”可心扭头看边江，调皮地眨了下眼睛。边江想了想，又问：“那你肯定跟夏海说了我的名字，对吧？”可心点点头，一脸茫然：“嗯，说了，要不然他也没办法帮你嘛！突然这么问，怎么了？”边江朝左右后视镜里看了看，然后放慢车速，把车停在路边停车带上。

可心更加疑惑，怯怯地看着边江。边江原本有些光火，想质问她，但一看她的样子又不忍心了，毕竟她也确实帮了自己。他调整了一下自己的情绪：“既然你已经把我的名字告诉了夏海，那你也该知道，我并不是他店里的客人，为什么今天咱们三个见面，你却热情地向他介绍我……”

边江说着说着，摇摇头。可心就说：“那怎么了？我不是说了嘛，以后让夏海哥给你打折，我确实没想到你会去他店里啊。既然他认识你的老板，那你认识他，我想也说得通。这逻辑有问题吗？总不能我见了你和海哥，就说‘哎，海哥，这就是我让你救的边江，他是我朋友。哎边江，你那天得救全是我和海哥的功劳’。你要我这么说吗？抱歉，我无意帮了你，想着事情结束了就好，并不是非要向你邀功。”

“但是……”边江再次摇头。可心有些不耐烦了：“但是什么？你到底在怀疑我什么？”

“我怀疑你认识柴哥，咱们的相遇并非偶然。”边江说。可心轻咬了一下嘴唇，点点头：“我懂了，你的意思是，我接近你居心不良。”

边江忙摆手：“不，不能这么说，我就是觉得你可能早就认识我了，而我对你的了解却是一片空白。”这次可心真的生气了，但是她没有发脾气，只是非常无奈，哭笑不得。

“可心，我确实感谢你救了我，不管是无意，还是有意，知道你对我没有恶意，但你真的应该第一时间告诉我的，你现在给我的感觉是，你好像在故意隐瞒什么。我希望你能告诉我真相，就算你认识柴哥，也不妨碍我们做朋友啊！”

“呵。”可心苦笑，“我不知道你说的什么柴哥。那天送你去车行后，我就去了夏海哥店里，他看我有心事，问我发生了什么，我就跟他说了你的故事。他听完后，说或许能帮帮你，我知道他人脉广，就把证据给他复制了一份。后来夏海哥说已经转交给了你的老板，你的麻烦应该会解决，我这才放心。今天在店里看见你，我也很意外，但想到了之前的事情，就猜想你和夏海哥可能已经认识了，知道了一切。我没提之前的事情，是觉得已经过去了，没必要再说。就这么简单。”

边江琢磨着可心的话，听起来是没问题了。可心见边江不说话，一生气拉开车门下了车。边江连忙跟着下了车：“你去哪儿？”

“我打车去理发店，取我的车。”可心边说边往路边走，看也不看边江。边江就在她身后追：“不是说好我送你过去的吗？”可心没理他，继续快步往前走，边江就说：“就算是我想多了，误会你了行吗？你上次听录音，肯定也能知道，我的工作不是平常人的那种……”

这时一辆空出租车停靠在路边，可心快速上了车，什么话都没说，只留下边江一个人傻站在路边。

和可心的不欢而散，让边江很郁闷。他回到车里，叹了口气，拿起手机给田芳打了个电话，但一直没有人接听。他猜田芳可能有事在忙，自己要去别的家的事情，就等以后再说好了。于是边江改去医院，看望翠花和大嘴，这两个人的状况都不错，再过两天就能出院了。

边江还从大嘴口中得知，田芳中午来过医院，给大嘴送了点吃的，但是她精神不太好，只待了一会儿就说累了，然后回诊所家里了。边江回到家里的时候，却没有看见田芳。他再次拨通了田芳的电话，这一次有人接听了。“喂，谁呀？”手机那头传来田芳慵懒的声音。

“你喝酒了？”好像隔着电话边江都能闻到她的酒气。田芳没好气地回了句：“关你什么事啊？”边江就问她现在在哪儿。田芳却冷冷地说：“你管得着吗？你来找我干吗？你能解决我的问题吗？你现在可是得到柴哥重用了，什么都不重要了，过去的一切对你来说……都，都不重要了！你以为……我告诉你……”田芳说着说着，突然干呕起来。

“田芳，你到底在哪儿？有什么话见面再说。”边江对着电话说。“算了吧。”田芳迷迷糊糊地说，“我好得很，这些年，我也是这么过来的，你就别假惺惺的了。”边江心里揪了一下，但知道田芳说的是气话。此时的田芳就像个刺猬，谁若靠近她，立马竖起一身锋利的尖刺，非要把对方扎个头破血流不可。

边江心平气和地说：“柴哥跟我说，以后会把我调到别的家里去，不过现在还没给我具体通知，估计就这两三天的事情了，所以我想见见你。”田芳听完却大笑起来，随后边江听到很大的噪音，好像手机掉在地上了。“田芳？田芳！”边江对着手机大喊了两声，那边却传来田芳鼓掌的声音，还有她不太清楚的说话声：“太好了……终于要走了……太好了……”听起来她把手机掉在地上后，就没再捡起来，再之后通话就被挂断了。

边江心里着急，却一点办法也没有，只好给光头打了个电话。“你知道田芳平时喜欢去什么地方喝酒吗？”边江问。光头非常意外，说田芳不怎么爱一个人喝酒，到底出什么事了。

边江着急地说：“她好像一个人去喝酒了，我有事找她。”光头便安慰边江，田芳不会出事的，她从来不会干出离谱的事情。她可能去的地方，光头只说有可能是他们常去的酒吧街，但具体哪家酒吧，他也说不好。

这时可心的电话打进来，边江只好先结束了和光头的通话。边江接听电话：“可心，你回去了吗？”可心“嗯”了一声，就陷入了沉默，边江感觉她好像有话想说，就问可心，是不是还在生气，自己真的没有别的意思，希望可心别误会什么的。

可心却倔强又撒娇似的说：“好了，不用解释了，我也不知道为什么给你打电话，可能是我不喜欢跟人有隔夜仇，那咱们就算和好了。”边江笑笑，可心的年龄和自己相仿，表现得却像个小女孩儿，让他觉得像个小妹妹。“好。我这边还有点别的事情，改天再联系。”边江说。

“什么事啊？”可心问。边江就说也没什么，就是一个朋友喝多了，得去看看。可心打破砂锅问到底，问边江的朋友在哪儿。边江告诉她在酒吧街，自己现在就过去。可心淡淡地“哦”了一声，两人便结束了通话。在去找田芳的路上，边江把那份从密室里搜集到的证据带上了，想顺便寄给李刚说的叫“零度”的人。寄东西之前，边江给李刚打了个电话，提到了行车记录仪里的录像。对边江这个发现，李刚非常意外，称这条线索很可能关系重大，让边江把这份录像也同样邮寄给“零度”。

边江寄完东西，赶到酒吧街的时候，天已经黑了。酒吧街上熙熙攘攘，闪烁的霓虹灯让他突然有点茫然，这么多酒吧，该去哪儿找田芳。就在这时，一个电话打进来，是安然。边江猛地想到柴哥让他去见安然的事，连忙接听。

“边江，你在哪儿呢，柴哥跟你谈过了吧？”安然听起来很兴奋。边江忙说谈过了，自己本来想下午去找她，但有些事情耽误了。安然说：“那算了，明天吧，上午直接来 KTV 找我，我跟你说说那个美术生的事情。对了，柴哥跟你说了吧？这次咱们两个一起行动。”

“说了，姐，这任务可是很危险的，你怎么这么激动……”边江不解地问。安然却笑起来：“你懂什么！柴哥让我做，说明我对他重要啊。反正能给柴哥做事，我就觉得幸福。”

边江笑笑：“姐开心就好，我这次被柴哥重用，更不能搞砸，还要姐多指点我。”

“嗨，那都不是事。行了我不跟你说了，明天见吧。”安然挂断了电话。边江则开始给田芳打电话，但一直没人接。他只能一家酒吧一家酒吧地找起来。他先去了几家相对有名的酒吧，但并没有在里面找到田芳。最终决定从路南开始，展开地毯式搜索，一家一家进。

半个小时后，他依然一无所获。边江再次拿出手机，抱着试试的心态，拨打田芳电话。这一次有人接听了，是个男孩子。边江紧张起来。通过简单的对话，边江得知这位男孩子是酒吧的服务员，对方说田芳下午就来了，喝了挺多，看样子她自己是回不去了，希望边江能过去接一下。

那是一家慢摇吧，边江赶过去的时候，田芳一个人在卡座里，趴在桌子上不省人事。“田芳？”他轻轻拍了拍田芳的肩膀。田芳迷迷糊糊地醒过来，眼神迷离地看了边江一眼，凌乱的长发遮住了半张脸，脸颊微红。

边江有些心疼，不禁后怕，田芳一个女孩子烂醉在酒吧，加上她外貌出众，要是遇到居心不良的人，后果不堪设想。她冲边江笑笑：“你怎么……怎么在这啊！”

“我来带你回家。”边江说着要把她从卡座上扶起来。田芳一把推开边江：“我没有家。”

边江不打算跟醉酒的田芳较劲儿，就说：“好，那就回诊所。”田芳却身子往后一仰，靠在了墙上：“我才不回诊所，我不喜欢那儿的味儿。”

·第三十一章　回顾往事·

边江一愣："什么味儿？"田芳就捏着鼻子，皱着眉头说："药味儿呗，那诊所里都是药味儿，你难道闻不到？"边江点点头："你说这个啊。"田芳摇摇头，神秘地说："不只是这些哦。"她冲边江招招手，让他离自己再近点。边江把身子凑过去。

田芳双手搭在边江的肩膀上，搂着他的脖子，凑在他耳边，满嘴酒气，喃喃地说："还有一股臭味儿，那儿已经臭了。"田芳说完就推开了边江，脸也重新扭了过去，懒洋洋地靠在沙发上。"臭了是什么意思？我没闻到过臭味儿。"边江问。"哼，你当然没有闻到，等你了解了它，你就能知道，简直……臭……臭死了！"田芳说着一阵干呕，她强压着那股恶心，急促地喘了好几口气，才平静下来。

她拿起酒瓶又要喝，边江一把给夺了过去："别喝了，走，我先送你回去。"田芳却猛地推开边江，发起脾气来："别，别碰我！我不走，我哪儿也不去！"她眼睛里泪汪汪的，噙满了眼泪。边江在她身边坐下，生气，却也拿她没办法。田芳把酒瓶推到边江面前："喝！少废话，是爷们儿就陪我喝！"

"我开车了，不能喝。"边江说。田芳扫兴地摇摇头，浑身散了架似的，摇晃地伏在桌子上，用一只手托着下巴，傻傻地看着边江："切！你就是没用！"

"为什么喝酒，还喝这么多？"边江尽量心平气和地说。她把头别了过去："我乐意。"

果然，跟酒鬼没什么道理可讲，边江想。等他再次尝试叫田芳起来跟他走的时候，却发现田芳在默默地掉眼泪，她一声不吭，眼泪流下来，就用手擦掉，眼睛就那么呆呆地盯着桌子上的酒瓶子。

“你，怎么了？”边江的声音温柔了许多。田芳擦了把眼泪，笑笑：“没事啊，就是突然觉得自己挺可悲的。”边江听完，也沉默了。他拿出香烟，递给田芳一根。田芳瞥了一眼那根烟，没有接，对边江喊道：“我讨厌抽烟，我不抽烟，你别给我！”田芳声音很大，周围的人忍不住侧目看过来。边江皱皱眉头，有些意外，把烟收了起来。

因为饮酒过度，田芳的嗓音有些嘶哑，她看着边江说：“我不喜欢抽，可我又戒不了。就像我根本不喜欢现在这种没完没了的狗屁生活，可就是摆脱不掉一样。”边江看看她，认真地说：“你想戒就能戒。”

“别天真了。”田芳不屑地瞥他一眼，“因为我是田芳，是混黑道的女人，是柴狗看上的人，所以我不能……不能清纯得像朵白莲花。我不但要抽烟，还要说脏话，打人，偷东西，抢钱，什么事情坏，我就做什么。”

边江不禁心疼起来：“你不要这么糟蹋自己。”田芳看了边江一眼，她委屈地撇撇嘴，眼泪扑簌扑簌地掉下来。边江继续说：“如果你想，我是说，其实总会有办法摆脱的，你现在的想法太消极了，而且你一直都不肯跟我说实话。让我帮帮你，不行吗？”

田芳摇着头：“不行，不行！你别给我灌鸡汤。你根本，根本就不知道我的处境，也想象不出柴哥有多狠。”田芳一脸绝望，说完又自顾自地喝了起来。

边江突然想到田芳今天来喝闷酒原因，就问她：“你是不是已经知道了，我要离开咱们家的事？”田芳斜着眼睛看了边江一眼，冷笑一声：“知道了又怎样。反正我们都改变不了什么，这样不是挺好？以后我们见不到，谁也不会连累谁。”边江沉默片刻：“我只是从家里搬出去，但我们还是可以见面……”

“见面干什么？被柴哥发现了，你有几条命可以死？”田芳的话，让边江心里很不好受，他感觉喉咙发痛，好像发烧了一样。他知道田芳一直在压抑自己的感情，就是怕连累了自己，所以刻意跟他保持距离，故意说狠话。

“田芳……算我求你了，你告诉我行吗？为什么不敢离开柴哥，你到底在怕什么？”边江看着田芳，眼睛里快瞪出火来了。两个人对视了一会儿，田芳却突然转移了话题。

“你……你刚说什么，你开车来的，是吧？可……可你哪有车啊？哦对！咱们那辆破面包。”田芳迷迷糊糊地自言自语着：“哎，不对，那破车我开着呢，你哪儿来的车？”边江就说：“柴哥给我的。”田芳听完晃了晃脑袋，愣愣地看着边江，嘴角抽动了一下，眼神里充满了不屑和厌恶。

“你是不是还挺高兴的，嗯？”田芳突然问。边江马上皱起眉头：“什么挺高兴的？我还不至于因为一辆车就美上天，再说也只是借给我开，让我帮他办事方便。”田芳冷哼了一声：“办事方便。哼。你忘得可真快！我看，你哥哥的仇也别报了！”

边江愣住了，看着田芳：“跟我哥哥有什么关系，田芳，你在说什么？”田芳瞥了他一眼，没说话，又开始给自己灌酒。“不许喝了！”边江这次特别强硬，抢过田芳的酒瓶。

田芳什么也没说，很不耐烦地又拿了一瓶新的。这一次边江没有管她，田芳喝了几大口酒，啤酒弄湿了她的衣服，她擦擦嘴角的啤酒沫，看着边江，伸出食指按在边江的心口上，用力地点了好几下，冷笑起来，好像在提醒边江什么。

边江想起田芳之前调查出他的档案后，也说过他哥哥的事情，当时他就有疑问，觉得田芳有事瞒着他。“我哥的死，跟柴哥到底有什么关系，田芳，请你告诉我。”边江扳过田芳的肩膀，认真地问。田芳却好像没听到似的，眼睛微睁着，什么都不说。

“我知道你还没醉到那种程度，别假装听不见我的话，告诉我！”边江语气急切，甚至有些命令的意味，他也觉得自己快疯了。田芳看着他，终于开口：“那好，我问……问你，你哥哥是怎么死的？”

“我说过，被几个小混混儿打死的。你不是也调查过吗？”边江问。田芳点了点头，继续问：“那他们为什么打他？”边江眨了眨眼：“为什么？我不知道，大概是因为我哥得罪过他们吧，当时我有印象，他们还跟我哥要钱，但我哥没给他们，可能是他们抢劫，我哥不给，于是失手打死了我哥。”田芳听完马上摇摇头，摆摆手：“不对，不对，不对！根本就不是这样的！”

“那是怎样，你告诉我。”边江急切地问。田芳叹了口气：“你连你哥怎么死的都不知道，真是……哎！”边江看着田芳的样子，知道她早已感觉天旋地转，一切都模模糊糊了，但他不想放弃，都说酒后吐真言，这是他唯一的知道真相的机会，因为等到明天田芳酒醒，就不会跟他说一个字了，也不会承认酒后的失言。

“田芳，你看着我，你到底还知道什么？”边江问。田芳却一头趴在了桌子上，好像睡着了。边江拍拍她的肩膀，田芳好半天才抬起头，看了边江一眼，突然站起来，从边江前面过去，晃晃悠悠地往外走。边江赶紧站起来，追过去：“你去哪儿？”

“我要上厕所！”田芳手指着天花板说。边江快速看了眼酒吧卫生间的指示牌说：“厕所在这边。”田芳一愣，哈哈大笑：“哦。对，哈哈哈！我真是喝多了！”说完她晃悠悠地朝着洗手间走去。边江赶紧跟过去，扶着田芳，把她送到女厕门口。五分钟后，田芳出来了，她洗了脸，脸颊两侧的头发湿漉漉地贴在脸上，眼神依然迷离，但看起来精神好些了。边江什么都没再说，搀扶着她往外走，经过吧台的时候，顺便结了账。直到田芳坐到车上，边江才终于松了口气，擦了把头上的汗。

这天晚上并不太炎热，边江就把天窗打开。被夜风一吹，田芳精神了不少，她喝了很多，但并没有睡着，看起来也不太会断片，只是靠着车窗发呆。“我不想回家，带我兜兜风吧。”田芳沙哑着嗓子，看着窗外，淡淡地说。

边江默默点头。田芳打开了音响，歌词很应景：

“我在这里欢笑，我在这里哭泣，我在这里活着，也在这死去。”

“我在这里祈祷，我在这里迷惘，我在这里寻找，在这里失去……”

田芳皱着眉头，轻咬着嘴唇，眼泪再次落下。边江没有打扰她，只是平稳地开着车。歌曲放完，她擦了擦眼泪，深吸了一口气：“你哥哥是被柴哥的人打死的。”听到田芳这句话，有一瞬间边江的脑子是空白的，握着方向盘的双手在颤抖。紧接着，他便觉得这是不可能的，一定是田芳跟他开的玩笑。

“我哥哥是在我老家遇害的，柴哥一直在汉都，怎么可能呢？”边江问。田芳没理会边江的质疑，自顾自地说：“我调查你档案的时候，顺便也调查了一下你哥哥的死，很巧，刚好调查出当年的事情，你那时候年龄应该还小吧？”边江僵硬地握着方向盘，他浑身在出冷汗，双手也在发抖。理智告诉他，如果再这么开下去，恐怕就要出事故了，他没说话，先找了个方便停车的地方，把车停在了路边。边江看着田芳，等着她说下去。

“那几年，柴哥确实去过你老家，汉都风声紧，他去你老家是躲风头的，也算养精蓄锐吧。柴哥跟当地的地头蛇联手，主要是收保护费。后来柴哥干掉了当地地头蛇的老大，自己当了老大。你哥哥就是那时候认识柴哥的。”

边江就像听跟自己毫不相干的故事一样，哥哥在他的印象中，是正直勇敢的，他懂事上进，所有人都喜欢他，他怎么可能跟柴狗有关系。

田芳用平静的语气告诉边江：“那时候你家条件不好，你妈妈又生病，你哥哥不得不跟你父亲一起肩负起家里的责任，机缘巧合，认识了柴哥。”

儿时的记忆浮现在边江的眼前，他记得那时候家里穷，一家四口挤在一间小屋子里，哥哥睡沙发，写字台的一半被一台老也不出画面的大屁股电视机占据，另一半平时被当作餐桌。但即使在这样艰苦的条件下，哥哥的成绩也一直很好，墙上贴满了哥哥的奖状，家里也有哥哥奥数获奖的证书。边江记得，哥哥喜欢手风琴，一放学就去邻居家练琴，为了跟着邻居叔叔每天学半个小时，他辅导那个叔叔家的孩子。哥哥很聪明，学得很快，会弹奏《莫斯科郊外的晚上》。边江还记得，妈妈那时候身体不好，哥哥就肩负起照顾弟弟的责任，会烧菜做饭。哥哥遇害后，妈妈心都碎了，从那之后她身体更差，一年半后也离开了人世。后来边江便和父亲相依为命，所幸父亲工作平稳，两个人的生活也就慢慢好起来了。

儿时那些原本已经被封存的痛苦回忆，又逐渐清晰地出现在脑海中。

“能不能详细说说，我哥是怎么认识柴狗，又是怎么死的！”边江牙咬得咯咯作响。

田芳看他一眼，并没有安抚他，说：“在柴哥小弟收保护费的时候，跟一个卖水果的老板发生了冲突。你哥哥跟那个老板挺熟的，就帮了老板。”

“所以他们就打死了我哥？”边江紧紧攥着拳头。田芳却摇摇头：“不，那样的话，警察就不会查不出害你哥哥的凶手了，也就没有后面的故事了。”边江皱皱眉头，等着田芳说下去。田芳看了他一眼：“后来你哥加入了柴哥的组织。”

“不可能！”边江一下子就火了。“有什么不可能？对了，那老板的女儿跟你哥是同学，好像你哥挺喜欢她的，这个我也只是听说。”田芳清清嗓子继续说，“当时那老板交不起保护费，那种小混混儿你肯定也知道，他们就对老板的女儿动手动脚的，你哥就制止他们，还说，保护费他给补上。”

田芳说着说着嗓子彻底哑了，说不下去。边江记得车后排座位上放了几瓶矿泉水，就转身给田芳拿了一瓶。田芳咕咚咕咚喝了小半瓶水，才继续对边江说起来。“小混混儿给他一周期限，让他筹钱。你哥哪有钱，他跟同学凑了半天，也远远不够，然后期限到了，他就自己去见了那群小混混儿，说没钱，希望宽限些日子，或者他可以帮他们打工。”田芳说完，边江马上摇摇头：“不可能，我还是不信，因为我哥不可能帮柴狗做事。”

田芳倒也没着急反驳，她点头说道：“你哥确实提了一堆要求，说自己不去收保护费，不偷不抢什么的。柴哥当时也在，就问他会什么。你哥哥说他只是一个学生，数学还不错，别的都可以学，他学得很快，只要不是犯罪的事情他都可以做。”田芳靠在座位上，歪着头看看边江，“你们兄弟两人身上，还真有些相似的地方。”

“我不如哥哥，不然我不会走上这条路。”边江发现自己的声音有些颤抖。田芳撇撇嘴：“随便你怎么说吧，反正柴哥大概是看中了他身上的一些品质，觉得他够义气，又刚好需要你哥做些事情，于是就跟他说，只需要帮一些小忙，就可以把那笔钱一笔勾销，而且以后都不会再收那卖水果的老板一分钱。”

“他让我哥做什么？”边江问。田芳看看边江：“你应该知道，你哥哥很聪明，很有数学天赋吧？”边江点点头。田芳说：“那帮小混混儿没什么文化。柴哥需要有专门的人帮他记账，包括各种金钱往来记录，他自己不精通账目，这方面没条理，身边的人他都信不过，所以就让你哥帮他弄这些。”田芳说到这里停下来，同时音响里切换到了另一首歌，是刘德华的《17 岁》。

边江想把音响关掉，田芳挡住了他的手，只是把声音调小了一些。边江问：“所以，我哥给柴哥做账，因为他知道得太多，才被灭口了，对吗？”田芳点了点头：“他后来执意退出，柴哥不允许见过他面孔的人活着离开，再说你哥还知道他那么多底细……”边江的眼圈红了，很多种感情交织在一起，他心疼哥哥，怨恨柴狗，又厌恶自己，最后他开始质疑田芳。

“你说的这些，有点不真实。再说你怎么调查出来的？这些事情应该已经彻底被抹掉了才对。还有，柴哥是不是已经知道了我的身份？那他怎么还留我在身边，不怕我报复他吗？”

田芳好像早就料到了他会这么说，一只手按着太阳穴，闭着眼睛靠在车窗上，呢喃似的说：“我知道你不信，反正这就是我调查出来的。而且没有什么事情是可以完全被掩盖的，尤其是这些年过去了，当年的知情人已经不再像过去那么守口如瓶，他们愿意把心里的秘密说出来。现在知道这件事的只有我一个人，连老杜我都没说过，柴哥更不知道。”

边江心里更加疑惑：“为什么，为什么要保护我？”田芳苦笑了一声：“我就是想保护你。一开始，我帮你瞒着，只是因为我觉得你品质不错，我挑中的人，我就要保护到底。后来……我……对你……有了些好感，所以我没有跟别人说这些，还把证据都销毁了。”

“你现在告诉我，不怕我报复柴哥吗？他不是你的恩人吗？”边江问。田芳睁开眼睛，看着前方，皱着眉头说：“你以后会明白的，不过我劝你，暂时不要轻举妄动。”边江身子往后一靠，好半天没有说话，整个人陷入了仇恨的旋涡。眼泪模糊了边江的视线，愤怒燃烧着他，然而他除了握紧双拳，心怀仇恨以外，什么都做不了，至少目前是这样。

边江把田芳送到家安顿好以后，马上又出来了，他给李刚打了电话，态度坚决：“我要见你，就现在。”李刚非常生气：“我说过，现在是非常时期，我的处境并不好，你更是，我们不方便……”没等李刚说完，边江说道：“十二点，我在酒吧街五号酒吧等你，你最好过来。”电话那头李刚陷入沉默，两秒后，他低沉着嗓音说：“换个地方，那地方人太多。”

“就在那见吧，人越多越好。人少才容易暴露不是吗？”边江说。李刚叹了口气：“好吧，你小子最好有些真材实料给我。”挂断通话，边江打车返回酒吧，随便点了饮料，百感交集地等着李刚。十二点，李刚准时坐在了边江的身边。

“到底什么事？”李刚压低了声音，然后看一眼调酒师，“一瓶百威。”吧台后的调酒师把啤酒放到李刚面前，他拿起来喝了一口，眼睛看向别处，警惕地观察四周。“放心，没有柴狗的人，我都观察了两个小时了。”边江说。

“你大晚上把我叫出来，到底干吗？”

“你当时为什么选中我？”

“就问这个？我不是跟你说过，你底子干净，身上有股侠气……”

“别跟我说这些套话，我就问你，为什么没有完全抹掉我的档案？”

“什么档案？”

边江说关于自己过去的一切，家乡等。李刚笑了：“你小子脑袋是不是被门挤了，跑出来问我这种白痴问题？我要是把你档案都抹了，柴狗一旦调查起来，不会怀疑？”边江扭头看着李刚的眼睛，想从他眼中找出撒谎的痕迹，然而并没有看出问题。

“那我问你，你是不是早就知道我哥哥的事情，才把我安排到柴狗手下？这样等以后我知道了哥哥的事情，就会对柴狗更加仇恨，就能更好地完成你的任务，是吗？”边江愤恨地说。李刚也怒了：“你知不知道自己在说什么？”

“你知道我在说什么，你想利用我的仇恨，这样我就永远都不会背叛组织，就可以隐忍所有，踏踏实实地做事……”边江说。“你觉得是这样吗？”李刚不紧不慢地问，但每个音都透着一种威慑力。边江点点头。李刚失望地叹了口气，他瞪着边江说：“蠢！愚蠢至极！”

边江绷着嘴唇不说话。李刚继续说：“我看你是急昏头了！第一，我要是想利用你的仇恨，早就告诉你了，当时还用威胁你干这个吗？从一开始我就告诉你，柴狗是杀死你哥的人，不就行了吗？第二，你刚问我为什么没有抹掉你的档案，你觉得我故意等着柴狗的人查出来，柴狗曾经杀死你的哥哥？那你觉得他还能留着你？第三，杀死你哥的是柴狗，又不是我，我是你的出气筒吗？！”

李刚喝了口酒，长出了口气，换了个语调，语重心长地告诉边江：“我一开始也不知道你哥的事情，后来又深入调查的时候，才发现跟柴狗有关系。”

·第三十二章　障眼法·

边江疑惑地摇了摇头："可是……我记得你跟我说过，并不是随随便便把我选中的……"

"对，我还说看上了你身上的闪光点。当时你打架，后来勇于承担，这些我都看到了。但你别忘了，我对你不是什么'一见钟情'，后来我单独训练你和翠花，那才是对你们的考验，是你们努力通过了考验，可以执行任务了，我才让你们去的。"李刚是个暴脾气，说这番话时，强压着火，毕竟周围有人，他不好发作。

边江听完，也有点没底气了，李刚骂醒了他一些，但哥哥被柴狗害死这件事对他的冲击并未减少分毫。"可是后来你调查出来了，怎么也不告诉我？"边江问。

李刚也没有继续发火，耐心地说："你的心情我完全可以理解，我不告诉你，是怕你乱了分寸，一时冲动暴露身份。其实当时调查出来我也吓了一跳，要知道，这对你来说并没好处。因为一旦柴狗知道你哥哥就是他曾经害死的人，你觉得他不会提防你，不会要你的命？你现在应该庆幸，他还没发现这件事。"

"现在了解我过去的人，只有田芳，而且她不会跟柴狗说的，所以目前我还是安全的。"边江说。李刚却皱起了眉头："你凭什么那么肯定她不会去告诉柴狗，她为什么心甘情愿帮你瞒着？"边江想了想说："因为她……可能她跟我一样恨柴狗！"李刚越发生气："别忘了，柴狗可是她的恩人！"

"但手里也攥着她的把柄，限制着她的自由。"边江反驳道。"所以田芳也许从一开始就想帮我呢？"李刚叹了口气："算了，我不管你这些，毕竟我现在都自身难保了……”边江连忙问李刚遇到了什么困难。李刚谨慎地看看旁边：“有人在跟踪我。”

“白道上的，还是黑道上的？”

“废话，当然是黑道上的。我这些年得罪了不少人，最近一直感觉有人在跟踪我，我怀疑是柴狗。他可能已经查到我了。反正你记住，不管心里多恨柴狗，你现在都要忍住，然后竖起耳朵，睁大眼睛，盯好柴狗，接近他，取得他的好感，摸清他的底细，然后等时机一成熟，咱们新账老账都跟他算个清楚！”李刚说着站了起来，从兜里掏出现金放在桌子上，拍了下边江的肩膀，“记住，工欲善其事，必先利其器。”

李刚走了，留下边江一个人，他在酒吧又待了半个小时才离开。走出酒吧，一阵凉风袭来，他抖擞了下精神，感觉自己又可以重新投入新的战斗中了，而且这一次，他把柴狗绳之以法的决心更强。就在他要离开的时候，肩膀突然被人拍了一下。

“嗨，边江？”熟悉的声音从背后传来。边江转过身，看见可心，非常诧异：“这么晚了，你还在外面啊？”可心看了看身边的一个女孩儿和两个男孩儿，对边江说：“你还不是一样？我跟朋友出来的，没想到能碰见你。”边江想起来，之前可心跟他打电话，他说了一句自己会来酒吧街，可心该不会是因为这个才约朋友过来的吧？边江心里嘀咕了。

“嗯，我正要走，你们好好玩。”边江说着就要离开。“哎，既然这么巧遇到了，干脆跟我们一起吧。”可心旁边的女孩儿很合时宜地提出了邀请。边江摇摇手，礼貌地拒绝道：“不了，我有点困，玩不动了，省得扫你们兴。可心，我先回去了，回头再联系吧。”可心的表情有点僵，她的朋友们又要邀请边江，但她用眼神制止了，然后微笑着走到边江面前，小声在他耳边说了一句话。

边江的脸色顿时非常难看，过了两秒，才说：“这样吧，我知道一家店的夜宵不错，我请你们去吃好不好？”可心的朋友马上说道：“可以，可以，正好饿了！”于是五个人一起去了一家通宵营业的港式茶餐厅，吃了点夜宵。席间，可心拿出手机，打开相机，把边江拉过来，边江很配合地对着镜头露出笑脸。两人合影之后，可心和另外三个朋友自拍了几张，配上夜宵的照片，一起发到了朋友圈里。

吃完夜宵，边江就回家了。这一路，他整颗心都紧张着。可心在他耳边说的话是：“有人跟踪你，你跟我们一起玩一会儿，我能证明你整晚跟我在一起，信我的话，就跟我走。”

听可心说完之后，边江没敢马上观察四周，但后来他确实感觉到有人不远不近地跟着，这让他更加确信了可心的话。

他没有详细问跟踪的人是谁，也没问可心是怎么发现的，但边江认为多半是柴狗的人在跟踪他。他把田芳送回家这件事，倒没什么，关键是他和李刚见面要是被人发现，就严重了。边江在心中暗想，以后绝对不能再冲动，也绝对不能再在这种地方见李刚了。李刚若说形势不妙，绝非危言耸听，一定要乖乖听着。想着这些，他对可心越发好奇起来。不知道今晚的相遇是偶然，还是在可心的计划之内。边江想，如果没有受过训练，可心不太可能敏锐地注意到边江被人跟踪了。再加上可心的身手，确实很不一般，她这么帮自己，难道也是一个卧底？

第二天边江起床的时候，天已经大亮。他想起和安然的约定，匆匆洗漱后就要出门，正好在客厅遇到了同样刚刚起床的光头。“听说你要去别的家了？”光头问。

“嗯，田芳已经跟你们说过了？”边江说着往田芳房里看了一眼，床铺已经叠好，看来早早就起床了。光头遗憾地看了看边江：“嗯，她早上跟我说的。对了，今天下午大嘴就能出院了，晚上一起吃个饭吧。”边江点头答应：“好啊，不过他怎么这么快就出院了，我记得你说他明后天才能出院。”

“他已经没什么事了，也住腻了。昨天问过医生，说可以出院。”光头说。边江再次看向田芳开着门的屋，心不在焉地说了句：“那就好。”光头顺着他的目光看去：“芳姐出门了，找她？”

“哦没事，她昨天喝多了，不知道今天好点没有。”边江说。光头告诉他，早上见田芳时，好像没什么事。“嗯，你今天怎么也起这么晚，不用干活儿啊？”边江问。光头笑笑，小声说：“不是跟你说了吗，柴哥要转型了。芳姐早上走的时候说，放假三天，之后有什么安排再告诉我们。”

边江对光头笑笑：“那你们可以好好休息两天了。”光头点点头：“哎，我没说错吧，柴哥是不是找过你了，是要重用你吧？”边江苦笑：“什么重用不重用的。行了不说了，我得赶紧走了，晚上你们定好了吃饭的时间地点，告诉我啊！”

光头点点头，边江离开了诊所，他在路边早点摊儿简单吃了点东西，就去了夜上海，见到了安然。安然打扮得很精神，头发简单束在脑后，平底鞋，灰色阿迪运动长裤，简单的白色三叶草T恤，她没有化浓妆，整个人看起来很有活力，总之跟平时的打扮、形象完全不一样。但她皱着眉头，脸拉得很长，边江知道安然一定是在怪他迟到，于是道了歉便想转移话题。

“然姐，今天好青春啊！”边江恭维地说。安然白了他一眼，看看表，满脸不悦：“你可迟到了啊。”说完她又看看边江的脸，“脸色这么差，看来是昨晚没睡好啊？”安然的语气有点怪，好像在故意暗示什么。

“有吗？我感觉睡得还行啊，可能是我之前中毒闹的。”边江说着坐在了沙发上，他和安然已经很熟了，并不会太拘泥，而且安然是那种很容易让人看懂的女人，所以边江跟她相处时很放松。“柴哥说的那件事，咱们先从哪儿下手？”边江问。

“那个美术生。他是关键，待会儿我带你去见见他。”安然说。边江若有所思地点了点头：“可以直接见他，跟他谈？”

“不然呢？”安然也不看他。边江听出来安然的气还是不顺，就再次真诚地道了个歉：“然姐，今天实在不好意思，让你久等了。”安然叹口气：“这不是重点，我也没那么小心眼儿。我之所以生气，是因为另一件事。我现在怀疑你原来说过的话还算不算数。”边江挠挠头，心想着自己最近没得罪过安然，他坐直身子，忐忑地问：“姐，到底是什么事啊？”

“田芳。之前你答应过我的，把她从柴哥身边弄走，事情怎么发展到今天这一步了！”安然凶巴巴地问。边江这才明白安然生气的原因，就赶紧跟安然解释，说自己刚从鬼门关走了一趟，还没喘口气呢，田芳的事情他并没有忘，也不会忘，但这不是一朝一夕能解决的。“再说了姐，事情发展到哪一步了啊？我怎么听不懂啊……”边江一头雾水。

“哼。”安然冷哼了一声，“我当然知道，本来也没想催你，但你做的事情让我怀疑。”边江有点纳闷儿，也稍有些气愤，不过他始终保持着冷静。

“我做什么了？”

“你跟我说什么你喜欢她，还说要带她走，可这句话说完才几天，你就和别的女孩儿搞在一起了。”安然愤恨地说。边江挠挠头：“然姐，这话可不能乱说啊，我什么时候跟别的女孩儿搞在一起了！”边江说完猛然想起可心，但想着安然不可能认识可心，也就不会知道边江昨天白天和可心逛街，晚上一起吃夜宵的事情。

安然叹了口气，无奈地摇摇头：“你就是不见棺材不落泪是吧？好，那你告诉我，你跟可心这是怎么回事？”她说着把手机屏幕给边江看。屏幕上是边江和可心那张合影自拍，就是昨晚吃夜宵时拍的，可心确实当时发了朋友圈，他记得很清楚。

“然姐，你也认识可心？”边江满脸诧异，想拿过手机再看一眼，他没想到安然和可心是朋友。安然翻一下白眼，嘴角一挑，冷哼一声，把手机快速收回去：“我当然认识可心，你别这么一副我冤枉你的表情啊，你说我冤枉你了没？大半夜的，跟可心出去喝酒吃饭，你要说是普通朋友，我也可以接受，但人家可心都承认了，你还狡辩什么，你们两个根本就是在交往！”

安然的话让边江完全摸不着头脑，他就问安然，可心是怎么说的。“你问我干吗，你没有她微信吗，自己看她朋友圈去不就行了？”安然气得不轻。边江心里冤枉，却不好解释。因为当时可心说有人跟踪他，还说能帮他证明清白，所以她发朋友圈时边江也知道她的用意，才没有介意，这也是他配合拍照的原因。

“然姐，这件事我以后再跟你详细解释，但我可以跟你保证，将来一定会把田芳从柴哥身边带走，但你需要给我时间。”边江说。安然白了他一眼：“那人家可心呢？”边江就说那是一场误会，他们两个之间真的什么都没有。安然盯着他看了一会儿：“好吧，你跟可心之间到底是什么关系我不知道。她昨天这条朋友圈一发，田芳能不知道你们两个的事情？她还会相信你？”

“田芳又不认识可心……”边江说到这儿突然觉得不对劲儿，“然姐，可心也是柴哥身边的人？田芳也认识她？她应该不是咱们内部的人啊，就是一富家千金。”安然皱皱眉头：“我哪知道啊，你去问她不就行了。”

边江发现安然不太想继续这个话题了，但他必须把心里的疑惑问出来。

“然姐，那你是怎么认识可心的？”安然摆摆手：“哎，行啦，先别说这些了，你就告诉我，打算什么时候把田芳带走？我可等不了那么久！”她皱着眉头坐到了独立的沙发座上，好像很累的样子。

边江歪着头，看看安然：“姐，你没事吧？”

“我能有什么事？”安然的眼神竟然有些躲闪。“不对，不对，然姐，你有事情瞒着我。”边江往安然那边坐了坐，仔细观察着她的脸。“我有什么好瞒着你的。”安然嘴里很有底气地说着，却没有看边江的眼睛，她调整了一个更加舒服的坐姿，补充了一句，“就算我瞒着你，又怎样啊？”

边江一时语塞，张了张嘴：“我确实没办法，可是然姐，我以为咱们两个已经是很好的朋友了，所以才问的。你要是有什么事情，真的可以告诉我，那样我才能帮你啊！”安然笑了，扬了扬下巴，愉快地说：“好吧，好吧，看在你这么诚恳的份儿上，我就……过几天再告诉你吧！你只要别忘了答应过我的事情就行。”边江无奈，只好点点头，对安然说：“然姐，我现在确实顾不上田芳，你这边也努努力啊。拴住柴哥的心，光靠打压别的女人哪行，治标不治本呀。你得靠自己。”

“我是在靠自己啊，但你不知道田芳对柴哥的意义？哎算了，反正说了你也不会明白的。”安然说。“田芳对柴哥有什么特殊的意义吗？”边江认真地问，并小心观察她的面孔，想从她的表情里读出一二。

“哼。”安然冷笑，脸上突然流露出一丝阴森森的神情。“田芳跟我说过，她跟柴哥没有那种关系。”边江小心翼翼地说，没想到这句话却一下子激怒了安然。她瞪着眼睛，因为生气脸都红了：“你知道什么！”

边江追问：“那你告诉我，我不就知道了？”

“其实她……”安然突然说不下去，抿了抿嘴唇，咽下了那半句话，换了个稍微平缓的语调：“你没听过那首歌吗，得不到的永远在骚动。柴哥越是得不到她，就越骚动！你别被她的外表给蒙蔽了，她相当有心机。”边江深吸了一口气，想替田芳说话，但觉得那也不过是徒劳。安然瞟了一眼边江：“算了，跟你说这些也没用，你已经被她迷住了，我说什么你都不会信的，肯定还在心里怨恨我，觉得我是个毒舌妇。反正你帮我把她从柴哥身边弄走就行了。”

边江连忙说："不，不，然姐，我觉得你是那种敢爱敢恨的类型，嘴巴是毒了点，但是个敞亮人。估计柴哥也是喜欢你这点，才一直把你留在身边的。"这句话有奉承的嫌疑，但安然还是挺开心的。

安然的表情突然严肃起来："边江。"边江眨巴眨巴眼，不自然地笑笑："怎么了啊，这么看着我？"

"我以前就跟你说过吧，红颜祸水，我不是跟你开玩笑的。只要田芳留在柴哥身边，柴哥就是危险的。如果她一直在柴哥身边，那柴哥早晚会被她给害惨了。"安然说完点点头，好像在肯定自己刚才说过的话似的。"有没有这么严重啊……"边江附和了一句。

"哼。虽然你喜欢她，这话我不该说，而且我还指着你帮我把她从柴哥身边带走，更不该说。"安然迟疑着。边江忙说："姐，你说吧，不管你说什么，我都不会变卦。我答应了帮你让田芳离开柴哥，就一定做到。"安然这才稍微放心，对边江说："既然你这么说了，那我就实话跟你说，这个女孩儿，并没有你看见的那么单纯无害。她还有另一面，是你没见识过的。"

听完安然的话，边江愣了好一会儿，他感觉安然是认真的，不是恶意诋毁，也不是嫉妒生恨，这让边江不由地后背发凉。他问安然能不能具体说说。安然却摇了摇头："好了，我就点到为止吧。你也别再问了，再说我一提她的事就来气，我现在可生不起这气。说正事吧。"

边江只得点点头，没再说下去："好。然姐，那咱们就说说那个美术生，待会儿我们见了他，怎么问他？"安然自信地笑笑："很简单，就告诉他咱们的真实想法就行了，有什么问什么。"

"啊？那他能跟咱们说实话？"边江诧异。安然坏笑了下："那就要看咱们能给他什么了。"边江回想着那个美术生身上的细节，他当时脖子上挂着耳机，边江认得那个牌子，少说也得三千多，他穿的衣服就是年轻人很喜欢的潮流服饰，看不出价格，但那双鞋子好像是某个篮球明星的限量版。通过这些可以判断出，他手头不缺钱，用金钱肯定诱惑不了他。如果说用女人诱惑他，那以安然的姿色绝对够了，也许柴狗就是这个用意才让安然跟边江一起行动的。边江胡乱想着这些，又摇摇头，那安然一个人就可以搞定了，无须边江跟着，而且那个美术生的眼神里透着一种冷漠，看起来并不是对风花雪月感兴趣的人。钱色都不行，难道是要威胁对方么？

“好啦，别想了，你到时候听我指挥，名字啊什么的，你都先别跟他说，总之能透露的个人信息越少越好，咱们只就事论事，听明白了吗？”安然问。边江点点头，更加疑惑：“可是我们已经见过一面了啊，他知道我……”

“他也只是知道你这张脸而已！今天呢，咱们就好好欣赏欣赏他的新作品！”安然神秘地说。边江张着嘴巴，不敢相信：“这么说，他还真是个画画的？”安然点点头：“当然了。给神龙跑腿办事的人，都是有正当职业或者有正常身份的人，可以说，个个都很干净，警察查不到问题，咱们也挑不出毛病。神龙用这么一群人组成了一个非常完善的白粉网络，从制毒到分销都有专人负责。现在咱们就要顺着唯一的线头，慢慢爬到他的内部网络上去。”

边江紧皱着眉头，虽然听懂了安然的意思，但他将信将疑，觉得安然十分理想化，不知道安然手里到底有什么王牌，能让她这么自信。边江忍不住问：“既然他的手下都这么难搞，咱们真能打入内部？”安然抿嘴笑了笑：“你可真逗，我要是没点把握，能带你直接去见他？你要知道百密一疏，就算是神龙也不例外。”

·第三十三章　小童的画·

边江本来还想说什么，但终于还是憋回去了：“好，那我听然姐安排。”安然满意地点点头，看看手表：“这样吧，咱们中午的时候过去找他，你要是还没吃早饭，我现在就带你去吃点，因为午饭可能吃得晚一点。”边江说自己刚吃过，还不饿。“好，那你就先在这儿休息一会儿，我也再去躺一会儿。今天我起得太早，现在都困了。待会儿要走的时候，我叫你啊。”安然说着伸了个懒腰，站起身来，走到里屋去躺着了。边江不禁纳闷儿，安然应该刚起床没多久，竟然又去睡，她这个老板当得真够惬意。

趁这个工夫，边江拿出手机打开微信，通过可心的手机号码，添加了她的微信。很快，可心就通过了他的验证，并发过来一个大大的笑脸。边江回复了一个表情，就第一时间去看可心的朋友圈了。他看见两条最新的内容，竟然都是跟自己相关的。

早一点发出的那条是可心昨天中午发的，边江没想到他们两个人一起吃板面的时候，可心竟然偷偷拍了他吃饭的样子，配的文字是：“今天和一个饿死鬼共进板面！哈哈哈！”这条消息没有透露别的，但给人的感觉十分暧昧，再加上边江在那吃面的照片，让人感觉他和可心很熟。边江想，若是被八卦的人看到，第一反应肯定是边江是可心的男朋友。也不知道田芳看没看到这些，他心里突然有点不舒服。

可心朋友圈里最新的一条内容是昨晚在茶餐厅吃饭的。照片上，可心和边江亲昵地一起合影，可心几乎贴着边江的胸口，脸微微侧着，嘟起嘴巴靠近他的下巴，要多暧昧有多暧昧。可心的文字配得更微妙，她写道：“今天晚上很开心，谢谢板面先生和朋友们陪我，心情好多啦！”这条朋友圈完全可以证明可心和边江整晚都在一起，即使有人跟踪了他，只要没有拍到他和李刚见面的照片，边江就不会有任何危险，再加上可心之前已经担保过，可以帮他证明，边江相信昨晚见李刚的事情算是平息了。

但这些消息和照片也传达出的另外一些含义，边江也不得不去承担，那就是几乎等于公布了他和可心的男女朋友关系。当时拍这合影的时候，他没想到发出来之后，配合文字和上一条朋友圈，给人的感觉这么暧昧，也难怪安然会那样质问他。

“没想到你会主动加我微信！”可心发来一条消息，还配上了一个惊叹的表情。“我听安然说，你在朋友圈发了跟我相关的内容，就来看看。”边江解释着。可心就问：“那你看到了吗？”边江回复：“嗯，看了。”过了一会儿，可心才回了一条：“那你怎么看？”边江就问：“什么怎么看？”可心马上回复：“我发的这些内容，你有没有看法？”边江如实说：“挺容易让人误会的，不过我知道你在帮我，也确实帮了我。所以还是要谢谢你。”边江很客气，甚至有点冷冰冰的意味，即使隔着手机屏幕，也能让人感觉到。

可心很敏感，问道：“你是在跟我客气，还是在怨我？！”

边江说：“我真心感谢你，但这些内容可能会让人误会。我觉得以后还是别发了，我无所谓，你是女孩子，给你造成不良影响就不好了。”

“谢我，好啊，你打算怎么谢我？”可心绕开了矛盾点。边江突然有点头大，不知道该说什么，只发了一个发呆的表情。过了好一会儿，可心那边都没有动静。他以为可心生气了，或者有事没顾上回复他，就把手机放在了前面的茶几上，自己也懒洋洋地躺在了沙发上，闭目养神。直到手机传来叮咚的消息声，他睁开眼睛，拿起手机看了一眼，是可心的一条微信消息：“当我男朋友怎么样？”

边江深吸了一口气，把手机放回到茶几上，仿佛那是个炸弹。

“怎么不说话？”可心又发来一条。

边江重新拿起手机，以玩笑的形式回了过去：“客官，我只卖艺不卖身啊。你容我好好想想怎么答谢你，给你包一份大礼怎么样？我现在有些忙，先不聊了。”之后可心就没有消息了，如果不是可心问他能不能做自己男朋友这句话，边江原本想问她一些别的问题。比如她跟安然是怎么认识的，她是不是也认识田芳。还有，为什么说自己不认识柴狗，按说认识夏海和安然，不可能一点都不知道柴狗。

但这些问题，边江一个也没说出口，一来他觉得要是可心有意瞒着他，那这么问也问不出什么；二来，他想快点和可心切断关系，总觉得这段友情在朝着不可控的方向发展，他已经够麻烦了，不想再牵扯进感情的纠葛了。

上午十一点半，安然从屋里走了出来。边江本来闭着眼睛养神，听到动静后刚睁开眼睛，就看见安然从抽屉里拿出一个便携小药瓶，倒出褐色药片，又拿起桌子上的水杯，一仰头，把药服了下去，然后她神情迷茫地看着窗外，嘴角微微上扬，有点幸福，又有点苦涩。

这让边江疑惑不已，因为在安然的脸上，从未出现过这个表情，至少他没见过。过了一会儿，安然才走到沙发边上推了推边江："醒醒啦，咱们该走了。"边江揉揉眼睛，晃晃脑袋，迷迷糊糊地坐起来："到时间了吗？哎，我不小心睡着了。"

"好啦，开工吧，别懒了。"安然的语气像极了在叫自己弟弟起床。边江跟着安然出门，他告诉安然自己是开车过来的，安然就不用去开她的车了。安然好奇地看着他："你买车啦？"

边江按下开锁键，宝蓝色奔驰立即回应。安然闻声看过去，眼睛睁得大大的："哎，柴哥给你开啦？"边江点点头："嗯，昨天柴哥说借给我开，方便我办事。"安然笑笑，没再说什么。

两个人在中午十二点半赶到了B大学。边江看了看校门，猛然想到了那个叫"零度"的人，李刚让他把证据邮寄给零度，零度就在B大学。"愣什么呢！"安然解开安全带，看了看边江。边江摇摇头，两人一起下车，来到该大学美术学院的一栋楼下。

"那家伙是这里的学生？"边江问。"对。听说他可是个好学生！见了面你就知道了。"安然语调怪怪的，好像在说反话。边江见到那个美术生的时候，他正在画室里，对着画板专心作画，屋里只有他一个人。听到门响，美术生抬头看了边江和安然一眼，并没有其他表情，继续作画。

安然站在他的画板一侧："小童，你们应该认识吧，这是我小弟。"小童冷冰冰地说了句："我现在没空儿。"安然笑了："好啊，好！我们也不想打扰你，只需要回答我们几个问题就行。"小童不耐烦地放下画笔，抱着肩膀，一脸桀骜不驯地看着安然："好，你问。"

"怎么找到神龙，他是个什么样的人？"安然问。小童嘴角抽动了一下，摇摇头，白了边江和安然一眼，然后把眼神转移到了画板上。那是一副即将完成的作品。边江想这应该是抽象派风格，因为自己完全看不懂他想画什么，反正色调搭配有些压抑。

"我什么都不知道，你们不用在我身上浪费时间了。"不出所料，小童拒绝了他们。安然已经预料到了这个结局，因此并没有表现得特别意外，她冷笑两声，眼里却毫无笑意。安然看了边江一眼，给他使了个眼色，边江没看懂。

"哎，傻弟弟，愣着干吗？把画毁了吧。"她说得很轻松。边江皱了下眉头，不禁想，这么低级的逼供方式，也就安然想得出来了，这就是她的王牌？正当他伸出手要去撕毁小童的画时，小童却无所谓地往旁边让开，给边江让出位置："作品都在我脑子里，你毁掉我这一张，我以后再画就是了。"

边江看了安然一眼，安然挑了下眉头，看着边江摇头叹气道："哎，我可没说让你动这幅画，是那一幅。"安然指了指小童身边画板上固定的那幅半成品，显然是小童的同学画的。

谁知安然这话一出，小童噌地站了起来，身子往那幅画前面一挡，无声地对抗着。边江打量了一下小童，他身材偏瘦，肌肉含量很低，绝对不是个习武之人，更不是边江的对手。

边江用力将他推开，一把扯下了画板上的画，拿在手里看了看，撇撇嘴："看起来会是一幅优秀作品，可惜了。"

小童的眉头皱得更紧了，想上来抢，边江很容易就躲过了，并且把画举得高高的："哥们儿，你要是实话实说，我们不会动你和你同学的东西。而你告诉我们的事情，我们将来也不会说是从你这里得到的。"

小童抿了抿嘴唇，虽然仍在跟边江对峙，但那眼神已经明显不如之前强势了，或许是边江说到了他心里。这时安然开口了："小童啊，你要是乖乖配合我们，那这幅画就不会到警察那里，你就永远不会惹上麻烦。"她走过来，凑到了小童的耳边，侧着身子对他说："只要警察不介入，那件事也就不会有人知道。你该知道，如果你保护了神龙，将来是没人会保护你的。"

边江听得一头雾水，完全没明白安然在说什么。安然抬手拿过边江手里的画，快速卷好，握在手里。期间小童试图反抗，但始终被边江牢牢控制着，直到最后他终于放弃挣扎了。安然对边江说："你还没明白？这幅画才是咱们小童画的，他正在画的那个是别人的作品，他不过是装样子罢了。而且，这幅画可不简单，里面可是包含了毒品交易的信息！"

边江皱了下眉头，不知道安然是怎么观察出来的，但这句话一说出来，小童就彻底泄了气。边江恍然大悟地说："姐，这幅画这么有玄机啊！你咋不早说！"安然笑了："傻弟弟，咱们小童的小秘密可还多着呢！"边江很配合安然，马上问是什么秘密。

小童的脸刷地就白了，他咬着嘴唇，死死盯着安然，好像生怕她多说一个字。安然倒也没说话，只是抱着双臂，歪着头，微笑地看着他。终于，小童忍不住开口了："如果让老大知道我出卖了他，我就完了，比被警察抓住还要麻烦。"

"是吗？"安然若有所思地看着小童，"我们不告诉任何人是你说的，不就行了？"小童冷哼了一声："你真当我是孩子，什么都不懂？你们的保证对我来说没有任何意义。"

边江观察着小童，他身材瘦弱，留着过耳的长发，颇有文艺青年的气质，然而他说话的神情和眼神，却与气质不符，俨然是在黑道上摸爬滚打什么都见识过了，而他唯一惧怕的，就是安然揭穿他的秘密。

"怎么就没有意义了？我们三个谁也不说，有谁会知道？"安然轻笑。小童冷哼了声："我跟你没有交情，你们凭什么保护我？再说了，老大稍微一查就能知道我出卖了他。"安然无奈地叹了口气，摇摇头："小童啊，你看着挺聪明，怎么在事上这么蠢呢！第一，咱们三个谁也不说，不会有人知道；第二，负责跟神龙接头的是你，但这件事肯定不止你一个人知道。你随便找一个替死鬼，不就完事了？我不信你身边没有讨厌的人。"

小童没有马上回答，他的眼神闪烁了一下。"怎么样？是不是已经想到了？"安然问。小童点点头："倒是有个合适的人选，但我怎么才能栽赃给他呢？”安然笑起来：“这你就不用操心了，你只需要告诉我想栽赃给谁，然后把关于你们老大神龙的事情告诉我，剩下的我帮你搞定。”

“我怎么知道你是不是在骗我呢？万一你没有能力搞定怎么办？”小童问。安然两手一摊，嘴角向下撇了撇：“恐怕你没得选，也必须信我们。因为这是保住你秘密的唯一方法。”她说着又晃了晃手里那张画。小童气鼓鼓地瞪着眼睛，却又无可奈何，只好点了点头。

安然想了想，连珠炮似的问了一堆问题：“好，现在我来问你，有没有神龙的照片？他多大年纪，有什么喜好，经常出入什么场所？还有，他的性格如何？”边江在一旁听着，感觉到她并没有太多头脑。虽然她抓住了小童的把柄，也懂得怎么威胁小童，却天真地以为一个小童可以解决所有问题。小童听完这些问题，深吸了一口气，淡淡地笑了下：“姐，你问的这些，我有点不好回答，再说了，我也不能随便冒险，不如咱们两个单独聊聊，我想先听你说说我的秘密。”

“你在怀疑我蒙你？”安然的声调拔高了两度。小童摇摇头：“不敢，不敢，但我不能冒险，所以还是确认一下比较好。万一你什么都不知道呢？我还什么都告诉了你，岂不是成了冤大头？”安然气愤不已，对小童说：“好，那我现在就跟你说说，你的那些事情。”小童用警惕的眼神看看边江，又看看安然，双手握紧了拳头，关节都发白了，他的身体微微有些发抖，似乎对安然接下来要说的事情有种天然的畏惧。

安然眼珠子转了转，却没有直接揭示小童的秘密：“你上初中的时候，好像喜欢上一个女孩子，对吧？”小童睁大眼睛，没有回答，但也相当于默认了。安然继续假装回想什么似的对小童说：“你父亲是酗酒过度，酒精中毒死的，对吧？那年，你好像是十六？”

小童绷着嘴巴，不吭声。安然点点头：“不说话？看来我说对了。那我继续说了啊。后来你妈妈因为承受不了，精神崩溃了，现在还住在精神病院里，对吧？”小童的眼神变得阴狠起来：“是。”

“听说，你父亲死后，那个女孩子不知是出于对你的同情呢，还是什么感情，你们两个就好上了，一直到现在，她都是你的女朋友，对吧？”安然问。小童的嘴唇咬出了血。边江听不出这些话有什么特殊的关联，但从小童的脸上，他好像判断出，那女孩子和小童父亲的死，以及母亲的发疯有某些关系。

“对。但她对我不是同情，我们是真心相爱的。”小童说。安然摆摆手：“哎，随你怎么说吧。其实我知道得并不多，但我知道，你从来没有去看过你母亲；你父亲下葬的那天，你也没出现。”

小童的眼睛暗淡下来，他低哑着嗓音说：“我觉得他很丢人。我一直都很讨厌他喝酒，没想到最后真的把自己喝死了，所以我不想去参加他的葬礼。但这么多年过去了，我已经原谅他了。”“你真的原谅他了？那他原谅你了吗？”安然这句话一问出来，小童的身子明显一缩，整个人仿佛都矮了一截。

“好了，不用说了。”他低下了头。安然却没有住口的意思：“我听说警察一直在调查你父亲的死因，他们不认为是意外，倒觉得像是自杀或者他杀。”

“你有完没完！”小童冲着安然大吼道。边江立即挡在安然和小童中间，保护着安然。这一刻他才感觉到自己今天这趟的真正用处，那就是当保镖。“好了好了好了！我不说了，行了吧？”安然做投降状，“现在说说神龙的事情吧？”

小童点点头，把他所知道得关于神龙的信息告诉安然和边江，在他们离开的时候，小童写了一个人的姓名和地址，递给安然。“我能帮你们的就这些了，这个人比我知道的可多，你们或许可以去问问他，他应该能告诉你们关于老大的更多事情。”小童眼神里透着股狠劲儿。

安然欣慰地点了点头，接过纸条，放进了手包里，笑着对小童说：“这就对了嘛。”

·第三十四章　神秘男人·

小童给安然介绍的那个人，就是将来会成为他的替死鬼的人。其实安然不会从那个人的嘴里得到任何有用的信息，但安然必须去造访那人，并制造出他是出卖神龙的叛徒的假象。这是小童肯向边江和安然透露神龙信息的条件。安然和边江离开画室的时候，安然明显松了一口气，她的额头上甚至渗出一层细密的汗珠。

“然姐，你刚才很紧张啊？”边江好奇地问。安然瞥了他一眼：“这不是白问嘛，我当然紧张了。你要是对那个孩子有些了解，恐怕也会害怕。其实他是个十分阴暗的家伙，跟他谈条件，很可能一无所获。”

边江抓了抓头发，一头雾水：“这么厉害，没看出来啊！而且你也没跟我说啊。”安然不屑地哼了一声：“你能看出来什么？要不说你还是年轻呢！我之前什么都不给你说，也是怕你想太多，影响了今晚的行动。”她以过来人的姿态跟边江说，自己一个人不敢来见小童，就是因为这个家伙是个精神病，他行为极端。安然甚至怀疑他有严重的暴力倾向。

“不会吧？他看着那么文弱，而且刚才我跟他对抗，他好像也没有表现出特别暴力的一面啊。”边江说。安然叹口气：“哎，傻弟弟，说你傻，你真傻呀。那是因为他以为我手里抓着他的把柄，一直在忍着。再说，他也不傻，你比他身体强壮，他可能不敢对你下手，对我就说不好了。”

“这么说，他也有非常在乎的东西。姐，你就别吊我胃口了，快给我说说，他到底是个怎么样的人啊？”边江问。安然眼睛直视前方，撇撇嘴，打了个哆嗦：“我听过他一些传闻。传说他是个杀人不眨眼的魔鬼，但他在内心深处，又极其渴望正常人的生活，所以对他来说，最重要的就是现在的生活状态。他最怕的就是失去现在的一切，而这一切都是神龙给他的。”

“是不是因为他父母的事情，导致他心里有些扭曲。”边江问。安然点点头：“大概吧。很难说，其实我也不太了解他。”边江不解，马上问，安然不是很了解小童吗，还知道他的秘密什么的。安然噗地笑了，伸手勾住了边江的胳膊，挽着他边走边压低声音说：“我其实不太清楚，就是蒙的。”

“啊？”边江诧异地看着安然：“不是吧，姐？可我看你刚才跟他说的有模有样的啊！”

“废话，不有模有样，怎么蒙他！不过……”安然的声音压得更低了，同时警惕地左右看看，“我感觉刚才还真蒙对了一些。等上车后，我慢慢给你讲。”两人匆匆向车走去，边江则开始思考小童向他们透露的关于神龙的事情。小童说出了神龙经常出入的场所，是一家叫“Tasty”的高档西餐厅。小童说自己并没有见过神龙本人，只知道神龙很年轻。神龙的性格非常内向，没有特别的爱好，喜欢一个人待着，也没有不良嗜好，他不抽烟不吸毒，滴酒不沾，不赌，不好色，只喜欢跟聪明的、嘴巴严的人打交道，几乎没有朋友。

总之，听小童说完，神龙给边江的印象就是，性格孤僻，生活单调。这些线索虽然有限，不过给了边江不少信心。“然姐，其实我觉得柴哥根本不用担心，以神龙的性格肯定不会和黑龙合作的，柴哥更符合他对合作伙伴的要求。”安然摇摇头：“你想得太理想了。不管那神龙是什么性格，你要知道一件事，生意就是生意，江湖规矩、个人喜好这些都是其次，利益永远是第一位的。再说，没有黑龙，还有别人呢。”

边江默默点头，看着安然精致的侧脸突然愣了神。安然用手肘碰了碰边江：“喂，干吗这种眼神看我？”

“姐，你最近是不是病了？”边江问。安然反应了一下，淡淡一笑：“为什么这么说？”边江想了想说：“中午的时候，我看见你吃药了。还有，你催我快点把田芳从柴哥身边带走，你说你等不了太长时间了，就连你跟我一起来帮柴哥做这件事，也让我觉得……”

“觉得什么？”安然问。边江如实回答：“你好像时间不多了似的，你……是不是得了什么不好的病？”安然停下脚步，皱着眉头，看着边江，特别严肃地看着边江，突然笑出来：“你好像还挺担心我？”边江认真点头：“我当然担心。姐，你别绕弯子了，快跟我说实话，到底怎么了？”安然抿嘴笑了，从包里把便携药盒拿出来，在边江眼前晃了晃：“你看见我吃这个药，是吧？”

边江点点头。安然就说：“其实这不算是药，是叶酸片。”边江马上想到，女人在备孕时，好像会吃叶酸，他睁大眼睛：“然姐，你打算给柴哥生孩子？这么说你们已经重新在一起了？那你还担心什么田芳啊？”

“哎呀，不是。你再猜！”安然可能是看边江实在没有头绪，她也按捺不住了，就跟边江说：“边江，你先答应我，这件事对谁也不能说。”边江认真点点头。她把手轻轻放在自己的腹部：“其实我已经有了柴哥的孩子。”她轻咬着嘴唇，满脸堆着幸福的笑意，但又不敢表现出来，只得压抑着，脸颊也泛起好看的绯红。

边江被这个消息吓了一跳，他眨巴眨巴眼睛，过了两秒才反应过来：“姐，你别逗我，真的假的？”安然笑着说：“我骗你干吗？你没发现我现在已经不穿高跟鞋，也不穿特别紧的衣服了吗！”

边江猛然想起上次安然哭得像个泪人：“那次你很伤心，说柴哥喜欢你是因为你的名字，我记得你好像还有别的事情没说，是不是那时候就已经怀孕了？”安然点点头，傻傻地笑着。

边江又问：“那柴哥还让你来做这些危险的事情，他知道你怀孕了吗？”

“哎呀，你怎么问题那么多！”安然继续往前走去，却不认真回答边江的问题。边江快走两步追上安然，拉住了她的胳膊：“然姐，你跟我说实话，柴哥是不是还不知道？”

“哎，你不明白，我现在还不能说呢！”安然一副为难的样子。

“可是他是孩子的父亲啊！为什么不能说？”边江不理解。

“其实上次我打电话是想告诉他，结果他喝多了，说了伤我的话，我就把话憋回去了。后来我也想着把孩子偷偷打掉的，但一到医院，我又舍不得了，毕竟也是一条生命啊。再之后，我考虑再三，就决定先不跟他说了。”安然的脸上流露出为难的神情，说话时她的手始终温柔地放在自己的腹部。边江能感觉到她很珍惜这个孩子。

“为什么现在又不能说了？你告诉柴哥的话，他一定会好好保护你，就不会让你做这些危险的事情了。再说，这不是一个挽回柴哥的好方法吗？”边江问。安然一下子严肃起来，她义正词严地对边江说：“我不是那种靠着孩子拴住男人的女人。这次的事情我刚好能帮上，所以就想帮他做些事情，哪个女人不愿意自己的男人好呢？”

“真是这样？姐，你是不是在怕什么啊？”边江问。安然点点头：“我现在唯一怕的就是柴哥的对手或者警察知道这件事，别的我都不担心。你会帮我保守这个秘密吧？”边江的内心很纠结，但他还是点了点头：“好，我答应你，就当没听你说过这件事。”安然总算放心，松了口气。边江想着刚才安然说的话，总觉得她并没有正面回答为什么不肯告诉柴狗实话，就问安然：“姐，你是不是怕柴哥不要这孩子？”

边江一问出来，安然突然畏缩了一下，显然是被边江猜对了，但随即她的眼神变得坚定，她摇摇头：“没有，没有的事！他当然想要孩子。我暂时没有告诉他，是不想增加他的心理负担。而且他身边也不乏不怀好意的人，我担心他们会对我的孩子不利，所以我就先不说了。这也是为了我和孩子好。”

边江没再问下去，他觉得柴狗并不想要这个孩子，安然是打算等孩子出生之后再说，柴狗不想要也没办法了。她现在这么积极地帮柴狗做事，或许只是为了赢得他的好感。

回到车上后，安然再次要边江答应自己，绝对不能说出孩子的事情，不然非但她和孩子会受到威胁，连柴狗也会被连累。边江冲她笑笑：“姐，你放心吧，我什么都不会说的，但你也要保重自己的身体，以后有危险的行动就不要参加了。”安然也笑了：“好。现在我给你说说小童的事情吧？”

边江点点头，安然皱起眉头，神情也严肃起来：“其实今天我连蒙带骗的，把他给唬住了。我刚才跟你说了，有传言他非常阴狠，是个杀人狂，还说他父亲的死、母亲的疯并不简单，他也很珍惜现在的生活。于是我就故意提了一些模棱两可的问题，让他以为我知道全部内容。”

边江回想着安然的那些问题，大概就是说，小童一旦因为跟毒品交易有关系被警察抓起来，就会牵连出他犯过的案子，而且还跟他父亲的死有关。边江想了想问：“姐，你那会儿特别提了一下他有个女朋友，在他父母出事前，他就喜欢那个女孩儿，等他父亲死后，两个人就好了，我看他对这个事情特